叛獄の王子 3

王たちの蹶《けっ》起《き》

C・S・パキャット

冬斗亜紀〈訳〉

Captive Prince 3

Kings Rising

by C.S.Pacat

translated by Aki Fuyuto

Monochrome Romance

kings rising

contents

KINGS RISING
by C.S.Pacat

This edition published by arrangement with Berkley,
an imprint of Penguin Publishing Group,
a division of Penguin Random House LLC through Tuttle-Mori Agency, Inc., Tokyo

〈北の大森林地帯と大草原地帯〉
ヴァ＝キンドゥ
ロアーレス
ロスカルヴァ
シャスティヨン
ベロイ
ヴァレンヌ
VERE
〈ヴェーレ〉
VASK
〈ヴァスク〉
ヴァ＝タン
バルビン
トゥテーヌ
ヴァ＝ヴァゼル
リス
マーシェ
シャスティーニュ
パトラス
PATRAS
アリエ
ラデウール
アクイタート
アラン
ラヴェネル
ロバーザル
フォーテイヌ
デルファ
（旧デルフェア）
マーラス
シクヨン
アエギナ
ディーケ
〈アキエロス〉
AKIELOS
デイメンの航路
メロース
テラケ
N
W
E
ケサス
エロセアン海
エリウム
S
アトロス海峡
ロイオス
イスティマ
Map of
AKIELOS AND VERE
0
100
200
Miles

ローレント
ヴェーレの王子
デイメン（デイミアノス）
アキエロス王の正嫡

captive prince
character

執政
ヴェーレの治世者で
ローレントの叔父

イラスト：倉花千夏

王たちの蹶《けつ》起《き》

第一章

「デイミアノス」

演壇の階段の足元に立ったデイメンは、中庭に広がる自分の名を、驚愕と衝撃に彩られた声を聞く。眼前ではニカンドロスが、そしてニカンドロスの軍隊が跪《ひざまず》いていた。故国に戻ったようだったが、彼の名がアキエロス兵の列の端にたどりつき、その外側で身をのり出した平民たちの耳へ届いた瞬間、空気が変わった。

その衝撃は異質だった。倍する衝撃、広がるどよめきの波紋。それは怒り、そして恐怖。デイメンは最初の叫びを聞く。暴発の気配をたぎらせ、群衆から上がった異名を。

「王子殺し」

飛礫《つぶて》のように、ざわめきが鋭くとびかう。ニカンドロスが立ち上がって剣を抜こうとした。デイメンは素早く腕で制し、アキエロスの剣身が十数センチのぞいたところでニカンドロスを止めた。

ニカンドロスの顔にとまどいの色が浮かぶ。周囲は混乱に呑みこまれつつあった。

「デイミアノス？」

「手出しするなと皆に命じろ」

デイメンはそう言いながら、近くで鋭く鳴った金属音にすぐさま身を翻《ひるがえ》した。

灰色の兜のヴェーレ兵が剣を抜き、まるで人生最大の悪夢のようにデイメンを凝視していた。ヒューエットだ――兜《かぶと》の下の青ざめた顔をデイメンは知っている。ヒューエットは、かつて短剣をかまえたジョードを真似るように体の前で剣を握りしめていた。震える両手で。

「デイミアノス？」とヒューエットが言った。

「動くな！」

デイメンは再度命じる。アキエロス側から新たに上がった「大逆《たいぎゃく》だ！」というかすれた叫びを打ち消そうと大声で。王族に刃を向ければ、アキエロスではすなわち死罪。

手をのばしたままニカンドロスを背後に押しとどめたデイメンは、動きたい衝動をこらえているニカンドロスの緊張を感じる。

群衆からは叫びと怒号がほとばしり、逃げようとする列が恐慌に波打ち、抑えきれなくなってきていた。アキエロス兵たちから逃れて遁走《とんそう》するか、それとも押しつつみにくるか。デイメンの視界で、グイマールが中庭へ緊迫した視線を走らせた。兵士の目には、一群の農夫たちには見えないことが見えているのだ。アキエロスの軍勢が城壁の中にいると。内側に。人員を切りつめたヴェーレの駐屯部隊の、十五倍もの人数で。

ヒューエットの隣でまた次の剣が抜かれた。青ざめたヴェーレ兵。一部のヴェーレの守備兵たちの顔には怒りと驚愕があった。ほかの顔には恐怖があり、どうするべきかと周囲にすがるような目をとばしている。

ついに崩れ出す列、恐慌を増していく人々、すでにデイメンの命令が届かぬヴェーレ兵たち——自分の名が砦の人々にどれほどの衝撃になるか、完全にデイメンは見誤っていたのだ。デイミアノス。王子殺し。

彼の精神、戦地での即断に鍛えられた頭が、中庭の状況を把握し、指揮官の決断を下す。被害を最小限に、流血と混乱を抑えてラヴェネルの砦を確保するのだ。ヴェーレの守備兵たちにはもうデイメンの指揮は及ばないし、ヴェーレの群衆は……その憤激をなだめる手があるとしても、デイメンには無理だ。

迫りくる事態を避ける方法は一つしかない。押さえ込むのみだ。この砦を手中にし、完全に支配する。

デイメンはニカンドロスへ命じた。

「砦を制圧せよ」

六名のアキエロス兵を左右に従え、デイメンは大股に通路を抜けていった。

廊下ではアキエロス語がとびかい、ラヴェネルの空にアキエロスの旗が舞う。戸口に並ぶアキエロス兵たちは通りすぎるデイメンに踵を打ち合わせて直立した。

これでラヴェネルの砦は二日で二回、主を変えたことになる。今回は手早く終わった。デイメンはこの砦の制圧手順をすでに心得ていた。人数に劣るヴェーレ兵たちはたちまち中庭で圧倒され、デイメンはその中の二人の指揮官、グイマールとジョードの武装を剝《は》いで見張り付きでつれてこいと命じた。

デイメンが小さな控え間に入ると、アキエロスの衛兵がその二人の捕虜をつかみ、乱暴に突き倒した。「跪《ひざまず》け」と聞きとりづらいヴェーレ語で命じる。ジョードが手足を投げ出すようにのびた。

「いい。立たせてやれ」とデイメンは命じた。

たちまち言葉どおりにされる。

グイマールのほうが先に兵の手を払って立ち上がった。もう幾月にわたってデイメンを知るジョードは、もっと慎重に、ゆっくりと立つ。グイマールはデイメンと目を合わせた。アキエロス語を理解している様子などおくびにも出さず、ヴェーレ語で話し出す。

「では、本当なのだな。お前はアキエロスのデイミアノスなのか」

「本当だ」

グイマールが唾を吐き捨て、アキエロス兵の籠手《こて》をつけた手の甲で顔を殴りとばされた。

父の前で唾を吐けばどうなったか承知しているデイメンはそれをとがめなかった。

「俺たちをここで刃にかける気か？」

グイマールがデイメンへ顔を戻して問いかけた。デイメンは彼を、それからジョードを眺めやる。二人の顔についた汚れや、疲れて固い表情を。ジョードは、ずっと王子の近衛隊長だった男だ。グイマールについてはそれほど知らない。グイマールはトゥアルス大守の軍の将官であったのが、後にローレントの軍門に下った兵だ。だが二人ともに、軍での地位は高い。ゆえに呼んだ。

「ともに戦ってほしい」とデイメンは語りかけた。「アキエロス軍は、共闘するためにこの地へ来たのだ」

グイマールが揺れる息を吐いた。

「共闘？　我々の協力につけこんで砦を奪ったくせにか」

「その前から砦は俺のものだった」デイメンはおだやかに答えた。「執政がいかなる相手か、もうわかっているだろう。そちらの兵には選択の自由を与える。ラヴェネルで虜囚となるか、俺とシャルシーへ向かい、共に戦う姿を執政に示すか」

「共闘などせぬ」グイマールが応じた。「お前は王子を裏切った」そしてほとんど口にするのも耐えがたいかのように、「お前はあの方と——」

「つれていけ」

さえぎって、デイメンは命じた。衛兵たちも引き取らせると、皆が去った小部屋はがらんとして、あとは残留を許された男ひとりだけとなった。

ほかのヴェーレ兵たちのような不信や恐怖は顔に出さず、ジョードはただ、疲れたように成り行きを見守っていた。

デイメンは言った。

「俺は、行くと約束したのだ」

「それで、あの人がお前の正体を知ったら？」とジョードが返した。「戦場に立つのがデイミアノスだと悟ったら……」

「その時、俺たちは初めてあいまみえることになる。それもまた、約束だ」

事が済むと、気付けば足を止め、扉枠に拳を置いて息を整えようとしていた。デイメンは己の名を思う。その名がラヴェネルの外へ広がり、地を駆け、ただ一人に届くことを。今この瞬間だけにしがみついている感覚があった。今はただ、この砦を統制し、シャルシーに着くまで兵たちを掌握できれば、そこから先は――。

そこから先のことは考えられなかった。果たすべき約束のことしか。扉を開け、小堂へ入った。

ニカンドロスがデイメンの入室に振り向き、視線が合った。デイメンが何か言うより早くニカンドロスが片膝をつく。中庭でのような思わずという動きではなく、自ら恭順の姿になり、首を垂れた。

「砦はあなたのものです」ニカンドロスが言った。「我が王よ」

王。

父親の亡霊に肌がざわめいたようだった。王とは、父の肩書きだ。だがイオスの玉座に坐していた父はもういない。友の垂れた頭を見て、デイメンは初めて悟った。己はもはや、訓練場のおが屑の上で組打ちの鍛練に一日を費やしてからニカンドロスと並んで王宮をそぞろ歩いた若き王子ではないのだと。もはやデイミアノス王子は存在しない。取り戻そうと必死で戦ってきた己の姿は、すでに虚像でしかなかった。

またたくほどの間にすべてを失い、すべてを得る。それが王位につらなる王子の運命だと、かつてローレントはそう語った。

デイメンはニカンドロスのなつかしい、典型的なアキエロス人の姿を見つめる。黒髪に黒い眉、褐色の肌、アキエロス人らしいまっすぐな鼻筋。子供の頃、二人して裸足で王宮内を駆け回ったものだった。アキエロスへの帰還を夢見た時、デイメンの心に浮かんでいたのはニカンドロスを出迎え、鎧にかまわず抱きしめ合う光景であった。故郷の大地を手にすくってたしかめるように。

今、ニカンドロスはヴェーレの砦に跪き、ヴェーレ風の調度に簡素なアキエロスの鎧がひどく不調和で、デイメンは二人を隔てる越えがたい距離を感じた。

「立て」と声をかける。「古き友よ」

色々なことを話したい。身の内から次々と湧き上がってくる。アキエロスの地を、あの高い崖を、波の色を変えていく海を、そしてニカンドロスをはじめとする友と呼んだ者たちの顔を、再び目にはできないのではないかという恐れを幾度も幾度も、ひたすら押しつぶしてきた。

「亡くなられたものだと……」とニカンドロスが言った。「あなたの死を嘆いた。あなたを失ったと思った日、エクタノスを灯し、夜明けにかけていつまでも歩いた」

立ち上がりながら、まだニカンドロスの声はどこか圧倒されているようだった。

「デイミアノス、あなたに一体何が起きたのだ？」

部屋へ押し入ってきた兵士たちの姿が、奴隷風呂に吊るされたことが、ヴェーレへの暗く朦朧とした船旅が、デイメンの脳裏をよぎっていく。虜囚となり、顔に化粧を施され、引きずり出されて見世物にされたこと。そしてヴェーレの王宮で目を覚ましたこと、それに続いて起きたことを。

「お前がカストールについて言ったことは正しかった」

デイメンはそう答えた。

それだけを。

「私はカストールがキングスミートで戴冠するのを見た」ニカンドロスは重い目だった。「彼は王の石に立ち、〈この二重の悲劇が我らに教えた、この世ではいかなることもありえるのだと〉と告げた」

いかにもカストールが言いそうなことだ。そしてジョカステの。アキエロスでのその光景をデイメンは想像する。首長《キロイ》たちがキングスミートの古き石を囲んで立ち、カストールがジョカステを横にともなって即位する。彼女の髪は完璧に整えられ、ふくらんだ腹は布襞で隠されて、こもる熱気を奴隷が扇いでいたのだろう。

「すべて聞かせてくれ」

ニカンドロスへそう告げ、耳を傾けた。すべてに。デイメンの骸が布に巻かれて、城塞都市の中を葬列が練り歩き、それから父の隣に埋葬されたことを。デイメンは自らの近衛に殺されたのだというカストールの宣言を。その報復にデイメンの近衛兵たちが処刑されたことを。デイメンの古い剣の師であったハエモンも、従僕も、奴隷も処刑された。ニカンドロスは、宮殿内を荒れ狂った虐殺と混沌を語った。そしてカストールの兵がのさばり、自分たちこそが惨事を鎮圧している側だという名分で権力を握った。

デイメンは夕暮れの鐘の音を思い出す。テオメデス王は亡くなられた。カストール陛下万歳。

ニカンドロスが言った。

「まだお話せねばならぬことが」

一瞬ためらい、デイメンの表情をうかがう。それから、革の胸甲の内から一通の手紙を抜きとった。それはぼろぼろで、保管場所のせいもあってひどい有様だったが、受けとって開いたデイメンは、ニカンドロスがこれを肌身離さずたずさえていた理由を悟る。

〈デルファの首長《キロイ》ニカンドロスへ

ヴェーレの王子ローレントより〉

総毛立つのを感じた。古い手紙だった。随分前に書かれたものだ。ローレントはこれを、アーレスの王宮で書いたに違いなかった。孤立し、政治的な窮地で、机に向かって書き出したのだろう。ローレントの澄んだ声が耳によみがえる――デルファのニカンドロスと俺は気が合うかな？

戦略としては――なんとも不気味な形で――筋が通っている。ニカンドロスと手を結ぶというのは。ローレントは、常に非情な現実主義者であった。私情を排して勝利に必要な手を選択する。恐ろしいほど徹底的に人の心というものを捨てて。

ニカンドロスの助力と引き替えに――とその手紙には綴られていた。その代償に、カストールと執政が共謀してアキエロスのテオメデス王を謀殺した証拠を渡すと。それは、昨夜ローレントがデイメンにつきつけてきた話と同じだった。〈この間抜けで愚かな獣《けだもの》め、カストールが王を殺したのだ、そして叔父の兵を使って都を奪った――〉

「疑いの声はありました」とニカンドロスが言った。「だがすべての疑問にカストールは答えを用意していた。しかも王の息子だ。そしてあなたは死んだ筈だった。ほかに世継ぎはいない。

シクヨンのメニアドスがまず最初に忠誠を誓った。それにそもそも――」

「南部はカストールを支持している」

デイメンはそう答えた。

待ち受けるものの覚悟はできている。カストールの裏切りなどなくすべては誤解だったと聞けるとも、自分の生還と帰国を兄が喜んでくれるとも思ってはいなかった。

ニカンドロスが言い切った。

「北部はあなたに忠実です」

「俺が戦えと命じたなら？」

「ならば戦うのみ」ニカンドロスが答える。「ともに」

迷いひとつない明快さに、デイメンは言葉がなかった。故国がどんなふうなのか忘れていたのだ。信頼を、忠節を、絆を忘れていた。友誼《ゆうぎ》を。

ニカンドロスは服の間から何かを取り出し、デイメンの手へ押しつけた。

「あなたのものだ。俺が隠し持っていた……愚かな、思い出のよすがとして。大逆だとわかっていたが。あなたの形見にしたかった」

そう、ニカンドロスは歪んだ笑みをよぎらせた。

「あなたの友は、思い出のために王宮に背叛するような愚か者だ」

デイメンは手を開いた。

たてがみの渦と弧を描く尾——手渡されたのは、王の印である獅子の留め針だった。デイメンが十七歳となった日にテオメデス王が彼にこれを与え、世継ぎと定めたものだ。肩に留めてくれた父の手を今も覚えている。これを持ち出し、私有したことで、ニカンドロスは処刑される恐れさえあった。

拳の中に、固くまばゆいその形をはっきりと感じる。

「お前は俺にたやすく忠誠を誓いすぎだ」

「あなたが俺の王だ」

それがニカンドロスの答えだった。

ニカンドロスの目に映るものが、その姿が、デイメンにはわかる。兵たちの目にも映っていたものが。ニカンドロスからの態度の変化にそれを感じていた。

王。

留め針は今やデイメンの手中にあり、そして、じきに旗頭たちが彼を王と仰いで忠誠を誓いに来る。もはやすべてが変わる。またたくほどの間にすべてを失いすべてを得る、それが王位につらなる王子の運命。

デイメンはニカンドロスの肩をぐっとつかみ、言えぬ思いを、せめてそこにこめた。

「まるで壁のタペストリーのような姿ですな」

ニカンドロスはデイメンの袖をつまみ、赤い天鵞絨《ビロウド》や紅玉の留め金、精緻に縫い付けられた襞をおもしろがっている。その時、凍りついた。

「デイメン……」

そう、奇妙な声で彼を呼んだ。デイメンは見下ろす。そして見た。

袖口がずり上がって、ずっしりと重い金の手枷があらわになっていた。

火や刃にふれたかのようにニカンドロスが下がろうとするが、デイメンがその腕をつかんで引き止めた。ニカンドロスの頭の中をありえない思いが千々に駆けめぐっているのがわかる。

乱れる鼓動の中、この流れを食い止め、立て直そうとした。

「そうだ」とデイメンは答えた。「カストールは俺を奴隷にした。ローレントが俺を解放してくれた。彼がこの砦の指揮権と兵を俺に預け、重用する義理などなかったアキエロス人を信じて託した。俺が何者かも知らずに」

「ヴェーレの王子があなたを解放した……」ニカンドロスが言った。「あの男の奴隷だったと？」

その声はこもって、ごく低かった。

「ヴェーレの王子に、奴隷として仕えたと、い、い、いうのか？」

またも一歩後退する。戸口から息を呑む音がした。デイメンはニカンドロスの腕を離し、身を翻した。

戸口にマケドンが立ち、顔におののきを浮かべていた。その後ろにはストラトンと、ニカンドロスの兵が二人立っている。マケドンはニカンドロスに従う軍将であり、もっとも力ある旗頭だ。デイメンの父にかつて忠誠を誓ったように、ここにもまたデイミアノスへの忠誠を誓いに来ていた。全員の前で、デイメンはさらけ出され、立ちつくした。

激しく赤面する。黄金の手枷にはひとつの意味しかない。服従、道具。それももっとも親密な形で。

彼らの見ているものがわかる——何百人もの奴隷たちの、己をさし出し、腰を曲げて足を開いた姿。それぞれの家中で奴隷を用いる際のなじみの光景。鍛冶職人に求めたデイメン自身の言葉がよみがえる。いいや、このままでいい。胸が苦しかった。

意識を集中させて袖口の結い紐をほどき、袖をさらに押し上げた。

「何を驚く。俺は、ヴェーレの王子への贈り物であったのだ」

肘から先を完全に剝き出しにした。

ニカンドロスがマケドンへ向き直り、険しい口調で命じた。

「このことは他言ならぬ。この部屋の外に洩らしては——」

デイメンがさえぎった。

「いや、これは隠せぬ」とマケドンへ告げた。

父王の治世に仕えたマケドンは、北方の属州でも最大の軍勢を抱える将である。その後ろに立つストラトンはほとんど嘔吐しそうな嫌悪感を浮かべていた。さらに下級の二人の兵士は、己の身分では王の前で何をすることも——特にこの状況では——できず、床へ目を据えていた。

「あの王子の奴隷だったと？」

拒否感が刻みこまれたマケドンの顔は青ざめていた。

「そうだ」

「あの男と——」

マケドンの言葉は、ニカンドロスの目にある無言の問いを映していた。誰ひとり王に問うことのできぬ問いを。

「それを問うてみるか」

デイメンの顔の紅潮が、その色を変える。

マケドンがこもった声で言った。

「あなたは、我らの王だ。これはアキエロスにとって耐えがたき屈辱だ」

「耐えるがいい」デイメンはマケドンの視線を受けとめる。「俺は耐えたのだからな。よもや己は王より上だと？」

奴隷、マケドンの目の中に抗いが見えた。当然マケドンは身辺に奴隷を抱え、自ら用いてもいるだろう。彼の思い描く王子と奴隷の関係というのは、なんの情緒もない単純な支配と屈服の図にすぎない。そんなことが王の身にあったならば、それは己の身に起きたも同然だと、自尊心が猛《たけ》っていた。

「もしこのことが洩れれば、兵たちを御せるか、俺にはわからぬ」とニカンドロスが言った。

「すでに皆知っていることだ」

デイメンは告げた。その返事にニカンドロスがたじろぎ、事態をはかりかねているのを見る。

ニカンドロスが言葉を絞り出した。

「では我々は、どうすれば？」

「忠誠を誓うがいい」デイメンは答えた。「そして俺に仕えるならば、兵たちに戦仕度《いくさじたく》をさせよ」


ローレントと練った作戦は単純なもので、タイミングが肝心だ。シャルシーの地はヘレーのような平地ではなく、あのような見晴らしもない。シャルシーは盆地で、斜面に囲まれた罠の地であり、半ば森を背後にし、巧みに部隊を配したなら攻めてきた軍勢をたちまち押しつつむことができる。執政が甥と戦う地にシャルシーを選んだのもそのためだ。公平な戦いの名のもとにローレントをシャルシーへ招くのは、笑顔で流砂の向こうから手招きするようなものだった。

だからこそ、ローレントとデイメンは軍勢を分けた。ローレントは二日前に発ち、北から執政の軍の背後に回りこむことで、こちらから逆に包囲を仕掛けるのだ。デイメンの部隊はその囮《おとり》となる。

　デイメンは長い時間、手首の枷を見つめてから、演壇へと進み出た。枷は鮮やかな黄金色で、褐色の手首との対比でかなり遠くからもよく見えた。

　隠しはしなかった。腕甲も外した。アキエロスの胸甲と短い革の腰巻き、そして丈の長い、膝で留めたアキエロスのサンダルを履いている。両腕は剝き出しのままだ。膝から太腿の半ばまでも同じく。短い赤のマントを、金獅子の留め針で肩に留めていた。

　武装し、戦いに挑む姿で演壇へ進んだデイメンは、前に集った軍勢の一糸乱れぬ列と輝く槍を見やった。すべてがデイメンを待っている。

　手の枷を、皆の目にさらした。己の身をさらしているように。人々の囁きはもはや耳に慣れたものだった――死より蘇った。デイミアノス。デイメンは彼と向き合った軍が静まり返っていくのを見つめた。

　王子としての己を脱ぎ捨て、新たな役割を肌で受けとめ、新たな自分をまとう。

「アキエロスの民よ」

　デイメンの声が中庭へ響きわたった。赤いマントの列を見つめる。この瞬間が、手甲に手を通す一瞬のように、剣を取る一瞬のように感じられた。

「我が名はデイミアノス。テオメデスの真の息子だ。ここに、そなたたちの王として戦うために帰ってきた」

　どよもすような歓声が上がった。槍の石突きが地面を打ち鳴らす支持の音。デイメンは人々の拳が突き上げられ、歓声が上がるのを見た。兜《かぶと》の下で無表情のマケドンの顔もちらりと見えた。

　デイメンは鞍へひらりと飛び乗った。ヘレーで騎乗したのと同じ馬だ。鹿毛の大きな去勢馬でデイメンの重みに充分耐える。馬は丸石敷きの床を前足の蹄で打ち鳴らし、まるで石をめくろうとするかのようにしながら首をそらし、賢い獣の本能でまさに戦争の気配を嗅ぎとっているようだった。

　角笛が鳴りわたる。戦旗が掲げられた。

　不意に、大理石のかけらを階段に蒔くような固い音が鳴って、よれよれのヴェーレの青服姿の小さな一群が馬で中庭へ駆けこんできた。

　グイマールの姿はない。だがそこにはジョードとヒューエットがいた。ラザールも。面々を見回し、デイメンは誰が駆けつけたのか悟る。それは王子の近衛たち、一月以上にわたってデイメンと旅路をともにしてきた男たちだった。そして彼らが監禁を解かれた理由はただひとつ。

　デイメンが片手を上げてジョードを通させると、二人の馬はぐるりと互いを回った。

「我々も共に戦う」とジョードが告げた。

　中庭の赤い列の前にこうして集った小さな青い一隊を、デイメンは見やる。人数は少なく、たった二十名。ジョードが皆を説得したのは明らかだった。だから馬に乗り、覚悟を決めてここへ来たのだ。

「ならば行こう」とデイメンは答えた。「アキエロスのため、そしてヴェーレのために」


シャルシーが近づくと周囲の見通しは悪くなり、尖兵や斥候の報告だけが頼りとなった。執政の軍は北と北西から接近してきていた。デイメンたちの軍勢は、囮として、不利な低い位置取りとなる。こんな悪条件での戦いに、切り札がなければ兵を送りこんだりはしない。接近戦となる流れだ。

ニカンドロスは不服だった。シャルシーに近づくにつれ、アキエロスの将軍たちはどれほど不利な地勢なのかを目の当たりにしていた。仇敵を誘いこんで仕留めるにはぴったりの地だ。

信じろ——ローレントはそう言い残して発った。

ラヴェネルの砦で二人で練った策を脳裏へ描く。デイメンの軍勢が執政側の注意を引きつけ、完璧な瞬間を狙ってローレントが北から襲いかかるのだ。デイメンはその時を待ち望んでいる——激しい戦いを、執政を戦場に引きずり出して追いつめる瞬間を。あの男の治政をたったひとつの戦いで打ち砕くのを。それさえできれば、約束を果たしさえすれば。そうすれば——。

隊列を整えるよう命じた。じきに矢が飛んでくる。まず手始めに、北から矢の雨が降るだろう。

「まだ待て」

そう命じた。あたりは足元が不安定で先の見えない危険な斜面で、木立にふちどられている。空気には、戦いに臨む寸前のひりつくような予兆がみなぎっていた。

遠く角笛の音。「抑えよ」とデイメンは、身じろぎする馬上でまた命じた。反撃の前に、まず彼らは執政の部隊を平地に引きずり出し、引きつけて、ローレントの部隊が包囲できるようお膳立てしなければならない。

だというのに西側の陣が動き出すのが見えた。早すぎる動きは、マケドンの号令を受けてのことだ。

「呼び戻せ」命じながらデイメンは馬の腹に踵を強く入れた。マケドンの脇で手綱を引き、小さく回頭する。マケドンが、将が子供に向けるような不遜な目をじろりと向けた。

「我々は、西へ動きます」

「待てと命じた筈だ」デイメンは応じた。「我々はまず執政軍を引きつけ、おびき出す」

「それをやって、たよりのヴェーレの奴らが来なければ我々は全滅です」

「彼は来る」

デイメンは答えた。

北から、角笛の音。

執政の軍が近づきすぎている。それもあまりにも早く。斥候からの報告もないうちに。何かがおかしい。

左手側に動きが生じ、森から何かがとび出してきた。北側からの敵襲が、斜面を駆け下り木々の間から迫りくる。その先頭を駆けているのは単騎の騎手で、全力で草地へ駆けこんだ斥候だった。執政の軍勢が彼を追い、そして、この戦場から届くかぎりの範囲にローレントの軍はいない――ローレントはここへ来るつもりはない――。

そう叫びを上げる斥候の背に、矢が突き立った。

「これでヴェーレの王子の正体がわかりましたな」とマケドンが言った。

判断を迫られたデイメンに悩む時間はなかった。号令をとばし、混乱が広がらないよう抑えながら、第一射の矢が降る中、新たな状況での兵数と配置を脳内で再計算する。

彼は来る、とデイメンは言った。それを信じてもいた。最初の攻撃が襲いかかり、周囲で兵たちが倒れはじめてもなお。

それはどす黒い疑惑の策――奴隷を言いくるめ、アキエロス軍を執政の軍にぶつけてやればいい、それで自軍のかわりに敵同士が戦ってくれる。死ぬのは憎い連中だけだ。執政の勢力は打ち倒されるか力を削がれ、ニカンドロスの軍勢はほぼ壊滅する……。

北西から第二陣の猛烈な突撃を受け、やっとデイメンは、自分たちが完全に孤立しているのだと悟った。

いつの間にかジョードが隣にいた。デイメンは声をかける。

「生きのびたければ東へ向かえ」

青ざめたジョードが、デイメンの表情を見て言った。

「あの人は来ないんだな」

「我々は数で劣る」デイメンは言った。「だが馬を走らせれば、まだお前は命拾いできるかもしれない」

「数で劣るならお前はどうする気だ？」

デイメンは前衛で戦うべく腹を決めて馬を一気に走らせた。

「戦う」と言い切って。

第二章

ローレントは、ゆっくりと目覚めた。ぼんやりとした薄闇の中、縛られているのを感知しながら。両手が後ろ手にくくられていた。後頭部にうずく痛みから、頭を殴られたのだとわかる。肩にも不都合で厄介な問題があった。関節が外れている。

睫毛を揺らし、身じろぎしながら、ぼんやりとよどむ臭気に、そして肌寒さに気付いた。この湿気は、地下だろう。知性がさらに状況を分析する——待ち伏せを受け、今いるのは地下、そして幾日も運ばれたような感覚も体に残ってない以上、ここは——。

目を開くと、ゴヴァートの鼻のつぶれた顔が彼を見つめていた。

「よお、お姫様」

恐慌に心拍数が勝手にはね上がり、肌の内で血がドクンと脈打つ。そこにとらわれたかのように。ごく慎重に、ローレントは己のあらゆる反応を殺した。

そこは三メートル四方ほどの独房で、鉄棒のはまった出入口だけで窓はない。縦格子の扉の向こうに石の通路がちらついて見えた。ちらつきは扉横のたいまつの火の揺らぎだ、頭を打ったせいではない。独房の中は、自分が縛りつけられている椅子のほかは何もなかった。その椅子は重い樫材で、どうやらローレントのためにわざわざ持ちこんだらしく、温情ととるか悪意ととるかは解釈次第か。たいまつの灯りで床に厚く積もった汚れが見えていた。

自分の兵たちの身に何が起きたか、その記憶が押し寄せたが、ローレントは意志の力でその衝撃を心からしめ出した。自分がどこにいるのかはわかっていた。フォーテイヌの砦には地下牢があるのだ。

己の死がすぐ目の前に迫っていることも、その死が訪れるまで延々と苦痛が続くだろうということもわかっていた。救いの手が来はしないかと子供じみた下らない希望が芽生えたが、丹念に押しつぶした。十三歳の時から、味方などどこにもいなかった。兄が死んでからは。この状況でどこまで尊厳を保ち続けられるだろうかと思い、その迷いも振り捨てた。尊厳などこの先にはない。あまりにも悲惨なことになれば自ら終わりを早めることくらいはできるだろう、と思った。ゴヴァートを挑発し、致命的な一撃を誘うのは難しくなかろう。まったく。

オーギュステなら恐れまい、と思った。己を殺そうとする男と二人きりで、無力な状態に置かれても。ならば、その弟もここで恐れを抱いてはなるまい。

それよりも難しいのは、戦いの帰趨《きすう》を断念することだった——計画半ばで、すでに機は失われて国境で今何が起きようが自分には何もできないと、それを受け入れ、あきらめることが。あのアキエロスの奴隷はヴェーレ軍に裏切られたと——当然——信じ、それでもシャルシーの地で高潔かつ自滅的な突撃に打って出て、しかもおそらく勝ってのけただろう。あきれるほどの兵力差をものともせず。

ローレントのほうは、負傷して縛られているという点さえ無視すれば、あくまで一対一だからそう悪くはない。ただし、ここにも叔父の見えない操りの手がのびているのを感じていた。わかるのだ、いつも。

一対一。現実的な選択肢を考えねば。調子が最高の時でもゴヴァートに格闘で勝つのは不可能だ。しかも今は肩の脱臼がある。ここで縛《いまし》めを振りほどこうと抗《あらが》っても、何ひとつ益はない。己にもそう言い聞かせる。一度。さらにもう一度、もがきたがる本能をなだめた。

「二人きりになれたなあ」とゴヴァートが言った。「俺と、あんた。見てみろよ。周りをよく見ろ。出口はねえぞ。鍵は俺も持ってないからな。てめえを片付けたら鍵を開けに人がやって来るんだよ。ほら、何か言いたいことはないのか？」

「肩の傷は痛むか？」

ローレントは言葉を返した。

一撃に、体が後ろへ揺れた。頭を上げたローレントは、ゴヴァートの顔に引きずり出せた表情を楽しむ。同じ理由でこの一撃すらも——やや被虐的にではあるが——楽しんでいた。それを目から隠し切れなかったせいで、もう一発殴られた。この発作的な衝動を抑えねば、たちまち時間切れになってしまう。

「ずっと、お前が叔父のどんな弱みを握っているのか不思議でならなかった」ローレントは話しかけた。意識して声を平坦に保つ。「血のついたシーツに署名入りの告白あたりか？」

「てめえは俺を馬鹿だと思ってるんだろ」とゴヴァートが言う。

「お前が圧倒的な権力を持つ男の弱みを何かひとつ握っている、とは思っている。そしてあの男のどんな急所をつかんでいたところで、それがもう長くはもつまいとも思っている」

「てめえはそう思いたいんだろ」ゴヴァートはすっかり悦に入った声だった。「てめえがどうしてここにいるのか、教えてやろうか？　俺がたのんだんだよ。俺がたのめば、あの人はくれるのさ。ほしいものは何でもな。たとえ高貴な甥っ子だろうと」

「まあ、叔父にとっては邪魔者だからな」ローレントは応じた。「それはお前も同じだ。だからこうして一緒くたにされたのだ。こうしておけばどちらか片方は片付く」

声に余分な感情をこめず、ただ事実だけを淡々と指摘するよう努めた。

「問題はだ、叔父が王となったあかつきには、どのような弱みももはや無意味だということだ。ここで俺が死ねば、お前が叔父の何を握っていようがもはや価値はなくなる。残るのはお前と叔父だけで、いつでもお前を暗い独房に放りこんで忘れてしまえる」

ゴヴァートがニヤリとした。ゆっくりと。

「言われたよ、あんたがそう言い出すだろうって」

第一のつまずき。それも自ら招いた。心臓の鼓動が自分で感じられる。

「叔父は、ほかにどんなことを言われるだろうと言っていた？」

「言ってたよ、あんたが俺をしゃべらせようとするだろうとな。淫売みたいに口がうまいからってな。言ってたよ、でたらめを並べて俺をそそのかし、おだて上げようとするだろうって」

ゆっくりとした笑みが、さらに広がった。

「これも言ってたよ、甥が達者な口で縄を解かせようとするのを防ぐには、舌を切り落とすしかないってな」

そう言いながら、ゴヴァートは短剣を引き抜いた。

ローレントの周囲で部屋が暗く沈んだ。すべての意識が一点に集中し、思考が狭まっていく。

「それでも、お前は聞きたいのだろう」

ローレントは応じた。なにしろこれはまだ始まりにすぎない、終わりに向かう、長くねじくれた、血まみれの道の第一歩。

「お前は残らず聞きたい筈だ。最後の一息まで余さず。ひとつ、お前という男のことで、叔父が見落としていることがある」

「ほう？　そいつは何だ？」

「お前はいつでも扉の中に、こちら側に来たいと思ってきた」とローレントは答えた。「そして今、ついにそこに来た」


次の一時間がすぎる頃には——もっと長く感じたが——ローレントはひどい苦痛にさいなまれ、もはや成り行きをどれくらい思いどおりに操り、引きのばせているのか、把握も難しくなってきていた。そもそも操れているのかどうかすら。

今やシャツは腰まではだけられ、だらりと垂れて、右袖は赤く染まっていた。髪には汗がまとわりついてひどくもつれている。舌は無事だ、短剣の刃は肩に刺さっている。それを勝利と数えたのだった、その時には。

小さな勝利に大きな達成感を見出していくしかないものだ……短剣の柄が、おかしな角度で

突き出ている。右肩だ。すでに脱臼もしている。おかげで呼吸も苦しい。勝利。ここまでたどりつき、叔父を多少なりとも慌てさせ、予定を狂わせて、計画を練り直させた。簡単には思いどおりにさせなかった。

外界とローレントを分厚い石壁が隔てている。まるで何ひとつ聞こえてこない。こちらの声も届くまい。ただひとつの有利は、左手をなんとか縄から自由にしたということだけだ。悟られてはならない、それでは無意味だ。ただ腕をへし折られて終わる。己の行動を律するのが段々と苦しくなっていく。

ここに何の音も届かない以上、ローレントの——少なくとも頭が回っていた頃の——推論によれば、彼とゴヴァートをこの独房へとじこめた人間が、いずれ死体を運び出す袋と手押し車を持ってやって来る筈だ。それも、ゴヴァートに合図を送る手だてがないからには、あらかじめ決めた頃合いに。すなわちローレントが目指すものはひとつ、まるで遠ざかる蜃気楼を追うように、その時まで——生きのびるだけ。

足音。近づいてくる。鉄の蝶番がきしむ金属音。

グイオンの声がした。

「まだ片付いていないのか」

「血がお嫌いかい?」ゴヴァートが応じた。「まだ始まったばかりさ。何ならそこで見ていけよ」

「グイオンは知ってるのか？」とローレントは言った。

この時間が始まる前より、声は少しかすれていた。苦痛にありきたりな反応ばかりしてきたせいだ。グイオンは眉をひそめていた。

「知ってるかとは、何を？」

「例の秘密だ。すてきな秘密。お前が握る叔父の弱み」

「黙れ」とゴヴァートがうなった。

「一体何の話をしているのだ？」

「お前は何故かと思ったことはないのか」ローレントはグイオンへ言った。「どうして叔父上がこの男を生かしておくのか。どうしてワインと女に好きに溺れさせているのか」

「その口をとじろと言ってんだよ」

ゴヴァートが短剣の柄を握り、ぐいとひねった。

暗黒がはじけるように広がり、ローレントの耳にはその先のやりとりがぼんやりとしか届かなかった。グイオンの、居丈高な声が遠く、小さく聞こえる。「今の話は何だ？　お前と陛下の間に何かひそかな取り決めがあるのか？」

「首をつっこむな。あんたにゃ関係ねえよ」

「そのような取り決めがあるならば、ここで私に明らかにせよ。今すぐ」

ゴヴァートが短剣を離したのを感じた。己の手を持ち上げるのは、ローレントの人生で二番目に困難なことだった。まず頭を上げて。ゴヴァートがグイオンにつかつかと迫り、グイオンの前をふさいでいる。

ローレントは目をとじ、たよりない左手で短剣の柄を握って、肩から引き抜いた。

こらえきれず、口から低い呻きがこぼれていた。二人の男たちが振り向いた時、ローレントはおぼつかない両手で縛めをすべて切り払い、よろりと椅子の後ろへ立っていた。左手で短剣を握り、今の体で精一杯できる守りのかまえをとる。部屋が揺れているようだ。短剣の柄がぬるつく。ゴヴァートが愉快そうにニタリと、やっと少しおもしろいものを見たと言いたげな、すれた笑みを浮かべた。

グイオンはやや苛立ちつつも、まるで焦りの色はない声で命じた。

「さっさと取り押さえろ」

二人は向き合った。ローレントとしても、自分の左手の短剣使いに期待などしていない。己がゴヴァートにとって、たとえまっすぐに立っていられる日でも、いかにとるに足らぬ脅威かはわかっている。良くて、迫ってくるゴヴァートにかすり傷を浴びせるのがやっと。何の意味もない。ゴヴァートの体はみっしりと筋肉に包まれた上にさらに脂肪がのっている。自分より弱い、しかも衰弱している相手の一撃などものともせずに戦いつづけるだろう。この、自由へのわずかなあがきの結末は明白だ。ローレントはそれをわかっていた。ゴヴァートもわかっていた。

ローレントは左手でぎこちなく斬りつけ、ゴヴァートは猛然と反撃した。そして事実、経験したことのない激痛に叫びを上げたのはローレントであった。

まともに動かぬ右腕で椅子を振り上げ、叩きつけながら。

重い樫の椅子がゴヴァートの耳を直撃し、木槌で木の球を強打したような衝撃音が響いた。ゴヴァートの体がふらりと揺れ、崩れた。ローレントも半ばよろめき、椅子を振り回した勢いのまま房の中でたたらを踏んだ。行く手にいたグイオンが必死で逃げ、壁に背でへばりつく。なけなしの力を振り絞り、ローレントは格子扉へたどりついて外へ出ると、扉を引いて閉じ、鍵穴に刺さったままだった鍵を回した。ゴヴァートは起き上がらない。

続く静けさの中、どうにか扉から離れて通路へと、向こうの壁へ向かい、その壁にもたれてずるずると崩れ落ちた。受けとめられて、木の長椅子があったのに気付く。てっきり床が待っているものだと。

目をとじた。意識のすみでぼんやりと、グイオンが牢格子を引き、ガタガタと鳴らしたが、扉がびくともしないのを聞いていた。

その時になって、笑い声を立てていた。背中に甘く冷たい石の感触を感じながら、息の切れた音で。頭をぐったりと石壁にもたせかけた。

「――このような真似は許さんぞ、この唾棄《だき》すべき叛逆者が。お前は王家の名に泥を塗り、その上――」

「グイオン」とローレントは目も開けずに言った。「お前は俺を縛り上げてゴヴァートと同じ部屋に放りこんだのだぞ。罵倒された程度で気に病むと思うか？」

「出してくれ！」

その叫びが壁にこだました。

「それは俺も言った」とローレントはおだやかに指摘した。

「何だろうとほしいものは渡すから……」

「そんなことも言ったな。自分をありきたりな人間だとは思いたくないものだがな、どうやらありがちな反応をひとつずつやっていたものと見える。この短剣を突き立てたらお前が何と言うか、それも今のうちに教えてやろうか？」

目を開けた。グイオンが一歩、思ったとおり格子扉から下がっていた。

「それにしても、武器がほしいとは思っていたが」とローレントは呟いた。「そっちからわざわざ入ってきてくれるとはな」

「ここから出られてもお前には死が待つだけだ。アキエロスの味方にも助けてはもらえないぞ。お前が何もしなかったせいで、あの連中はシャルシーの罠で鼠のように殺されているのだからな。奴らはお前をあぶり出して」とグイオンが言った。「殺す」

「ああ。約束に間に合わなかったのは承知している」

通路が明滅した。炎のせいだと、自分に言い聞かせねばならなかった。己の声にどこか夢見るような響きが聞こえた。

「あそこに行って、ある男と落ち合う筈だった。信義や礼節というものにやたらこだわる男でな、俺にも道に外れたことをさせまいとするのだ。だが今、ここにあの男はいない。お前にとって不幸なことに」

グイオンはまた後ずさった。

「私の身に、何もできぬだろう」

「どうかな？　お前がゴヴァートを殺して王子の逃亡を助けたと聞いたら、叔父上はどうなさるかな」そして同じ夢見るような声で「お前の家族を罰するかな？」

グイオンの両手は拳に握られていた。まるでまだ扉の鉄棒を握っているかのように。

「逃亡の手助けなどしていない」

「そうだったか？　ならどこから出た噂だろうな？」

ローレントは格子ごしにグイオンを眺めた。さっきまで一つの目的だけに集中していた己の頭の中に、いつもの分析能力が戻ってくるのを感じる。

「とにかく、まざまざと明らかになったのはこういうことだ――お前は、王子を捕えたならばゴヴァートに与えよと叔父から命じられていたのだな。うかつな一手だが、なにせ叔父にはどうしようもない、ゴヴァートとの秘密の取引があるからな。あるいはこの手がお気に召したのかもしれんが。そしてお前は、叔父の言いなりになった」

ローレントは続けた。

「だがお前にとっても、王太子を死ぬまで拷問するというのはさすがに自分の名を冠したい行為ではなかったのだな。今さらどうしてかはわからぬが。ここまでのことを鑑みるとじつに信じがたいが、この元老の中にも、まだわずかなりと良心が残っていたということか。王子は無人の独房に放りこまれ、そこにお前が自ら牢の鍵を持ってきてくれたのだ。俺がここにいることは、お前以外に誰も知らなかったのだから」

左手を肩に当て、ローレントは立ち上がると壁際から前へ出た。牢獄の中のグイオンは浅い呼吸をくり返していた。

「俺がここにいることは誰も知らない、すなわちお前がここにいることも誰も知らない。探しに来る者はいない。ここには。誰も、お前を見つけられはしない」

格子ごしにグイオンのまなざしを受けとめながら、ローレントの声は揺らぎがなかった。

「お前の家族を救う者はいない。叔父上が優しい顔でやってきた時に」

格子向こうのグイオンの顔は歪んでいた。その表情のこわばりが、顎と目のまわりの引きつりが見える。

ローレントは待った。

その言葉はさっきまでとは違う声で、違う温度で、抑揚なく放たれた。

「何がお望みで?」とグイオンが聞いた。

第三章

デイメンは広大な戦場を見やった。執政の軍勢は真紅の奔流であり、アキエロスの陣にくいこんで両軍混ざり合い、血の流れが水を染めていくかに見えた。その全景はまさに破滅の図、尽きることのない敵の渦。まるで雲霞《うんか》のごとく。

だがデイメンはかつてマーラスで目撃したのだ、たったひとりの男によって戦線が持ちこたえた光景を。まさに意志の力ひとつで。

「王子殺し！」

執政の兵が絶叫した。はじめのうちヴェーレ兵たちはデイメンめがけて次々と突進してきたが、彼らの末路を目にした兵たちは今や後ずさり、馬の蹄が地を乱れ打った。

そう遠くへは逃さず、デイメンの剣が革を、肉を切り裂いた。力の中心を探して叩き壊し、陣の形になる前に潰していく。ヴェーレの指揮官が立ちはだかり、デイメンと剣を一合、音高く打ち合わせはしたが、すぐさまその首にデイメンの刃が沈んだ。

兜に半ば覆われた顔が次々と、無機質に目の前を流れていく。むしろデイメンの意識は馬や剣という、命とりになる危険に集中していた。デイメンは殺しつづけ、相手はただ道をゆずるか、さもなくば命を失っていった。すべてがただひとつの目的に収束する――力と気力を人の限界を超えて絞り出す。何時間でも、ただ敵より長く。わずかでも判断を誤れば死ぬ。

第一の敵襲で、率いていた兵の半分を失った。その後はデイメンが先頭に立って攻め込み、相手の進撃をくいとめるのに充分な兵を倒してきた。第二撃――第三撃をも。

今ここに活力みなぎる援軍が到着したなら、まるで生後間もない子犬のようにたやすく敵をひねり潰せただろう。だがデイメンたちに援軍は来ない。

戦いのほかにデイメンの心に何かあるとすれば、いつまでもまとわりつく不在の感覚だった。冷然としながらも冴えた剣の一閃《いっせん》、横にいた鮮やかな存在が、今はただぽっかりと空虚な空間で、ニカンドロスのもっと堅実で実直な剣がその半ばを埋めている。かりそめでしかなかったものに、いつしかなじんでいたのか。たとえば一瞬視線を見交わした時、青い目の中に閃く昂揚感に。すべてがデイメンの中で渦巻き、きつく絡み合って、次々と相手を倒していきながら、固く凝っていく。

「もしヴェーレの王子がのこのこやってきたらぶった切ってやる」

ニカンドロスがほとんど吐き捨てた。

矢の飛来はかなり減っていた。デイメンが相手陣に深く切りこんだために敵味方が入り乱れ、矢を放てばもはや味方も危うい。音も最初とは変化し、雄たけびや絶叫は苦痛や疲弊の呻きに、喘ぐような嗚咽に変わり、剣が打ち下ろされる音も、重く切れ切れだった。

死の時間だ。戦闘は最終局面を迎えつつあった。誰もが精根尽きた無惨な時間帯。戦列は混沌と崩れ、陣形は失われ、酷使してきた肉体がぶつかるばかりで敵味方の区別すら難しい。デイメンは馬上で持ちこたえた。分厚く積み上がった死体が地面を覆い、馬の足を取ろうとする。土はぬかるみ、デイメンの膝上まで泥がとぶ――雨のない夏の泥、血だまりの泥だ。傷つきもがく馬の悲鳴が、男たちの叫びを圧してほとばしった。デイメンは周囲の兵たちをまとめ、敵を殺し、肉体の限界を超え、理性の限界を超えて己を酷使しつづけた。

戦場の彼方にちらりと、刺繍で飾られた緋色が見えた。

〈アキエロスの勝ち方だ、違うか？　どうしてわざわざ軍勢すべてと戦う、頭ひとつ切り落とせば――〉

馬に強く拍車を入れ、デイメンはとび出した。目標までの間に立つ人々はもはや霞にすぎない。己の剣戟の音もほとんど耳に入らず、ヴェーレの親衛隊の緋色のマントもほとんど意識すらせず斬り倒した。一人また一人と殺していく。目当ての男の前に立つ邪魔者が尽きるまで。

デイメンの剣が圧倒的な力で宙を裂き、兜の冠をかぶった男を両断していた。男の体は不自然に傾き、どっと地に倒れた。

デイメンは馬から下り、男の兜をむしり取った。

執政ではなかった。知らぬ顔だ。ただのお飾りの傀儡《かいらい》。命なき目は見開かれ、ここにいる皆と同じく戦いに呑まれたままだ。デイメンはその兜を放り捨てた。

「終わった」ニカンドロスの声。「もう終わりだ、デイメン」

デイメンは茫然と顔を上げた。ニカンドロスの鎧は胸に剣を受け、裂け目に血がにじみ、胸当てを失っていた。少年時代の呼びかけを、ニカンドロスは使っていた。幼名、それも親しき仲のみの。

デイメンは自分が膝をついていることに気付いた。馬も彼も、荒々しく胸で息をしている。手は死んだ男の服の紋を握りこんでいた。まるで虚ろを握っているかのようだった。

「終わり?」

絞り出すように言った。頭にあるのは、執政がまだ生きているなら何も終わってなどいないということだけだ。瞬時の反射に、攻撃と反撃だけにあまりにも長く没入していたせいで、なかなか思考が戻ってこない。己を取り戻さねば。周囲で兵たちが武器を捨てている。

「……勝利がどちらのものなのかも、俺にはまるでわからん」

「我らの勝利だ」とニカンドロスが告げた。

ニカンドロスの目には前と異なる光があった。戦地の惨状を見回したデイメンは、兵たちが遠巻きにデイメンを凝視していることに気付いたが、彼らの顔にもニカンドロスの目にあるのと同じ表情が宿っていた。

そして感覚が戻ってくるにつれ、初めて見るかのごとく見えてくる——デイメンが執政の替え玉にたどり着くために殺した兵たちの死体が、そしてそれ以上に、己の手でしたことの痕が。

あたりの地面は崩れた土塁のごとく乱れ、死骸に覆われていた。大地は人の肉が、もはや用無しの鎧が、乗り手を失った馬たちが散らばる酸鼻の地であった。何ひとつかまわず、数刻にもわたって殺しつづけて、その規模など意識すらしていなかった。自分が作り出した光景も目に入っていなかった。瞼の裏に自分が殺してきた男たちの顔がちらつく。もはや立っている者はアキエロス兵ばかりだ。そして彼らはデイメンのことを、信じがたい存在のように見つめていた。

「生き残った中から一番身分の高いヴェーレの指揮官を探し、死者を自由に弔うよう伝えよ」

近くの地面にアキエロスの旗が落ちていた。

「シャルシーは、これでアキエロスのものとなった」

立ち上がり、デイメンは木の旗竿を握りしめると、地面に突き立てた。

旗は裂けて半ば損なわれており、こびりついた泥の重さで斜めに傾いたが、持ちこたえた。

そしてその時、デイメンは見た。まるで夢を見ているかのように、疲労にかすんだ景色の向こう、戦場の西端に現れたものを。

白く輝く、すらりと首がのびた雌馬に使者がまたがり、馬は尾を高くなびかせて、無惨な大地をゆるやかに駆けてきた。美しく清らかな姿は、地面に倒れ伏した勇敢な男たちの犠牲を嘲笑うかのようだ。使者の旗は後ろへたなびき、その旗にある紋章は青地に輝く金の、ローレントの星光の紋章であった。

使者がデイメンの前で手綱を引いた。デイメンはその白馬の艶光る毛並みを、息も切らさず、汗の黒ずみも泥もついていない馬体を見つめ、それから使者の役服を、染みひとつ、道の埃ひとつない姿を見つめた。喉の後ろにせり上がってくるものがあった。

「彼はどこだ？」

使者の背が地面を打った。デイメンはその体を馬から引きずり落とし、呆然と息を失う使者の腹に膝を食いこませていた。首にデイメンの手がかかる。

デイメン自身の息も荒かった。周囲ですべての剣が抜かれ、すべての矢に弓がつがえられている。手に一度力をこめてから、相手が話せるほどにゆるめた。

使者は自由になると、横倒しになって咳込んだ。上着の内から何かを取り出す。羊皮紙だ。たった二行、文字が記されていた。

〈そなたはシャルシーを、私はフォーテイヌを勝ちとった〉

デイメンはその言葉を、なじみのある、見違えようのない筆致を見つめた。

〈砦にて待つ〉

フォーテイヌの砦はラヴェネルすらかすむほどの威容と美しさで、高々と塔がそびえ、狭間の形が空を切り取っている。まっすぐ、信じがたい高みへのびた塔のあらゆるところからローレントの旗が翻っていた。青と金で縫い取られた絹の三角旗は、ごく軽やかに宙へ舞い躍るように見えた。

デイメンは丘の頂上で手綱を引いた。彼の後ろに付き従った軍勢は旗と槍が入り混じる、黒くにじんだ影のようであった。戦闘が終わるか終わらないかのうちに出立を命じたデイメンの命令は過酷なものだった。

シャルシーで戦った三千人のアキエロス兵のうち、やっと半ばに足る人数が生き残った。戦地まで馬を走らせ、戦って、そこをまた発った一群。守備隊ひとつのみを、死体と散乱した鎧と持ち主を失った武器の片付けに残して。ジョードと、共に戦ったほかのヴェーレ兵たちは小さな集団となってデイメンについてきたが、どうするべきかわからず不安げだった。

すでにデイメンは死者の総数を報告されていた。自軍からは千二百人、そして敵方には六千五百人の死者。

戦闘が終わってからというもの、兵たちの態度が変わり、通りすぎるデイメンを遠巻きにしているのはわかっていた。兵たちの顔には恐れと、畏怖に呑まれた表情があった。ほとんどの兵がデイメンと共に戦うのは初めてだ。何を見せられるかわかっていなかったのかもしれなかった。

そして今、彼らはここに立った。皆、戦場の泥と汗にまみれたまま、傷つき、いくばくかの者はただ軍律に従わんと力の限界を振り絞って、ここに着いた。彼らを出迎えた光景を見るために。

フォーテイヌの城外では先尖りの天幕が色とりどりの列となって無数に並び、その構造物を、旗を、優雅な野営地を、陽が燦然と照らしていた。まるで天幕の町だ。そしてその陣にいるのは無傷で活力に満ちたローレントの兵たち、この朝、戦いも死にもしなかった者たち。

あえての、わざとらしい傲慢さの誇示であった。それはこう言っていた。ごく麗しい形で——シャルシーでの奮闘ご苦労だった、こちらは爪の手入れをしながら待っていたぞ、と。

ニカンドロスも手綱を引いた。

「叔父とよく似た甥ですな。己の代わりに人をけしかけて戦わせる」

デイメンは黙っていた。胸にくいこむ、怒りのような熱があった。優美な絹の町を見つめ、シャルシーの地で死んでいった兵たちを思った。

迎賓団のような一行が馬で近づいてきた。デイメンは血まみれで裂けた執政の旗を手に握りしめた。

「一人でいい」

馬に踵を入れる。

平地を半ばまで来たあたりで、迎賓団と向き合った。使者はさらに四人の不安げな付添いを従えており、彼らはなにやら儀礼の手順を踏むようせっせと訴えていた。デイメンは肝心のことだけを聞きとると、告げた。

「問題ない。俺が来ると、もう彼は知っている」

　野営地の中へ入ると馬をとび下り、通りすがりの召使いに手綱を放って、デイメンの到着に慌てふためく周囲と必死で追いすがる使者たちは無視した。

　手甲すら外さず、デイメンは天幕へ向かった。この高襞で仕立てた天幕を知っている。星光の三角旗を知っている。

　誰も逆らわなかった。天幕へたどりついたデイメンが入り口に立つ衛兵へ「去れ」と命じた時でさえ。従うべきかを確認もせず、衛兵はデイメンが通るのを許した。当然だ――なにもかも計算ずくなのだ。ローレントはすでに待ちかまえている。デイメンが使者におとなしく従って来ようと、こうして戦場の泥と汗にまみれ、すぐに拭えぬようなところまで血に汚れたままの姿で押しかけてこようと。

　入り口の幕を片手でからげ、デイメンは中へ踏み入った。

　幕が背後でとじると、絹に完全に包まれていた。高々とした天幕の中、デイメンの頭上は花弁のごとき天蓋に覆われ、それを六本の、絹を螺旋に巻きつけた竿で支えている。この大きさにもかかわらず隙間ひとつなく、入り口の幕がはらりと戻ると、それだけで外の音を断ち切った。

　ローレントは、デイメンを迎える場所としてここを選んだ。デイメンはしっかりと見極めようとした。低い椅子、クッションなどいくつかの調度品があり、奥にある架台のテーブルからたっぷりとした布が垂れ、そこに砂糖漬けの梨とオレンジをのせた平鉢が置かれていた。これから糖菓でもつまみながら歓談するかのように。

テーブルから視線を上げたデイメンは、天幕の支柱に片方の肩をもたせかけてこちらをじっと見ている、完璧な正装の姿へ目を据えた。

ローレントが言った。

「ようこそ、愛しの恋人よ」

これは簡単にはいきそうにない。

デイメンはそれを受けとめようとした。すべてを無理にでも呑みこもうと。そして前へ出ると、美麗な光景の中心に全身武装した姿で立ち、繊細な刺繍の絹を泥足で踏みつけにした。執政の旗をテーブルの上に放り投げる。泥と汚れた絹布がガタンと音を立てた。それからローレントへ目を戻す。彼の姿に、ローレントが何を見ただろうかと思った。以前と同じには見えまい。

「シャルシーは、勝った」

「だろうな」

デイメンはどうにか息を続けた。

「兵たちはお前を臆病者だと思っている。ニカンドロスはお前に謀《はか》られたと思っている。シャルシーに我々を送りこみ、叔父の剣にかかって死ぬにまかせたと」

「それで、お前もそう思うのか？」

「いいや」デイメンは答える。「ニカンドロスはお前を知らない」

「お前は知っているわけか」

デイメンはローレントの立ち姿を、注意深く保たれた姿勢を眺めた。ローレントの左手はまだ何気なく天幕の支柱にもたせかけられている。

ゆっくりと、デイメンは前へと進み出ると、ローレントの右肩をつかんだ。

何も起こらなかった。その瞬間は。デイメンは手に力をこめ、親指をくいこませた。強く。

ローレントの顔色が引いた。ついに、彼は言った。

「や、やめろ」

デイメンは手を離した。ローレントはさっと下がって肩を押さえており、青い上着の肩口が黒ずみつつあった。血が、手当てされたばかりの隠された傷からあふれ出し、ローレントはデイメンを見つめていた。奇妙に見開かれた瞳で。

「お前は誓いを破りはしない」デイメンは、胸のつかえをこらえて言った。「たとえ、俺にすら」

無理に、後ろへと下がった。その動きを許すだけのたっぷりとした広さがある天幕で、二人の間に四歩の距離を取る。

ローレントはすぐには答えなかった。まだ肩を、血が絡みつく手で押さえていた。

ローレントが言った。

「お前にすら？」

デイメンはローレントから目をそらすまいとした。真実が胸に重く根を張っている。二人ですごしたあの一夜のことを思った。ローレントがすべてをデイメンにゆだねたことを、目の色を深めて、無防備な姿を見せたことを。そして執政のことを、人を壊すすべを知り尽くしたあの男のことを思った。

天幕の外では、二つの軍隊が戦争の寸前にいる。その一瞬はついに訪れて、もはやデイメンに止めるすべはない。執政からしきりにそのかされたことを思い出していた。甥と寝ろ、と。

デイメンはその言葉どおりにした。ローレントを求め、ついに腕に抱いた。

シャルシーの戦いなど執政にとってどうでもよかったのだと、今はわかっている。意味などなかった。デイメンこそが、執政がローレントに向けた真実の武器だったのだ。はじめから。

「ここへは、俺が何者であるのかを明かしに来た」

あまりにも目になじんだローレントの姿。髪の色合い、きつく締め込まれた衣裳、固く冷酷なまでに引きしめられた美しい口元、非情なほど禁欲的なたたずまい、容赦のない青い目。

「お前が何者かなど知っている、デイミアノス」とローレントが言った。

耳にしたデイメンの周囲で、まるで天幕の調度が変化し、すべてのものが形を変えていくようだった。

「本気で信じていたのか？」ローレントが続ける。「俺が、兄を殺した男の顔を見忘れるなどと？」

言葉のひとつずつが氷の破片。鋭い、えぐるようなかけら。ローレントの声にはわずかの揺れもなかった。

デイメンは茫然と下がった。思考がもつれる。

「王宮で、知っていたぞ。貴様が目の前に引き据えられたあの時から」なめらかに、酷薄に言葉が重ねられていく。「浴場で、貴様の鞭打ちを命じた時にも知っていた。貴様が――」

「ラヴェネルでも？」とデイメンは問いかけた。

一瞬がすぎる間、やっと息を吸いこみながら、ローレントに顔を向ける。

「あの時も知っていたなら……一体どうして俺に許した――」

「どうして貴様に犯《や》らせてやったか？」

胸がきしむあまり、デイメンはあやうくローレントの様子を見のがすところだった。その自制を、いつも白いが今や血の気すらない顔を。

「シャルシーの勝利が必要だったからだ。貴様はそれを達成した。耐えただけの見返りはあったぞ」ローレントの言葉は残酷で、明瞭だった。「貴様のつたない濡れ事にもな」

痛みがつのって、デイメンの喉から息を奪っていく。

「嘘だ」

デイメンの心臓は荒く鳴っていた。

「嘘だ――」その声は大きすぎた。「俺が去ると思っていただろう。俺を、ほとんど砦から放り出そうとしただろう」言葉を重ねながら、デイメンの内側に真実が花開くように見えてくる。「俺が本当は何者なのか、お前は知っていた。誰なのかわかっていて、あの夜、俺と愛を交わした」

ローレントに受け入れられた瞬間を、一度目ではなく二度目の時の、ずっと甘やかな時間を思い出す。ローレントがみなぎらせた緊張感、彼の見せたあの――。

「お前は、奴隷と情を交わしたのではない。俺と交わしたんだ」

デイメンはまだ混乱していたが、それでも垣間見えてくる真実がある。そのわずかな糸口が。

「決してありえないと思っていた、もしお前に知られたら――」デイメンは一歩踏み出した。

「ローレント。六年前、オーギュステと戦った時、俺は――」

「その名を口にするな」ローレントが言葉を絞り出した。「貴様がその名を言うな。兄を殺した貴様が」

その息は浅く、ほとんど喘ぐような言葉で、背後のテーブルのふちに付いた両手がきつくこわばっていた。

「聞きたいのか、貴様の正体を知りながらそれでも犯らせたのかと？　兄を殺した男に――兄を獣のように斬り殺した男に？」

「違う」デイメンの胃が固くねじれる。「そんなようにでは――」

「ならどう斬ったのか聞いてやろうか？　貴様の剣に肉を斬られながら兄がどんな顔をしていたか、聞けばいいか？」

「違う！」

「それともこんな話がいいか、いつもいい助言を与えてくれた男の幻についての話だ。俺のそばにいた男。決して嘘をつかなかった男」

「俺は、お前に嘘をついたことなどない」

続く沈黙の中、その言葉はおぞましく響いた。

「〈ローレント、俺は、お前の奴隷だ〉？」とローレントが問い返した。

まるで、息を胸から絞り出されたようだった。

「やめてくれ」と言っていた。「そんな言い方は。まるで――」

「まるで？」

「すべてが、計算ずくのことだったように……俺が企んだことのように。俺たち二人ともが、目をそらして、俺が奴隷であるふりをしていただろう」つきつけられた言葉を、あえてデイメンは返した。「俺は、お前の奴隷だった」

「奴隷などいなかった」ローレントが応じた。「あれは存在しなかった男だ。今、目の前に立つのがどんな男なのかは知らぬ。わかっているのは、初めて会う男だということだけだ」

胸をこじ開けられたように身の内が痛んだ。

「その男はここに存在している。俺たちは、あの時と同じだ」

「ならば跪け」とローレントが命じた。「我が靴にくちづけるがいい」

苛烈な青い目を、デイメンはのぞきこんだ。決して近づけない、その痛みに身を裂かれるようだった。もう無理だ。互いの間を隔てて、デイメンはただローレントを凝視するしかない。言葉に切りつけられながら。

「……お前の言うとおりだ。俺は、奴隷ではない」

デイメンはそう言った。

「俺は王だ」と続ける。「お前の兄を殺した男だ。そして今、お前の砦を手中にしている」

言いながら、短剣を引き抜いた。むしろ感覚で、ローレントの意識がその刃へ向くのを察知する。目に映る反応はわずかだ――ローレントの唇が開き、体が張りつめる。ローレントは短剣を見ていなかった。デイメンへ目を据えたままだ。デイメンもまなざしをまっすぐ返した。

「王として和平交渉に応じよう。俺をここへ呼んだ理由も聞かせてもらいたい」

見せつけるように、デイメンはその短剣を天幕の床へ放り出した。ローレントはそれを目で追おうともしない。まなざしは揺るがない。

「知らんのか?」と彼はデイメンに聞いた。「叔父が今、アキエロスにいるぞ」

第四章

「ローレント」とデイメンは言った。「一、体何、を、し、た？」

「あの男に自分の国を踏みにじられていると聞くと心が痛むか？」

「わかっているだろう。二国の命運をここでもてあそぶ気か？　そんなことをしてもお前の兄が生き返るわけではないぞ」

煮えたぎるような沈黙があった。

「なあ、叔父は貴様の正体を知っていた」とローレントが言った。「あの男はひたすらずっと、俺が貴様と犯るのを待っていたのだ。貴様が何者か暴露して、心破れる甥の姿を見てやろうとな。ほう、もうそこは勘付いていたか？　それでも犯してやろうと思ったわけか？　それほど我慢がきかなかったか」

「自分の部屋まで俺を案内させたのはお前だろう。そして俺を寝台へ押し倒した。俺は言った筈だ、駄目だと」

「こうも言ったな、キスしてくれと」ローレントが一言ずつ明瞭に言った。「〈ローレント、俺を入れてくれ〉とも、〈すごくいい、ローレント――〉とも」そしてアキエロス語に切り替える。あの時、絶頂寸前のデイメンがそうなったように。「こんなのは初めてだ、もう無理だ、もう――」

「やめろ」

デイメンの息は浅く、遠く、まるで全力を振り絞った後のようだった。ローレントを凝視する。

「シャルシーはな」ローレントが言った。「囮《おとり》だ。グイオンから聞き出した。叔父はイオスへ向けて三日前に船出している。もうアキエロスに上陸した頃だ」

デイメンは三歩の距離を空け、その話をじっと噛みしめた。いつの間にか天幕の支柱に片手を置いて体を支えていた。

「そういうことか……そしてアキエロスの兵たちは、お前のためにまたあの男と戦わされるのだな？　シャルシーのように」

ローレントの笑みには温度がなかった。

「そこのテーブルに目録がある。補給物資と兵の。それをくれてやろう、お前の南進への支援として」

「代価は」とデイメンは抑揚なく応じた。

「デルファ」

同じ口調で、ローレントが答えた。

足元を失ったような衝撃に、デイメンは目の前にいるのがローレントなのだと、ただの二十歳の若者ではないのだと思い知っていた。アキエロス属州のデルファはニカンドロスの領地であり、ひいては彼を信じて仕える友や支持者たちのものでもある。肥沃な大地と強固な海港を持つ要衝だ。デルファの名は歴史に刻まれたアキエロスの大勝利の、そしてヴェーレの敗北の象徴でもあった。デルファのヴェーレ返還はローレントの支持基盤を固める一方、デイメンへの支持を削ぐ。

デイメンはここに、交渉の心構えなどなく来た。ローレントは違っていた。ローレントはここに、アキエロスの王と対面するヴェーレの王子として立っていたのだ。デイメンが何者かなどずっと知っていた。目録はローレント自らの手でしたためられており、この顔合わせの前にすでに用意されていたものだった。

執政が母国にいると思うと、今やアキエロスをおびやかす脅威に心がねじ切れそうだ。執政はすでにアキエロスの王宮衛兵を支配している。そもそも、その兵たちはヴェーレからカストールへの贈り物だ。執政がアキエロスに入った今、ヴェーレの軍兵たちは号令ひとつでたちまち王都を制圧にかかる。対するデイメンは今、遠く離れたこの地で、ローレントとその法外な要求に向き合わされていた。

「はじめから、すべて計算ずくだったのか？」

「一番の厄介は、グイオンに砦の中へ入れてもらう部分だったがな」

おだやかなローレントの口調だったが、響きにはいつも以上につかめない鋭さがあった。

デイメンは言った。

「王宮で、俺はお前の命令で打ち据えられ、薬を盛られ、鞭打たれたのだぞ。その俺に今さらデルファを渡せだと？　いっそそれくらいならお前の身柄を執政に引き渡し、その対価としてカストール打倒の力を借りるとは思わないのか」

「貴様の正体を知っていたのでな」ローレントが応じた。「貴様がトゥアルスを殺して叔父の一派に恥をかかせたことが国のすみずみまでふれわたるよう、伝令をとばしておいた。ゆえに、もしお前が玉座まで這い戻れたとしても、もはや貴様と叔父との同盟など無理だろうな。俺相手に駆け引きか？　貴様などひとたまりもないぞ」

「ひとたまりもない、か」デイメンはゆっくりと言った。「もし俺が敵に回れば、お前がつかんだわずかな領土は敵に完全に囲まれ、お前は三方を相手に立ち回るしかなくなるぞ」

「間違いなく、貴様に全力を注いでやるとも」

デイメンは、ローレントの立ち姿全体をじろりと眺めて言った。

「お前は孤立している。仲間はいない、友もいない。叔父がお前について言ったことがすべて、これで真実になった。お前はアキエロスと通じていた。アキエロスの男を閨《ねや》にまで入れた——もはやそれは衆人の知るところだ。今のお前は、たった一つの砦と地に落ちた権威にしがみついて一国の主《あるじ》を気取っているにすぎない」

一言ずつに力をこめた。

「ゆえに、我らの同盟の条件はこうだ。目録にあるものすべてと引き替えに、こちらはお前が叔父と戦うのを支援する。デルファはアキエロス領として残る。取引に足るものを持っているふりはもうやめろ」

その言葉を、沈黙が迎えた。デイメンとローレントは三歩の距離をはさんで向き合っていた。

ローレントが言った。

「だが、ほかにもあるだろう？　お前のほしいものが」

青く冴えた目をデイメンに据え、ローレントの体の線はくつろいで、天幕に透けて射す光が睫毛にともっている。デイメンの肉体がその言葉に揺さぶられ、ほとんど意志に反して目覚めていた。

「グイオンが」とローレントは続けた。「大使として務めた間に叔父とカストールの間を仲立ちした交渉の詳細について、文書で証言すると承知した」

デイメンの顔に朱がのぼった。聞かされたのは予想とは違った言葉で、ローレントにはそれもお見通しだ。一瞬、言われなかった言葉が二人の間に濃く立ちこめた。

「では、どうか侮辱を続けるがいい」とローレントがうながした。「地に落ちた我が権威について もっと聞かせてもらおう。お前に乗っかられてどれほどこの名が泥にまみれたか語るがいい。アキエロスの王と一夜しけこんだことが屈辱以外の何ものであるわけもないしな。是非たっぷり聞きたいものだ」

「ローレント――」

「貴様は」ローレントがさえぎった。「ろくな交渉の裏付けも持たずに俺がここに立つと思うのか？　この手には、カストールが企んだ謀叛について、貴様の主張を裏付ける唯一の証がある」

「多くの者にとっては、俺の言葉で充分だ」

「そうか？　ならば案ずることなく我が申し出を蹴るがいい。こちらはグイオンを大逆の罪で処刑し、証文を手近な蠟燭の火にくべるとしよう」

デイメンの両手が拳に握られた。もはや手詰まりなのを痛感する――ローレントは孤立無援で、なけなしの手札で足元を固めようとしているだけだとわかっているのに。アキエロス軍との共闘は、ローレントが何としてもほしいものの筈だ。アキエロスのデイミアノスとの共闘は。

「また別の偽りを続けるのか？」デイメンは問いかけた。「俺たちの、あの夜はなかったものだと？」

「忘れられてしまうのが心配か？　いらぬことだ。我が軍の全員が、お前が閨でもいそしんだことを知っている」

「もう俺たちの間はそういうものでしかないのか？　打算的で、血の通わない」

「どういうふうになると期待していたのだ、貴様は。寝台にしけこんで皆の前で床入りの儀を行えると浮かれたか？」

切りつけられたようだった。デイメンは言った。

「ニカンドロスの支援なくしては道は開けないし、彼はデルファを手放さないぞ」

「手放すさ、かわりにイオスをくれてやれ」

あまりにも、巧妙だった。デイメン自身はカストールを打ち倒した先のことまで考えが及んでいなかった。誰をイオスの首長《キロイ》にするのかも。それは伝統的に王の腹心に与えられる地位だ。ニカンドロスであればまさに適任。

「すべて計算済みなのか」デイメンの声は苦々しかった。「こんな形になる必要は――ただ俺のところへ来て、助力を求めてくれさえしたら、俺はきっと――」

「兄の次は叔父を殺してくれたか？」

ローレントはテーブルの前にきりりと背をのばして立ち、わずかも揺らがぬ目をデイメンへ据えていた。執政だと信じた男の体に剣を叩きこんだ感触が、デイメンに強くよみがえる。執政を殺せば償えるかのような。それは虚しい望みだ。

ローレントがこの場に立つために積み上げた準備を、この会合で望む結果を確実に手にするためのすべての冷血な駆け引きを思う。

「おめでとう、と言おう」デイメンは言った。「ほかに手はないようだ。お前は望むものを得る。デルファをな。我が軍の南進支援と引き替えに。すべてに代価がつけられ、情の入る余地などなく、すべてが冷血な打算というわけか」

「つまり、こちらが出した条件を呑むということか？　はっきり言うがいい」

「条件を呑む」

「よし」

そう言って、ローレントは一歩下がった。ついに、そこで気力の柱が折れたかのように体重を後ろのテーブルへ完全に預け、顔からすべての血の気を失った。体が震え、傷の痛みで額のふちに汗が浮いていた。

デイメンへ命じる。

「なら、出ていけ」


使者がデイメンへ話しかけていた。

デイメンはどこか遠くその中身を聞きながら、宿陣から小隊が迎えに来ているということは理解した。使者に返事をした。多分。少なくとも使者は、デイメンと馬を残して去っていった。

馬にまたがる前に鞍に手を置き、デイメンは一瞬目をとじた。ローレントは彼の正体を知っていて、それでも体を重ねたのだ。一体ローレントはどんな情熱のもと、どんな欺瞞《ぎまん》の下で、あんなことをしたのか。

今日一日をくぐりぬけた体は傷だらけできしみ、全身が痛みにうずいていた。ここまで無視していた戦いの打撃が今やまとめて押し寄せてくる。乱戦で酷使された肉体はすっかり疲弊していた。動けない。頭が回らない。

はっきり想像していたわけではないが、心のどこかでは、この対面が一度きりの激動の出来事で終わると思っていたのだろう。真実が暴露され、そこで何が起きようが、事態はひとつの決着を見ると。たとえ血を流すことになっても、それはデイメンにとって罰であり解放でもあった筈だった。

それがよもや、こんなふうにただ先へと続くものになるとは考えもしなかった。すでに真実が暴露されていたのだとは。容赦なく見透かされていたとは。それが、こんなふうに胸がつぶれそうな苦しさに変わるとは。

ローレントは目の奥に感情を封じて殺し、兄を殺した男とも――嫌悪しかなくとも――同盟を結んでのける。ローレントにできることなら、デイメンにもできる筈だ。感情を殺して交渉し、王としての公的な言葉を交わす。

喪失の痛みなど、愚かなことだ。ローレントは彼のものではなかったのだから。それはずっとわかっていた。二人の間に芽生えたあの脆《もろ》い何かは、そもそも存在してはならないものだった。はじめからいつ終わるのかわかっていた――デイメンが己の名を取り戻した瞬間に終わると。

そしてデイメンは馬にまたがり、迎えに来た少人数の部下に加わる。陣へ戻る道のりは短い。二つの軍の野営地は一キロと隔てられていなかった。己の義務を心に固く刻みこんで、デイメンは帰りついた。苦しいのなら、それは正しいからだ。王の道とはそういうものだ。

もう一つ、するべきことがあった。

馬から下りたデイメンの前には、ヴェーレの宿陣の鏡像のようにアキエロス軍の天幕の列がずらりと、彼の命令どおりに並んでいた。鞍から滑り下りたデイメンは手綱を兵卒へ渡した。肉体が疲弊しきって、集中するのもひと苦労だ。腕や足の筋肉のかすかな痙攣を、今は無視するしかない。

宿陣の東側にデイメン自身の天幕があり、寝床と夜具、目をとじて休める場所が待っている。だがそちらへは向かわなかった。かわりに、幕営の中心に据えられた本陣の天幕へニカンドロスを呼び出した。

もう日は暮れ、幕屋の入り口は黄色い炎を上げる腰高のたいまつに照らされている。入り口の六つの火鉢の灯りが揺らめいて卓上の影を躍らせ、そこに正対して、謁見用の玉座がわりの椅子が据えられていた。

ヴェーレ軍とこれほど接近して陣を張るというだけで、皆が緊張していた。過剰な数の見回りや、神経を集中させて馬で駆け回る角笛兵たち。もしヴェーレ兵が小石のひとつでも投げこめば、アキエロスの全軍が雪崩を打って行動に移るだろう。

兵たちはまだ、どうして自分たちがここに陣を張っているのか知らない。ただデイメンの命令に従っているだけだ。この知らせはまずニカンドロスの耳に。

テオメデス王からデルファを与えられた時の誇らしげなニカンドロスを、今でもデイメンは覚えている。単なる土地や、石と漆喰の建物の授受ではなかった。デルファ拝領は、ニカンドロスにとって亡き父へ示す己の誉れであった。そして今、デイメンはそれを取り上げようとしているのだ。政治の手札として。デイメンは、己の選択から、今や王となった立場から目をそらさなかった。ローレントを断念するのだ。それなら、これもやってみせる。

ニカンドロスが幕屋へ入ってきた。

申し出も、その代価も、楽に伝えられる内容ではなかった。ニカンドロスは苦々しさを隠しもせず、理解しようと努力しながら納得はできずにいた。デイメンは彼を見据え、一歩も引かず、たじろぎもしない。幼い頃は共に遊んだ仲だが、今ニカンドロスの前にいるのは彼の王だ。

「ヴェーレの王子に我が家を明け渡せば、彼がこの戦争であなたの大事な味方になると？」

「そうだ」

「そしてあなたは、もう心を決められたのだな」

「ああ、決めた」

昔の二人のようにデイメンの帰還を祝えたのならと願ったことが、心をよぎった。政争の駆け引きの中で、友情が壊れずにいられるとでも思ったのか。

「我々を対立させようというもくろみだ」とニカンドロスが言った。「これは策略だ。あなたへの支持を切り崩そうとしている」

「わかっている。いかにも彼らしい」

「ならば――」

ニカンドロスはいったん言葉を切り、腹に据えかねたように横を向いた。

「あの男はあなたを奴隷としていた。その上、我々をシャルシーで見捨てた」

「それは理由あってのことだ」

「だが私には説明されぬわけですな」

ローレントが援助を申し出た補給品と兵力の目録が、卓上に置かれていた。デイメンを驚かせるほどの充実した内容だったが、無尽蔵とはいかない。ざっとニカンドロスの上納分と同じほどの量があり、いわば新たに首長《キロイ》をひとり味方に加えるようなものだった。

デルファと引き替えにするだけの価値はない。デイメンにもそれはわかっていたし、ニカンドロスがそれを読みとったのもわかった。

「もしほかに道があるなら、そうしただろう」

デイメンはそう言った。

沈黙。ニカンドロスが己の言葉を呑みこむだけの。

「俺は誰の忠誠を失う？」とデイメンはたずねた。

「マケドン」とニカンドロス。「ストラトン。北方の旗頭たちも、あるいは。そしてアキエロスに入れば、たよれる味方はより少なくなり、国民の歓迎も減り、敵視すらされるだろう。行軍に当たって両国の兵たちの息を合わせる問題もあるし、ましてや戦場においては」

「ほかには何がある」

「兵たちは噂するでしょう」とニカンドロスが言った。苦々しそうに、口にしたくもない言葉を押し出している。「あなたと――」

「もういい」

デイメンはさえぎった。

そして、ニカンドロスは己が止められないように言っていた。

「せめてその手枷を外せば――」

「いいや。これは外さぬ」

デイメンは目を伏せず、そのままでいた。

ニカンドロスは背を向けると手のひらをテーブルにのせ、よりかかった。抗いが満ちている。

ニカンドロスの肩にこもる力に、たわんだ背に、卓上に押しつけられたままの手のひらに。

ひりつくような沈黙へと、デイメンは問いかけた。

「お前はどうだ。俺は、お前も失うのか？」

それが、デイメンが己に許せる限界だった。充分に落ちついた声でそれを言うと、あえて口をとざし、こらえて待った。

まるで言葉が、己の意志に反して深みからこみ上げてくるように、ニカンドロスが言った。

「私は、イオスが欲しい」

デイメンは息を吐き出した。ローレントは——と今になって気付く——彼らを対立させようと仕掛けていたわけではない。仕掛けは、ニカンドロスに対してのものだったのだ。危険なほど正確にローレントは把握していた——ニカンドロスの忠誠がどこまで固いか、その忠誠が壊れぬように何を与えればいいか。ローレントの存在が、ほとんどこの場に感じられるようだった。

「聞いてほしい、デイミアノス。私の助言を大事と思ったことがあるなら、聞いてくれ。あの男は味方ではない。あれはヴェーレ人であり、今や我々の国へ軍勢を送りこもうとしている」

「叔父と戦うためだ。我々と戦うためではない」

「もし家族を殺されたら、仇を殺すまであなたの心は安らぐまい」

ニカンドロスの言葉が二人の間に落ちた。デイメンは、天幕でこの同盟にやっと漕ぎ着けた時のローレントのまなざしを思い出していた。

ニカンドロスが首を振っていた。

「それとも、本気で思っているのか？　兄を殺したあなたを、彼が許すと」

「いいや。彼は俺を憎んでいる」デイメンは淡々と、ひるまずに言いきった。「だが叔父のことはもっと憎んでいる。彼には我々が、我々には彼が必要だ」

「たのまれれば私の領地を取り上げるほどに、あの男が必要だと？」

「そうだ」

デイメンは答えた。

その宣言を受けとめようとするニカンドロスの葛藤を見つめる。デイメンは言葉を重ねた。

「アキエロスのために選んだ道だ」

「その道が間違っていれば、アキエロスは滅びますぞ」とニカンドロスが答えた。


宿陣を抜けて自分の天幕へ戻る道すがら、デイメンは数人の兵士たちに声をかけた。十七にして初めて指揮をまかされた時からの習慣だ。兵たちはデイメンを見るとたちまち姿勢を正し、話しかけられても「御前様」としか口にしなかった。皆で焚き火を囲んでワインを流しこみ、品のない話や下卑《げび》た当てこすりを交わすようなわけにはもういかない。

ジョードや、ラヴェネルから従ってきたほかのヴェーレ兵たちはローレントの元へ送り返され、フォーテイヌの贅沢な宿陣《しゅくじん》にいる自国の部隊へ戻っていった。デイメンは見送りはできなかった。

生ぬるい夜で、調理や灯り以外の炎は必要ない。たいまつの火だけでも、アキエロスの陣の正確な列で道を迷う心配はなかった。訓練され統制の取れた兵たちは無駄なく働き、武器は清められて武具庫へ並び、火がおこされ、天幕の頑丈な留め杭が地面へ打ちこまれていた。

デイメンの天幕は、飾り気のない白い帆布でできていた。大きく、二人の武装兵が入り口を守っていること以外、ほかの天幕とほとんど差はない。番兵たちはさっと背すじを正し、この名誉に顔をほてらせていた。その誇りは、年上のアクティスよりも若いパラスの顔により明らかで、二人ともに立ち姿にもにじみ出ていた。デイメンは通りすぎながら二人にねぎらいの仕種を示した。王らしく。

天幕の入り口をからげ、入って、布が落ちるにまかせる。

中は飾り気なくがらんとしていて、燭台の釘に刺した獣脂の蠟燭が照らしている。一人になって、心底ほっとした。姿勢を保たずともよく、疲労の重みに負けてもいい。肉体が休息を欲していた。今はただ鎧を外して目をとじたい。一人で。王の顔を捨てて。

足がぴたりと止まり、嫌な感覚が背を這って、まるで一瞬、吐き気のような眩暈が抜けた。

デイメンは一人ではなかった。

殺風景な寝床の足元にいる女は裸で、豊満な胸を重そうに垂らし、額を床につけている。王宮での調練は受けておらず、緊張を隠しきれてもいなかった。金の髪は北部の慣習にならってやわらかくひとまとめにされている。年の頃は十九か二十か、仕込みを受けた肉体は準備ができていた。簡素な木の湯船に湯も用意されており、デイメンの好きに使えるようになっている。湯ではなく、彼女をも。

ニカンドロスの軍内に、後続の補給物資の荷車とともに奴隷がいるのはデイメンも知っていた。アキエロスに戻れば奴隷が彼を待っていることもわかっていた筈だ。

「立つがいい」

デイメンの口から出た言葉はぎこちなく、奴隷に対する命令としては不適切だった。かつての彼であればこれを予想していただろうし、対処もよくわかっていた。彼女のそなえた、北方の素朴な手管を楽しみながら、臥所を共にしただろう。今夜、少なくとも明日の朝には。デイメンの好みを心得たニカンドロスはぴったりの女を用意していた。ニカンドロスの奴隷の中でも選りすぐりなのは見ればわかる。ニカンドロス自身が抱える奴隷のひとりであり、お気に入りでさえあるかもしれない。賓客、そして王であるデイメンのために。

女は立ち上がった。デイメンは無言だった。女の首には首枷がはめられており、ほっそりした手首にある金属の手枷はまるでデイメンのものと同じ――。

「御前様」彼女がそっと囁いた。「何かお心にそまぬことでもございましたでしょうか」

デイメンはいびつな、揺れる息をこぼした。気付けばさっきから息がととのっていないし、体がどこかたよりない。そして気付けば、二人の間の沈黙が長くのびすぎていた。

「奴隷はいらぬ」デイメンは命じた。「差配役にそう伝えよ。誰もよこさなくていい。行軍の間ずっと、着替えは補佐か従士に手伝わせる」

「かしこまりました、御前様」

彼女は従順に、そして狼狽しつつもそれを隠して——隠そうとはしながら——答え、頬を染めて天幕の入り口へ向かった。

「待て」

裸のまま宿陣を横切らせるわけにはいかない。デイメンは「これを」と自分のマントの留め針を外し、女の肩にかけてやった。慣習をすっかり無視した行為に気が落ちつかない。

「衛兵に送らせよう」

「はい、御前様」

ほかに何も言えぬ女はそう言って、去ってゆき、デイメンはありがたくも一人で残されたのだった。

第五章

衝撃的な同盟の知らせはまずニカンドロスを打ったが、この朝の布告はもっと公的で、困難で、さらに大がかりなものであった。

未明のうちから、両陣の間を使者が馬で行き交った。宿営地全体が暁の淡い光の下で身じろぎしはじめる前から、この布告の準備は整えられていた。このような顔合わせには数ヵ月もの準備をかけるものだ。それが今、着々とすすめられていく手際の見事さは目を疑うほどのものだった——ローレントを知らぬ者にすれば。

デイメンはマケドンを本陣の幕屋へ呼び出し、式辞のために兵たちを並ばせるよう命じた。デイメン自身は謁見用の玉座へ坐し、隣には無人の樫の木の椅子、背後にはニカンドロスの姿があった。全軍千五百名の兵士が乱れひとつなく並んでいくのを眺める。デイメンの前は見晴らしがよく、兵たちの二つに分かれた方陣全体が見えた。方陣の中心にはまっすぐ道が通り、本陣に坐すデイメンの玉座へと続いている。

マケドンに一対一で伝えず、声明を聞かせるためにここへ呼んだのは、デイメンの選択であった。兵たちと同じく、何の予備知識も与えず。これはひとつの賭けであり、一手ごとに細心の注意を要する。刻みを入れた剣帯で知られるマケドンは、北方でも最大規模の軍隊を擁し、身分の上ではニカンドロスに仕える旗持ちでありながら、独立した力を備えている。もしマケドンの機嫌を損ねて彼とその兵が去れば、デイメンの南進は成功の見込みを失う。

宿陣へ馬で駆けこんできたヴェーレの典礼官に、マケドンがはっと反応したのがわかった。きわめて激しやすい男だ。すでに王の命にそむいてのけた。ほんの数週間前には、独断でヴェーレの村に報復を仕掛け、二国の和平を踏みにじった。

「ヴェーレ、およびアクイタートの王子であらせられるローレント殿下の御成りです」

典礼官がそう言い渡し、本陣の幕屋内にいる兵たちがさらにどよめく。ニカンドロスからも緊張が感じとれたが、そのたたずまいは不動であった。デイメン自身の鼓動も速まったが、顔は無表情に保った。

王子同士が対面する時には、従うべき礼式がある。薄布の天幕で二人きりで互いを迎えたりはしない。鎖に巻いて王宮の謁見室の床に転がしたりもしない。

アキエロスとヴェーレの王族が公式に顔を合わせるのは、六年前のマーラスで、執政がデイメンの父テオメデス王に降伏して以来のことになる。ヴェーレへの礼節としてデイメンはそこに同席しなかったが、ヴェーレの王族が父の前に膝をつくことに優越を覚えた記憶はあった。喜んでいたのだ。そう、喜んでいた——とデイメンは思う——ここにいる兵たちが目の前で起きつつあることを嫌悪するのと同じくらいに。そして同じ理由で。

　今やヴェーレの旗が見えていた。六列に並んだ縦三十六名の縦列が大地を越えて向かってくる。先導は馬にまたがったローレント。

　デイメンは待った。樫の玉座におごそかに坐し、アキエロス風に腕と腿を剝き出しにして。眼前のアキエロス軍は一糸乱れぬ陣を保っている。

　それは、ヴェーレの村々でローレントを迎えたような熱狂的な歓迎ではない。誰ひとり彼に見惚れたり足元へ花を投げかける者はいない。宿営地は静まり返っていた。アキエロスの兵たちは自分たちの中央を抜けて本陣へ向かうローレントの、陽光に燦然と光る姿を凝視していた。自らの鎧と鋭い剣身と槍の穂先をギラつかせながら。つい最近血を流すために使われて、よく磨き上げられた輝き。

　だがローレントの、どこまでも厚かましい優雅さは常のごとくだった。輝く頭には兜もない。鎧もまとわず、身分を示すものといえば額を飾る金の環だけで、それでも馬からひらりと下りて手綱を従僕へ投げたその姿は、すべての視線を集めていた。

　デイメンは立ち上がった。

　本陣全体がそれに反応し、立っていた兵たちは姿勢を整え、王への礼儀として視線を伏せた。ローレントがつかつかと、美しく歩み入ってくる。己の存在がこの場にもたらしている影響に、気付いてすらいないような顔で。アキエロス軍の本陣を無傷のまま堂々と歩くのは当然以外の何ものでもないという身ごなしで、自分のために用意された通り道を進んでいく。デイメンの兵たちは、家にのこのこ上がりこんできた宿敵相手に何の手出しもできないといった目つきでローレントを見つめていた。

「我がアキエロスの兄弟《はらから》よ」とローレントが呼びかけた。

デイメンはたじろがずに目をはっきりと合わせた。アキエロス語に通じたものなら誰でも、異国の王子を兄弟として親しい呼びかけで迎えることを知っている。

「我がヴェーレの兄弟《はらから》よ」とデイメンも応じた。

ローレントの随行者たちを、意識の隅で認める。揃いの服をまとった近習や顔の見えぬ端の人々、フォーティヌの砦から参列に来た数人の廷臣たち。隊長のエンゲランの顔もあった。そしてグイオン、誰より執政に忠実な顧問でありながらこの三日間のどこかで宗旨替えしたこの男まで顔を並べていた。

デイメンは片手を上げ、手のひらを見せて指をのばし、その手をさしのべた。ローレントも悠然と片手を上げ、デイメンの手に重ねる。指がふれ合った。

本陣にいるすべてのアキエロス人が食い入るように見ているのを感じる。二人はゆっくりと、歩みを進めた。ローレントの指はデイメンの指の上に最小限の触れ合いで休められていた。これから何が起きようとしているか、周囲が気付いたその瞬間が、デイメンの肌に伝わってくる。

演壇へ歩みよると、二人は人々に向いて座った。対《つい》の樫の椅子に。今やそれは、対の玉座と

なった。

衝撃——それが幕屋に立つ男たち、そして女たちを波のように包む。本陣の幕屋の外の、整列した兵たちまでも。全員の目に、ローレントとデイメンが坐した形が見えていた。隣り合い、肩を並べて。

どういう意味かは明らかだ。同格の印。二人は対等であると、その宣言であった。

「皆には、我らの協約の立会人としてここに集まってもらった」

デイメンの声は澄んで、雑音を圧して響きわたった。

「今日、ここに我らの同盟を宣する。我らの玉座を横奪せんとする簒奪者《さんだつしゃ》ども、王を僭称《せんしょう》する者どもを倒すために」

ローレントは体に合わせてしつらえられたかのようにそこに坐し、いつものお気に入りの体勢を取った。片足をまっすぐ前へのばし、ほっそりした手首を玉座の肘掛けにのせている。

人々が怒りに色めき立ち、憤激の叫びが上がり、剣柄に手がかけられた。それに、あるいはすべてに、ローレントがわずらわされている様子はまるでなかった。

「ヴェーレには、友誼《ゆうぎ》を結んだ相手に贈り物をする習わしがある」ローレントがアキエロス語で言った。「しかればヴェーレより、今、そして後来への同盟の証にこれを贈ろう」

その指が上がった。ヴェーレの召使いが前へ進み出る。のばした腕に大皿をささげ持つようにクッションを戴いていた。

デイメンは、周囲の天幕が消えていくのを感じた。

列席の人々のことも忘れ去る。兵たちや将たちの支持を取り付けることさえ忘れ去る。ただ、召使いが演壇へと運んでくるクッションの上にあるものしか見えなかった。

ぐるりと巻かれ、デイメンのために用意されたそのローレントの贈り物は、黄金の、ヴェーレの鞭であった。

見覚えがあった。湾曲した金の持ち手の根元に特徴的な、ルビーかガーネットらしき紅玉が、大猫がくわえた形ではめこまれている。ヴェーレの付添いが手にした柄に同じ浮き彫りがあったのを、そこからのびた華奢な鎖が自分の首枷につながれていたことを、覚えている。この大猫が、彼の家の象徴である獅子に似ていたのを。

ローレントの手がこの柄と鎖を引いた、不愉快なあの手つきを覚えている。それ以上のことも。足を蹴って開かされ、両手を縛られ、太い木の柱に胸を押しつけ、今にも背に落ちてくる一撃を待ったことを。向かいの壁にもたれたローレントの姿を、肩を壁に預けてあらゆるデイメンの表情の変化を見のがすまいとしていたその顔を覚えている。

視線が、さっとローレントへと動いた。己の顔が紅潮しているのが、頬の熱さでわかった。居並ぶ将軍たちの前では「どういうつもりだ？」と問いつめることもできない。

幕屋の外で、何かが起きていた。

本陣の外側ではヴェーレの随行団が、飾り立てられた鞭打ち台を十脚、等間隔で並べていた。

十名の男たちが、まるで穀物の袋のように馬から下ろされた。服を剝がれ、縛り上げられている。

幕屋の中ではアキエロスの男女がとまどいの目を見交わし、あるいは首をのばしてその光景を見ようとしていた。

並びそろった軍隊の前で、十人の捕虜たちが鞭打ち台へと押しやられ、よろよろと、後ろ手に縛られておぼつかない足どりで進んだ。

「これらは、アキエロスの村タラシスを襲撃した者どもだ」ローレントが告げた。「部族の雇われ兵で、二国の和平を裂かんというもくろみのため、我が叔父に買われてそなたたちの民を襲った」

今やローレントにすべての人々の意識が注がれていた。アキエロス人全員の視線が。兵卒から指揮官まで——将軍たちまでも。とりわけマケドンとその兵たちは、タラシスの惨状をまざまざと目に焼きつけた者たちであった。

「この鞭と男どもは、ヴェーレよりアキエロスへの贈り物だ」ローレントが、優しげな青い目をデイメンへ向けた。「そしてはじめの五十打は、私からあなたへの贈り物だ」

たとえそう望もうと、デイメンに止めるすべはなかった。歓迎と期待の空気が、本陣に濃く立ちこめていた。兵たちはこれを望み、喜び、ローレントを、男どもを引き裂けと命じて眉ひとつ動かさない金髪の若者を、見直していた。

ヴェーレの采配役たちが鞭打ち台を地面へ打ちこんで固定し、重さに耐えるかどうか力をこめて揺すった。

デイメンの心の一部は、この贈り物がじつによく考え抜かれていることに、その巧緻な計算に感嘆していた。ローレントはこれをデイメン個人への痛打としながら、返す手でアキエロスの将軍たちを懐柔したのだ。犬の喉をなでてやるように。

デイメンの口が動いていた。

「ヴェーレの心づかい、見事なり」

「結局のところ」ローレントがデイメンを視線を受けとめた。「あなたの好みを存じ上げているのでな」

裸の男たちが台にくくりつけられた。

ヴェーレの鞭打ち人たちが位置に立った。一人ずつ、縛られた捕虜の横で鞭をかまえている。号令がかかった。まさに目の前でローレントが十人の男たちの生皮を剝ぐのを見物させられるのだと悟って、デイメンの鼓動が速まった。

「もうひとつ」ローレントの声は遠くまで響くものだった。「フォーテイヌの砦はそなたたちを歓迎する。負傷者は砦の医師に見せ、砦の糧食で腹を満たされよ。シャルシーにおいてアキエロス軍は困難な勝利を得た。そなたたちの戦いの間に我らが得たものは、言うまでもなく、すべてそなたたちのものだ。私は、アキエロスの正当なる王とその民の苦しみや困難によって己を利することなど望まぬ」

ストラトンを失う、マケドンも失う——そう断言した時、ニカンドロスは知るよしもなかったのだろう。ローレントが姿を現したが最後、すべてを——恐ろしい手管で——操り出すとは。

長い時間かかった。五十発の鞭打ち、肩と腕の力をこめて男たちの剝き出しの背中へ鞭が打ち下ろされる行為は、じっくりと進められた。デイメンは最後まで見届けた。ローレントの顔を見はしなかった。あの青い目はいつまでも延々と生皮が裂けるさまを見据えていられるのだと、経験から知っていた。ローレントの視線の前で鞭打たれるのがどんな感じなのか、すみずみまで知っていた。

血みどろの肉塊のようになった男たち——もはや人間とも言えないその体が、鞭打ち台からほどかれた。一人の男を持ち上げるのに介添人二人以上を要したので、それにもまた時間がかかる。しかも誰も、どの男が意識不明でどの男が死んでいるのか把握しきれていない。

デイメンは口を開いた。

「我らからも、親愛の贈り物がある」

人々の目が彼へと向いた。ローレントの贈り物がひとまず不服の芽を摘んだが、まだアキエロスとヴェーレの間には溝がある。

昨夜、天幕の夜闇の中で、デイメンは自分の荷からその贈り物を取り出し、しみじみと重さを感じながら見下ろしていた。前にも一度か二度、この瞬間を思い描いたことはある。秘められた想像の中では、二人きりで交わされる筈のものだった。こんな形になるとは思ってもいなかった、秘め事が衆目《しゅうもく》にさらされ、こうも耐えがたいことになるとは。ローレントのような、大事なものを傷つける力はデイメンには備わっていないのだ。

　今度はデイメンが、二つの国の同盟をより固く結ぶ番だ。それにはこれしかない。

「私があなたの奴隷として抱えられていたことは、誰もの知るところだ」

　幕屋に集った全員に聞こえるよう、デイメンは声を張った。

「この手首にはその枷がある。だが今日この時より、ヴェーレの王子と私は同格である」

　デイメンの手の合図に応じて、従士の一人が進み出た。それは、デイメンの荷から出されて、今も布に包まれたままであった。ローレントの内に不意に張りつめた緊張が伝わってくる。表情には何の変化もないまま。

　デイメンは言った。

「これがほしいと、あなたは言った。かつて、ひとたび」

　従士が布をさっと引くと、黄金の枷があらわになった。ローレントににじむこわばりを、デイメンは目よりも肌で感じとる。その手枷は、一目でそうとわかる、デイメンのものとそっくりの対の枷であった。昨夜のうちに鍛治職人の手でローレントの細い手首に合うよう直されて。

　デイメンは語りかけた。

「私からの贈り物として、これを着けてほしい」

一瞬、拒まれるかと思ったが、この公の場でローレントにはかわすすべがない。

ローレントが手をさしのべた。そのままただ、手をのばして待ち、目を上げてデイメンと視線を合わせた。

ローレントが言った。

「着けてくれ」

その場のすべての目がローレントに集まっていた。デイメンはローレントの手首を手に取る。まず、袖口をほどいて袖を押し上げねば。

おぼろげに、本陣にいるアキエロス人たちが鞭打ちに負けじとこの光景に食いついているのを感じた。デイメンがヴェーレで奴隷とされていたという噂は野火のごとき勢いで広がっていた。そのヴェーレの王子が今度は奴隷の手枷を、デイメンの所有の印を着けさせられる光景は、衝撃的で、禁忌のようでもあった。

デイメンは、手にした手枷の角の、固い丸みを感じた。ローレントの青い目は鋭く冴えたままだが、デイメンの親指の下で彼の鼓動は跳ねるように速かった。

「玉座には玉座をもって応えよう」

デイメンはそう告げた。ローレントの袖口を押し上げる。人前で、ローレントがこれほどの肌をさらしたことはない。それもここにいる全員の目の前で。

「我が王国奪回への助力を。さすれば、そなたをヴェーレの王としてみせよう」

「そなたの思い出を贈り物として身にまとえるとは、この上ない喜びだ」

ローレントがそう応じる。枷がカチリとはまった。彼はその手を引こうともせず、ただ玉座の肘掛けにのせたまま、袖口を開いて金の枷を衆目にさらしていた。

兵列全体に角笛が響きわたり、宴の皿が運びこまれてくる。ここまで来れば後はデイメンは残りの歓迎の宴を耐え抜き、最後に協定に調印するだけだ。

武芸披露が次々と行なわれ、鍛練された型でこの日をことほぐ。ローレントはいかにもおとなしく見物しているが、きっとその下には本心からの興味が隠れているだろう。アキエロスの戦いの技に精通しておけば彼にとって役に立つ。

マケドンが冷淡な顔で二人を見ているのに、デイメンは気付いた。その向かいでは、ヴァネスが食べ物をつまんでいる。彼女は女だけのヴァスク帝国の宮廷で執政の大使を務めていた。ヴァスクの女帝は、民への余興として己の豹に男たちを八つ裂きにさせるという噂だ。

南への行軍の間にローレントがヴァスクの部族相手に幾度もくり広げた、巧みで細やかな交渉がデイメンの脳裏をよぎった。

ローレントへ問いかける。

「どうやってヴァネスを味方につけたのか、聞かせてはもらえるのか？」

「秘密などではない。彼女は、新たな元老院の一員として取り立てられる」

「グイオンのほうは？」

「息子の命を取ると脅してやった。思い知ったようだ、すでに一人殺してやった後だからな」

マケドンが玉座へ近づいてきた。

彼が進み出ると空気に予兆がみなぎり、その動きに人々が注意を向けた。マケドンのヴェーレ嫌いはよく知られている。ローレントは大衆の反発の芽はうまく摘んだが、それでもマケドンはヴェーレの王子を指揮官として認めまい。

マケドンはデイメンへ一礼し、ローレントへは何の礼儀も示さずに突っ立っていた。ちらりとアキエロスの闘舞の型へ目をやってから、ローレントをゆっくり、見下した態度で眺め回した。

「これが互角の同盟であるというのなら」マケドンが口を開いた。「ここでヴェーレ人の戦いぶりを見られぬとはじつに残念なことだ」

今まさに目の前で行なわれている戦いが見えていないだけだ、とデイメンは思った。ローレントはマケドンへ視線を向けたままだった。

マケドンが続けた。

「あるいは腕試しを。ヴェーレとアキエロスの者の」

「それは、そなたからヴァネス女卿への決闘の申し込みととってよいかな？」

ローレントが応じた。

青い目が茶色の目と合う。ローレントは玉座にくつろいでおり、その姿がマケドンにどう見えるかデイメンは知りすぎるほど知っていた。己の半分の年にもいかぬ若造。戦闘を人に押しつけて逃げた未熟な王子。引きこもって体のなまった宮廷人。

「我が王は名うての戦士であられる」マケドンがじろりとローレントを眺めながら言った。

「お二人の間で、ひとつ戦いぶりを見せていただけぬでしょうかな?」

「だが、我らは兄弟のようなものであるからな」

ローレントは微笑んだ。デイメンは指先にローレントの指がふれてくるのを感じる。二人の指が絡み合った。これまでの長い経験から、ローレントがすべての感情を一つの不快感の核に固くとじこめている気配はよくわかる。

典礼官が証書を運んできた。紙の上に二国の言葉で、どちらが上にもならないよう左右に並べた文言がある。言葉はごく簡素なものにとどめられていた。条項をずらずら並べたり細目を付け足したりはしていない。ごく明快な宣言文——ヴェーレとアキエロスは、それぞれの王位簒奪者に対してここに共通の目的と友誼による同盟を結ぶ。

デイメンは署名した。ローレントも署名した。デイミアノス・V。そしてローレント・R、大きな弧で描いたLの頭文字で。

「我らが輝かしき団結に」とローレントが言った。

そしてすべてが終わり、ローレントは立ち上がってヴェーレ人たちは去りはじめ、やがて馬上の姿は、青くたなびく長い旗の列となって平野を遠ざかっていった。

アキエロス人たちもまた、ぞろぞろと去っていった。指揮官や将軍たち、用のすんだ奴隷たち。ついにデイメンとニカンドロスの二人のみが残り、ニカンドロスは猛々しい目をデイメンへ向けていた。旧友としてデイメンのことをじつによく知る男だ。

「彼にデルファをやったわけですな」とニカンドロスが言った。

「あれは別に——」

「閨の贈り物ではないと?」

「口がすぎるぞ」

「そうですか? イアネストラのことを思い出すが。イアノーラと」ニカンドロスは続けた。「それにエウニデスの娘と、村娘のキラも——」

「そこまで。この話は終わりだ」

デイメンは目をそむけ、眼前のゴブレットにまなざしを据えてから、ためらった後にそれを手にした。手つかずのワインを一口含む。失敗だった。

「話さなくても結構です。あの王子の姿を見ればわかる」

「どう見ようとかまわん。お前が考えているような話とは違うのだ」

「私が考えているのは、あの王子が美しく手に入らぬ存在だということだ。あなたはこれまでの人生で、一度も拒絶を味わったことがない」ニカンドロスが言い放った。「あなたがアキエロスのこの同盟を決めたのは、ヴェーレの王子の金髪碧眼のためか」さらにぞっとするような声で「一体、アキエロスは幾度の受難に見舞われるのか、あなたが己の情に――」

「そこまでだと言った、ニカンドロス」

激昂のあまり、デイメンはゴブレットの硝子を指の間で砕いてしまいたかった。破片の痛みを求めて。

「お前は本気で――わずかでも、俺が……。何ひとつ」とデイメンは言葉を重ねる。「俺には何ひとつ、アキエロスより大事なものなどないのだぞ」

「あれはヴェーレの王子ですぞ！　アキエロスのことなどどうでもいい男だ！　その彼を手に入れる、という誘惑に、あなたは揺らがなかったと言えるのか？　目を開くんだ、デイミアノス！」

デイメンは玉座から立ち上がり、幕屋の大きく開いた口へと向かった。ヴェーレ軍の宿営地まで景色をさえぎるものはない。ローレントとその連れはすでにその宿営地へ消えていたが、ヴェーレの優美な天幕の並びはデイメンの視線の先で絹の三角旗をたなびかせていた。

「彼が欲しいのでしょう。それは自然なことだ、まるでネレウスが庭園に飾った彫像のようなあの姿では。しかも王子で、身分もつり合う。彼はあなたを嫌っているが、憎しみすら時には心そそるものだ」

ニカンドロスは続けた。

「ならば、抱けばいい。好奇心を満たしに。そしてほかの金髪を抱くのと変わらぬとたしかめてから、忘れることだ」

沈黙は、ほんの少しだけ長すぎた。

背後でニカンドロスがはっとしたのを感じる。デイメンはゴブレットに目を据えたままでいた。一言たりとも、言葉にして説明する気はなかった——俺は自分が奴隷だと言い、彼はそれを信じたふりをした。彼に城壁の上でキスをした。彼は召使いに言い含めて俺を自分の部屋へと招いた。あれは別れる前夜で、この腕にあの体をゆだねてくれた。その間ずっと、兄を殺した男だと知りながら——。

向き直ると、ニカンドロスの表情は凄まじいものだった。

「……つまり、本当に閨の贈り物だったのか」

「ああ、抱いたとも」デイメンは言い返した。「一夜限りのことだ。向こうはほとんど緊張しどおしだった。そうだ、彼を——欲しいと思った。だがあれはヴェーレの王子で俺はアキエロスの王だ。これはあくまで政治的な共闘だ。向こうは私情をはさまない。俺も同じだ」

「顔が美しいだけでなく頭が切れて冷血だと聞かされて、この私が安堵するとでも？」

息がすべて絞り出されたようだった。ニカンドロスとの再会の後、イオスの夏の夜にニカンドロスが放ったもうひとつの諫言《かんげん》について、二人の間で話題にのぼったことは一度もなかった。

「あの時とは、違う」

「ローレントはジョカステではないと?」

「俺はもはや、彼女を信じきっていたかつての俺ではない」

「ならばあなたはデイミアノスではないということだ」

「まさしく。デイミアノスは、お前の忠告に耳を貸さなかったばかりにアキエロスで死んだのだ」

　ニカンドロスの言葉を今も思い出せた。〈カストールは昔から自分こそ玉座にふさわしいと信じこんできた。なのにあなたがそれを奪ったと〉

　そしてデイメン自身の答え――兄が俺に害なすわけがない、我らは兄弟なのだから。

「ならば、今こそ耳を傾ける時だ」とニカンドロスが言った。

「傾けている。もうわかっている。ローレントが何者なのかも。それゆえに、決して手に入らぬものだとも」

「駄目だ。よく聞いてくれ、デイミアノス。あなたは盲目的に信頼する。あなたの世界は純粋だ――敵《かたき》と見なせば断固として戦いに挑む、だがひとたびその寵愛を向けたなら……誰かに誠《まこと》を誓ったが最後、あなたは決して疑わない。最後の息が尽きるまで相手のために戦い、それをそしる言葉は耳からしめ出し、いつか相手の槍にはらわたを刺し貫かれて墓へ入ることとなる」

「ならばお前は違うとでも?」とデイメンは問い返した。「俺に味方することの意味は、わかっているだろう。もし俺が事を為せねば、お前はすべてを失う」

ニカンドロスはデイメンの視線を受けとめていたが、息を吐くと顔を手でぐるりとなで、短くさすった。呟く。

「ヴェーレの王子か」

そしてまたデイメンを、今度は上げた眉の下から横目で見やった。その一瞬、まるで二人して少年時代の修練場に戻り、獣皮を張った人型の的に投げ槍がはるかに届かなかった昔のようだった。

「想像できますか、あなたの父上が知ったら何と言ったか?」

「ああ、できる」デイメンは答えた。「キラと呼ばれていたのは、あの村のどの娘だ?」

「全員だ。デイミアノス、あの王子を信じてはならない」

「わかっている」

デイメンはワインを干した。外にはまだ数時間の陽光が、そして成すべき仕事が残っている。

「彼を半日見てお前は俺にそう忠告するが、少し待て。丸一日、そばですごしてみるまでな」

「時が経てば印象がよくなると?」

「そう言ったつもりはない」

それがデイメンの返事だった。

第六章

問題は、一行がすぐに行軍にかかるわけにはいかないという点だった。

充分以上の経験を積んできたデイメンは、複数の勢力をまとめた軍隊の扱いには慣れているつもりだった。だが今度の相手は小さな雇い兵の部隊ではなく、積年の仇敵たる二つの強大な軍隊で、しかも両軍ともに率いているのは血の気の多い将軍だ。

マケドンは、初の協議のためにフォーテイヌの城塞へと、口を不機嫌に曲げてやってきた。デイメンは謁見室で神経を尖らせてローレントの到着を待っていた。その視線の先でローレントが、参謀のヴァネスと隊長のエンゲランを伴って入ってくる。果たしてこの朝の会合が見えない針のむしろとなるのか、それとも誰もが唖然とする仰天発言の連続となるのか、正直デイメンには見当もつかなかった。

実際には、物事はてきぱきと実務的に片付けられていった。ローレントは集中し、緻密で、そして細部に至るまでアキエロス語で議論した。それほど言語堪能ではないヴァネスとエンゲランにかわって話を主導しながら、ローレントはたとえば「密集方陣」などという、デイメンからほんの半月前に学んだばかりの言葉を慣れた様子で駆使し、よどみなくその流暢さを印象づけていた。言葉を探して「あれはどう言えば――」や「これはどう呼ばれて――」と眉間に寄せていた小さな皺はもうまるで見られない。

「あちらの王子が我々の言葉にあれほど堪能とは、幸運でしたな」

自分の宿陣に戻ってからニカンドロスがそう述べた。

「彼に関して運任せのことなどひとつもない」とデイメンは答えた。

ひとりきりになると、デイメンは自分の天幕から外を眺めた。広がった景色はのどかに見えたが、じき行軍が始まる。赤く浮かんだ地平線が、やがて近づいてくる。かつてデイメンの世界すべてを取り囲んでいた隆起する大地。その輪郭を目でなぞり、気がすむと、景色に背を向けた。日々ふくれ上がる新たなヴェーレの宿営地や、風に鮮やかに翻る絹の旗には目をやらなかった。時おりそちらから、笑い声や話し声の響きがみずみずしい草地を抜けて流れてくる。

両軍の宿営地は分けておくのがいいだろうと、互いに合意していた。アキエロス兵たちは、ヴェーレの天幕が次々と大地に建つと、その三角旗や絹布、色とりどりの壁板に軽蔑の目を向けていた。この新しい、優雅なお仲間と肩を並べて戦いたくなどないのだ。その点では、シャルシーの戦闘でのローレントの不在は致命的だった。彼の、戦略上の初めての失態。そして彼らは今もその痛手を取り返そうとしている。

ヴェーレ人たちのほうも、こちらに軽蔑のまなざしを向けていた。別の意味で。アキエロス人は私生児たちと親しく交わる上、半裸でうろつく野蛮人なのだ。宿営地の境界で交わされる猥雑なからかいや嘲り、挑発などは一部デイメンの耳にも入っていた。通りかかったパラスに向かってラザールが口笛を鳴らしたことも。

それに加えてある噂が立ち、兵士たちの口から口へと囁かれ、勝手な憶測がとびかった挙句、ぬるい夏の夕べ、ニカンドロスがデイメンのもとへやってきて言った。

「奴隷をお使いなされ」

デイメンは「断る」と答えた。

彼はひたすら仕事と肉体の鍛練に打ちこんだ。日のあるうちは作戦を練り、兵站を考え抜いた。円滑な進軍には欠かせない基盤だ。行軍の道筋を計画し、補給線を設定し、兵練の指揮を取った。夜には一人で宿陣を出て、周囲が無人になると剣を抜き、汗みどろになるまで鍛練した。剣を上げられなくなり、立つのもやっとで、筋肉が痙攣し、剣先が地面に垂れるまで。

眠るのも一人だった。己で服を脱いで体をすすぎ、簡単な身の回りのことは従士に、肌のふれあいなしで手伝わせた。

望み通りだ、と自分に言い聞かせた。彼とローレントの間にあるのは実務的な関係だ。もはやそこに――友情は、ない。そもそもありえなかったことなのだ。ローレントを己の国に案内する夢など愚かしいと、はじめからわかっていた。ローレントがイオスの大理石のバルコニーにもたれて、涼しい海風の中でデイメンの訪れに振り向き、絶景に目を輝かせるなど。

ゆえに、デイメンは働いた。仕事はあった。故国の首長《キロイ》たちに向けて次々と帰還を告げる書簡を送った。じき、誰が支持者に名を加えるかわかるだろう、そうすれば勝利をたぐりよせるための行軍進路を決められる。

三時間の孤独な剣の鍛練を終え、デイメンは自分の天幕へと戻った。体を覆う汗は、奴隷を拒否した今は世話係の従士に拭わせるしかない。だがかわりに、デイメンは座って手紙を書いた。短くなった蠟燭の灯りが周囲で揺らめいたが、手元は充分明るかった。直筆で、知己《ちき》へ宛てた手紙をしたためる。己の身に何が起きたのかは、どの相手にも語らなかった。

夜の向こう側ではジョードやラザールなどの王子の近衛たちがヴェーレの宿営地のどこかにいて、別の規律に従っている。ジョードのことを思った。アイメリックの暮らした砦に滞在している彼を。ジョードの言葉がよぎった――〈お前は一度でも考えたことがあるのか、兄を殺した男に股を開いたと知ったらどんな気分になるか？　きっと、こんな気分になるだろうよ〉

虚ろな時間の静寂が天幕内にふくれ上がり、軍の夜番の仕事のひそめた音だけを友に、デイメンは最後の手紙を書き終えていた。

カストールへも、一言だけ送った。〈いずれ会おう〉と。

それを届ける使者の旅立ちを見送りはしなかった。

家族を信じるのは、心の甘さではないだろう――それを言ったのはデイメン自身だった。かつて。

グイオンの居室は、アイメリックが血を流して倒れていたあの部屋とよく似た調度だった。

とは言え、その姿には息子の面影などなかったが。あの艶のある巻き毛や睫毛の長い強情なまなざしの影はどこにもない。グイオンは四十代後半の男で、活動的な体格とも言えなかった。

彼はデイメンを見ると、執政を相手にした時のような礼をした。深く、うやうやしく。

「陛下」と呼びかけた。

「そのように、お前はたやすく寝返るのだな」

デイメンは不快感をあらわに男を見やった。グイオンは見た限り拘禁など一切されていない。彼は今でもこの砦の大守であり、多くの意味でまだ砦の顔でもあった。実質上はローレントの兵の支配下にあっても。グイオンとローレントの取引の詳細はともかく、服従と引き替えにグイオンはその恩恵にたっぷりあずかっているようだった。

「私には息子は大勢おりますが、無限にとは言えませんのでな」とグイオンが答えた。

たとえ逃げたくとも選択肢はわずかなものだろう、とデイメンは思った。執政は寛大な男ではない。自分の屋根の下へアキエロス人たちをこころよく招き入れるしか、グイオンには道はないのだった。腹立たしいのは、いともあっさりとその役割になじんだ様子——この贅沢な部屋、これまでの己の行為を恥じるところのない厚かましさだった。

　デイメンは、シャルシーの戦場で斃《たお》れていった兵たちを思う。天幕でテーブルに体を預け、肩を手で押さえていたローレントの白い顔を、最後の最後に見せた真の表情を思う。

　執政の企みについて何かつかめないかと訪れたのだが、デイメンの唇から出たのはただひとつの問いかけだった。

「シャルシーで、誰がローレントに傷を負わせた？　お前か？」

「お聞き及びでないので？」

　デイメンは、あの天幕の夜以来、ローレントと二人きりで話してもいない。

「彼は味方を売りはしない」

「何の秘密でもございません。私はシャルシーへ向かう道中のあの方を捕らえました。その身をここフォーテイヌへ移し、お身柄の解放について交渉をすることになりました。我々が合意に達した頃には、殿下はしばらく独房内ですごされておりまして、肩を少々痛めておいででした。あの場の犠牲者はゴヴァートですよ。殿下から頭に凄まじい一撃をくらいましてな。その翌日に息を引き取りました、医師と稚児を呪いながら」

「お前は、ゴヴァートをローレントの独房へ入れたというのか？」

「そのとおり」グイオンが両手を広げた。「貴国で政変を起こす後押しをしたと同様に。すでにご存知でしょうが、玉座の奪還のために私の証言がご入用でしょう？　これが政治というものです。王子はよく心得ておられる。だからこそ、あなたとも組んだ」そして「……陛下」と微笑んだ。

デイメンはあえて平静な口調を保った。兵たちからは得られぬ話を求めてここに来た以上。

「執政は、俺が何者か知っていたのか？」

「知っていたならば、あなたをヴェーレへつれてきたことがあの方にはとんだ誤算になりましたな。そうでございましょう？」

「そうなるな」

デイメンはそう答えた。グイオンから目をそらさない。その顔に紅潮がのぼり、頬に染みのように赤く浮くのを見つめた。

「もしあなたの名を知ってのことであったなら、執政は、ヴェーレに到着したあなたに殿下が気付き、我を忘れて失態をさらすことを狙っていたのでしょうな。もしくは、殿下があなたを閨で寵愛することを期待したか。さすれば、いずれ己のしたことに絶望されることでしょうからな。そんな事態を免れられて幸運でしたな」

グイオンを見つめて、この二枚舌に、二心《ふたごころ》に、不意にデイメンは気分が悪くなる。

「お前は、王子のために玉座を護持するという神聖な役目を誓った。だがかわりにお前は王子を、我欲と野心のために裏切った。何がお前をそうさせた？」

初めて、グイオンの顔の上に何か心からの感情がよぎるのが見えた。

「王子は私の息子を殺したのだ」とグイオンが言った。

「息子を殺したのはお前だ」デイメンは答えた。「執政の前に息子をさし出した時に」

寄せ集め部隊の経験があるデイメンは、何に目を光らせるべきか心得ていた。糧食の目減り、互いの陣営に紛れこむ武器、日々の必需品の行方不明。アーレスからラヴェネルまでの行軍で、すでにそうした問題には慣れていた。

だが、マケドンへの対処は未経験だった。

第一の対決は、フォーテイヌ砦からの食料供与をマケドンが拒んだところからだ。アキエロス兵を甘やかされるいわれはない、と。ヴェーレの軍が余分な食料にて飽食にふけるなら、勝手にされるがよかろう。

デイメンが返答の口を開くより早く、ローレントが宣言していた。ヴェーレ軍の食事もアキエロス軍にならい、すべて公平にすべしと。そうと定めたからには一兵卒から将軍、王に至るまで食事は両軍同じとし、その量はマケドンの定めるところに従う。さて、どのような食事にすべきかこの場にて教えてもらえるだろうか？

第二の対決は、アキエロスの宿営地内で起きた小競り合いについてだった。アキエロス兵の一人が鼻血を出し、ヴェーレ兵の一人は腕を折った。マケドンは笑顔で、ただの友好的な腕試しだと言った。腕試しを恐れるのは臆病者だけだと。

ローレントに向かって。

するとローレントは、今この瞬間よりアキエロス兵に手を上げたヴェーレ兵は残らず処刑すると表明した。「アキエロス人の高潔さを信じるゆえに」とつけ加えて。殴り返せぬ者に手を出せるのは臆病者だけであろうと。

まるで、果てのない蒼穹《そうきゅう》に挑みかかる猪を見ているようだった。ローレントの思いどおりに追いこまれていくのがどんな気分か、デイメンも覚えがある。人を従わせるのに、ローレントには頭ごなしの命令など必要ない。好意も尊敬も必要ないように。ローレントが人を己の意のままにできるのは、抗おうとする者がいつしか巧みな弁舌に搦《から》め捕られ、屈するほかなくなるからだ。

そして実際、不服の声が立つのはアキエロス兵からのみだった。ローレントの兵たちは同盟を甘受した。しかも、ヴェーレ兵たちがローレントについて叩く陰口は前とさして変わらない。冷血、血も涙もない——ただし今や、兄を殺した男と寝るくらい冷血、という評価がつけ足されて。

「誓約は伝統にのっとって交わされねば」とニカンドロスが言った。「旗頭を招いての夜宴、礼典用の闘技会、演武、そしてオクトン。マーラスの城に集まりましょう」

ニカンドロスは新たな牌を砂箱に立てた。

「マーラスは盤石の地だ」とマケドンが言っていた。「砦としては難攻不落。あの城壁はかつて力で破られたことはなく、降伏によってのみ」

ローレントのほうを見る者はいなかった。見たとしても何もないが。ローレントの顔には表情ひとつない。

「マーラスは大きな防衛拠点でしてな。フォーティヌの砦と同じような」ニカンドロスは後になって、ローレントにそう説明した。「両軍ともに宿営できるほどに広く、屋内兵舎もある。どれほどのものか、じかに見ればわかるかと」

「前に行ったことはある」とローレントが答えた。

「ならば、あの辺りにもなじみがあるでしょう。それなら楽ですな」

「ああ」

その後、デイメンは剣を手に宿陣の外れへ出ると、生い茂る木々の中をいつもの空き地に向かい、毎夜の鍛練をこなしはじめた。

ここならば、思いきり技をふるえる。肉体を酷使し、突き、転回し、もっと速くと己を追いこめる。生ぬるい夜で、たちまち肌は汗を帯びた。さらに集中して切れ目なく動きながら、攻撃と応撃をくり返し、すべてを肉体に封じていく。

感情は残らず体に、戦いをなぞる動きにこめた。払いきれない。まるで絶え間なく押し寄せてくるように。近づけば近づくほど、それは強くなる。

マーラスに、二人は滞在するのか。続き部屋に。夜宴では対の玉座からアキエロスの旗頭たちを礼儀正しく迎えて？

デイメンが望むのは……いや、何を望んでいたのだろう。ローレントが彼のほうを見ていたなら。六年前にデイメンが兄を殺した地へ向かうとニカンドロスが宣言した、あの瞬間。

西側で何かの音がした。

息を切らしたデイメンは動きを止めた。汗まみれで、また音を聞く。どこか押し殺した笑い声、口笛、ドスッという音に囃し立てる声、低い呻き。すぐさまデイメンはその危険な音を聞き分けた。投げ槍だ。だが敵の斥候にしては笑い声があまりに大きく、軽はずみすぎる。襲撃ではない。軍律を無視した少数が、林の中で夜の狩りか逢引でもしているというあたりか。部下たちにはもっと規律正しい行動を期待していたが。

様子を窺おうと、デイメンは油断なく、音を殺して黒々とした樹間を抜け、その空き地へとたどりついた。後ろめたさがかすめて、気乗りしない。外出禁止の禁を破った兵たちも、まさか王がやってきて戒められるとは思ってもいなかっただろうに。些細な過ちに対して、自分の身分は滑稽なほど仰々しすぎる、とデイメンは思った。

その空き地に着くまでは。

五名のアキエロス兵たちが、たしかに投げ槍の練習に宿陣を抜け出していた。ひと抱えの槍と木の的《まと》を持ち出して。槍はすぐ取れる地面に置かれていた。的は木の幹に立て掛けられている。兵たちは足で地面に引いた線の前で、槍を放っていた。今まさに一人がそこで槍を掲げている。

的の板には、青ざめて極限以上の恐怖に硬直した少年が手足を広げてくくりつけられていた。裂けて半ばはだけた服からヴェーレ人だと一目でわかる。十八、九という若さで、亜麻色《あまいろ》の髪はもつれて乱れ、顔は痣だらけで、特に片目の周りがひどい。

数本の槍がすでに彼めがけて投げられた後だった。まるで針のように的板に突き立っている。一本は少年の腋の下近くから。一本は頭の左側から。少年の目は焦点を失い、身じろぎもしていない。槍の数――そしてその位置――から、少年にふれずにどれだけ近くに槍を命中させられるかを競っているのはすぐにわかった。投げ手が、槍を振りかぶった。

投げ手の腕が一閃《いっせん》し、槍が放たれて完璧な弧を描くのを、デイメンはその場で見ているしかなかった。今邪魔をすれば投げ損じが少年を殺しかねない。槍は宙を裂き、まさに狙いどおり少年の股の間、肌すれすれに命中した。的板に突き立った槍が奇怪に淫猥だった。下卑た野次がとんだ。

「で、次に投げるのは誰だ？」とデイメンは言った。

槍を投げた男が振り向き、その嘲りの表情が呆気にとられて虚《うつ》ろになった。五人の男たち全員が地面に平伏した。

「立て」とデイメンは命じる。「己を一人前の男だと思っているのであろう」

腹が煮えくり返っていた。立ち上がった男たちはそれを知るまいが。デイメンが進み出るゆっくりとした足どりの意味を、静かな口調に隠されたものを、この兵たちは知らない。

「言うがいい。ここで何をしている？」

「オクトンの練習を」

そう声が答え、デイメンはじろりと皆を見たが、誰の声かはわからなかった。誰だろうと、言ってしまってから青ざめただろう。皆が顔色を失い、すくんでいた。

五人が身につけた刻みの入った剣帯が、彼らはマケドンの兵だと示している――それはマケドンの兵たちが己の将に倣《なら》って行なう慣習で、殺した敵の数だけ刻みを入れている。今日のこの行為を、マケドンに賞賛されるとすら思っていたか。五人の立ち姿にはどこか期待しているような気配があった。王の反応をはかりかね、ほめられたり、あるいはお咎《とが》めなしですむかもしれないと見ているような。

デイメンは「もう黙れ」と命じた。

少年へと近づく。その袖は槍で木の幹に縫いとめられていた。別の槍がかすめた頭から血が流れている。近づくデイメンを見た少年の目が恐怖に黒ずみ、まるで血管を酸が流れるようにデイメンの身の内に怒りがたぎった。

少年の股の間の槍に手をかけ、引き抜く。それから頭の横の槍、そして袖を板に止めている槍。縄を切るためにデイメンはやむなく剣を抜いたが、鞘走りの音に少年の息が高く詰まった。

少年は手ひどく殴られていて、縛めを切るととても自力では立てなかった。デイメンは彼を地面へ下ろす。少年は、投げ槍の的となっただけではなかった。殴られただけでもなかった。その左手首には鉄の手枷がはめられていた。デイメンの手首の金の枷のような。ローレントの手首の枷のような。胸のむかつきとともに、デイメンはこの少年が何をされたのか、その理由までもを悟る。

アキエロス語を解さぬ少年だ。何が行なわれているのかわからず、命の危険まではないということもわかっていなかっただろう。デイメンがヴェーレの言葉で、ゆっくり話しかけてなだめると、やっと少年の目がデイメンに焦点を結び、誰だか悟ったようでもあった。

少年が言った。

「王子に、俺はやり返していないと、お伝えを……」

デイメンは向き直ると、兵の一人へ静かな声をかけた。

「マケドンを呼んでこい。すぐに」

兵は従った。残る四人がそのまま立ち尽くす前で、デイメンは片膝をついてまた少年へ声をかけた。優しい、低い声で語りかけつづけた。兵たちはそれを見てはいない。まっすぐ王を見つめていい身分ではないからだ。彼らは目をそらしていた。

現れた時、マケドンは一人ではなかった。二十名あまりの部下を引きつれている。続いてニカンドロスが、やはり二十名あまりを率いて到着した。それからたいまつ持ちが続々と現れ、薄暗かった空き地が黄赤の光と躍る火の粉に照らされた。ニカンドロスの重い表情から、マケドンたちの後ろ盾として引っぱり出されてきたのがわかった。

　デイメンは告げた。

「そなたの兵が同盟の約定を破った」

「ならば首を刎《は》ねよう」マケドンはぞんざいな一瞥を傷ついたヴェーレの少年へくれてから、そう言った。「剣帯を不名誉で汚したゆえ」

　本気であった。マケドンはヴェーレ人たちが気に入らない。ヴェーレ人の目の前で己の兵が不面目をやらかしたことも気に入らない。ヴェーレ人に道義で劣ったなど、わずかも我慢ならない。デイメンはマケドンの考え方がよくわかる。この男が今日の悶着を、部下のしでかしたことを、釈明のために王の前へ呼びつけられたことを、ヴェーレ人のせいだと思っていることも。

　黄色いたいまつの炎は峻烈であった。五人の兵のうち二人が暴れ、意識を失わされて運び出されていった。残る三人は、ヴェーレの少年を縛っていた丈夫な縄の切れはしでつながれた。

「この少年を我らの宿陣へつれて戻れ」

　デイメンはニカンドロスにそう命じた。なにしろ、傷ついて血まみれの少年をアキエロス兵がヴェーレの宿営地へ運びこんだら何が起きるかは目に見えている。

「パスカルを呼べ、ヴェーレの医師だ。それから王子に事態を知らせよ」

　鋭い、承諾のうなずき。ニカンドロスは少年とたいまつの一隊をつれて戻った。

「残りの者たちはもうよい。そなたは残れ」

デイメンが命じると、灯りと音が遠ざかり、木々の向こうへと消えて、夜の空き地にデイメンとマケドンが二人きりで残された。

「北の将マケドンよ」デイメンは告げた。「そなたは我が父の友であった。父と二十年近くにわたり共に戦った。そのことは俺にとっても何より重い。父上へのそなたの忠義に敬意を払い、またそなたの力を認め、その兵を必要ともしている。だがもし、そなたの兵士が再びヴェーレの者を傷つけることあらば、そなたは我が剣に向き合うこととなる」

「御前……」

マケドンが、頭を垂れて視線を隠した。

「マケドン相手にやりすぎではありませんか」宿陣へ戻ったデイメンへ、ニカンドロスが言った。

「向こうが俺相手にやりすぎなのだ」

「伝統を重んじる彼は、あなたを真の王として支持するでしょうが、それでもゆずれぬ一線というものがあるかと」

「こちらもだ」

デイメンは寝床には入らなかった。かわりに宿陣内でヴェーレの少年が手当てを受けている天幕へと向かった。衛兵を下がらせ、中から医師が出てくるまで待つ。

　夜の宿陣は暗く静まり返っていたが、この天幕はたいまつで照らされて目立ち、デイメンには西に広がるヴェーレ宿営地の灯りが見えた。己の振舞いのおかしさ——天幕の外で主人を待つ猟犬のようにじっとしている王——はわかっていたが、パスカルが出てくると、デイメンはさっと前へ踏み出した。

「彼はどうだ？」

「陛下」と驚いたパスカルが呼んだ。

　奇妙な間の中、灯りの下でパスカルに向き合いながら、デイメンはたずねる。

「打撲と、肋骨の骨折」パスカルが答えた。「それと心の傷」

「いや、俺が聞いたのは——」

　デイメンは言葉を切った。重い沈黙の後、パスカルがゆっくりと言った。

「ご心配なく。刃の傷もきれいなものだ。出血は多かったが治らぬ傷ではない。遠からず癒《い》えるでしょう」

「ありがとう」デイメンはそう言った。「きっと俺を——」と我知らず続けて、言葉を切る。

「……俺がそなたらの信頼を裏切ったこと、自分が何者か偽ってきたことは承知している。許してもらえるとは思っていない」

　己の言葉がいびつに響くのを、二人の間に気まずく落ちるのを、感じた。いたたまれずに、デイメンの息は浅かった。

パスカルにたずねる。

「彼は明日、騎乗できそうか」

「マーラスへ、ということですか？」

短い沈黙が落ちた。

パスカルが口を開く。

「我々は皆、為さねばならぬことをするのみです」

デイメンは何も言わなかった。一拍あって、パスカルは続けた。

「あなたももう明日にそなえられたほうがいい。執政の計画に挑むにも、それはもっとアキエロスの奥へ入ってからのことになるだろうから」

涼しい夜風がデイメンの肌をなでた。

「グイオンは、執政がアキエロスで何を企んでいるかは知らぬと言っていた」

パスカルの茶色い目がまっすぐにデイメンを見つめた。

「ヴェーレ人なら誰でも、執政がアキエロスで何をするつもりか知っております」

「すなわち？」

「統治」とパスカルは答えた。

第七章

　ヴェーレとアキエロスの初の合同部隊は、その朝フォーティヌから、マケドンの兵の処刑を見届けて発った。ほぼ何の面倒もなく。公開処刑で兵の規律が高まっていた。

　しかしマケドンの態度には効き目がなかった。デイメンの視線の先で、将軍は鞍をひらりとまたぐと手綱を乱暴に引いた。赤いマントのマケドンの兵たちは隊列の半分あまりの長さを占めている。

　角笛が響きわたった。旗が立てられる。先導役が位置についた。アキエロスの先駆けは右、ヴェーレの先駆けは左につき、二国の旗は細心の注意で同じ高さに揃えられていた。ヴェーレの先駆けはヘンドリクという名で、ごくたくましい腕をしている。旗がそれだけ重いのだ。

　デイメンとローレントは肩を並べて騎乗した。同程度に上等な馬にまたがり、同程度に高価な鎧をまとって。デイメンのほうが上背があるが、それればかりは打つ手がない、とヘンドリクは読めぬ表情で言ったものだった。デイメンが見たところ、ヘンドリクにはローレントと似たところがあって、つまりは冗談か本気か読みづらい。

ローレントと並んで馬を進め、兵列の先頭についた。二国の団結の、それは象徴——王子と王が朋友として馬を並べる。デイメンは道に視線を据えていた。

「城では隣同士の部屋に迎えられる」とデイメンは伝えた。「それが儀礼なのだ」

「承知だ」とローレントが答える。彼の目も道に据えられていた。

ローレントは疲労の影すら見せず、肩の傷などないかのように鞍上でまっすぐ背をのばしていた。将軍たち相手に気さくな言葉を交わし、ニカンドロスから話しかけられればなごやかな会話を繰り広げさえした。

「傷を負ったあの若者が、無事そちらの陣へ戻れたかと案じておりました」

「ありがとう。彼はパスカルと共に戻った」とローレントが答えた。

軟膏を塗りに？　とデイメンは口を開けかけたが、言わずにおいた。

マーラスまでは馬で一日の道のりで、部隊は上々の距離を稼いだ。兵列、先導する道払いの騎手、最後尾についた召使いと奴隷たちとで空気は騒々しかった。一行が通りすぎると近くの鳥たちが飛び立ち、山羊の群れは丘の斜面を逃げていった。

小さな関所に着いたのは昼すぎのことだった。関所はニカンドロスの兵たちに守られ、見張り櫓からも監視の目が光る。そこを抜けて進んだ。

向こう側の景色は、特に変わり映えしない。豊かな草地。春の雨が育んだ青い草群れのふちを一行の足が踏み荒らしていく。次の刹那、角笛が鳴り渡って、誇らかでありながら孤独な澄んだ音色が、空と広々とした大地に吸いこまれていった。

「故郷の地へ、よくぞ帰られた」とニカンドロスが言った。

アキエロス。デイメンはアキエロスの空気を吸いこんだ。幾月もの虜囚の身の間、この瞬間を思ってきた。つい視線をローレントのほうへとばしていたが、ローレントはゆったりとした表情と態度を崩さなかった。

一つ目の村を通り抜けていく。これだけ国境に近いとあって、大きな農場は素朴な石の外壁で守られ、見張り所や練り上げられた防備の付いた簡易な砦めいたものまであった。

軍隊の通過は珍しくなくとも、自国の民の反応には様々あるだろうとデイメンは心構えをしていた。彼は、忘れていたのだ。デルファがアキエロス領となったのはほんの六年前だったということを。それより前、この住人たちは生まれてこのかたヴェーレの民として生きてきたのだということを。

人々が無言で集まる。女、男、子供。戸口に、庇《ひさし》の下に、通りすぎる軍隊を前に群れて立っている。

不安、恐れ。そんな顔で、六年ぶりに村に翻《ひるがえ》るヴェーレの旗を見に、彼らは家から出てきた。一人、枝で粗雑にこしらえた星光の形を持ってきた者までいた。子供がそれを、旗を真似して頭上に掲げる。

〈星光の紋章は、この国境地帯ではまだ意味を持つ〉とローレントは、かつて言った。

ローレントは無言のまま、列の先頭で、のびた背すじで馬を進めた。己の民にも、そのヴェーレの言葉やヴェーレの様式にも、国境沿いでつつましく暮らす彼らの忠誠心にも目もくれず。ローレントは、このデルファを統治するアキエロスの軍勢と共に騎乗しているのだ。その目は前だけを向いていた。デイメンもまた同じだ——一歩ずつに、目的の地が近づく苦しさをかかえながら。

昔のあの景色は今でもデイメンの心にはっきり焼き付いている。だからこそはじめのうち、ここがあの場所だとはわからなかった。へし折られた槍柄の森は消え、えぐれた地面の痕《あと》もなく、ぬかるみに顔から伏した兵士たちの体もない。

今のマーラスの地は、一面に乱れ茂った草と野の花で、のどかな夏の日のそよ風に草が揺れていた。そこかしこで虫の羽音が眠気を誘う。トンボが下降してきたかと思うとさっと飛び去った。馬たちは、長い草群れに苦心しながらかき分けるように進んだ。陽にまだらに照らされた広い道へと出る。

その地を横切りながら、いつしかデイメンはあの日の痕を目で探していた。何もない。誰も口にもしない。誰ひとり言わない、「この場所で」とは。

城に近づくにつれ、それはますますひどくなり、まるであの戦いがあった証はデイメンの胸に残る思いだけのようだった。

その時、城塞が見えた。

マーラスは昔から美しかった。ヴェーレ様式の壮麗な砦は、高い胸壁に矢狭間の穴が開き、優美なアーチの数々が草地に高々とそびえている。

今も、昔と同じに見えた。遠目には。ヴェーレの建築の輪郭は、天井が高く風通しのよい柱廊や浮き彫りや繊細な金銭細工、装飾タイルで飾られた建物を想起させる。

突然に、デイメンの記憶を、勝利を祝った日、城内のタペストリーが引きずり落とされて旗が切り刻まれた光景がよぎっていった。

今、アキエロスの民は喜びに沸き立ち、城門付近は人々でごった返し、王の帰還を一目見ようと首をのばしていた。内庭にはアキエロス兵がずらりと並んで出迎え、至るところから赤地に金獅子のアキエロスの旗が下がっている。

デイメンは内庭を見やった。城の胸壁は打ち壊され、作りかえられていた。元の石造りは跡形もない。石材としてどこかへ運び去られ、壮麗な屋根と塔はアキエロス風に低く改築されていた。

ヴェーレの装飾文化を無駄だと思っていただろう、とデイメンは己に言い聞かせた。アーレスの王宮では目が疲れてかなわず、毎日のように無地の壁を求めていたものだ。それが、今目につくのはタイルが剝ぎ取られた虚ろな床と破壊された天井、剝き出しの、痛々しいほどさらけ出された石積みばかりだった。

ローレントは馬からひらりと下りると、ニカンドロスへこの歓待への謝辞を述べた。見事に整列したアキエロス兵たちの前を歩いてゆく。

砦内には奉公人たちが集まり、自分たちの王に拝謁して身近に仕えられる機会に胸を張っていた。デイメンとローレントは、滞在中に世話になる家令たちに二人そろって引き合わされる。ひとしきり部屋から部屋へと動き、角を曲がって物見《ものみ》の間へと出た。

そこに二十四名の奴隷が並べられていた。

奴隷たちは二列に並んでひれ伏し、額を床に擦り付けている。全員が男で、年齢はおよそ十九歳から二十五歳ほどまで、容貌、肌や髪の色は様々に取りそろえられている。唇と目元に化粧で色を添えられていた。彼らの横で、奴隷頭が立って待っていた。

ニカンドロスが眉をひそめた。

「王はすでに、奴隷を望まれぬとおおせだが」

「これらの奴隷は王のお連れ様、ヴェーレの王太子殿下のために用意されたもの」

奴隷頭のコルナスがうやうやしく礼をした。ローレントがゆったりと前へ出た。

「これがよい」とローレントが言った。

奴隷たちは北方風の薄絹の紗をまとい、首枷の環から吊られたその布は肌をほとんど覆っていなかった。ローレントは左から三人目の、頭を垂れた黒髪の奴隷を手ぶりで示していた。

「お目が高い」とコルナスが言った。「イサンデル、進み出よ」

イサンデルは褐色の肌で、小鹿のごとくしなやかな体、黒い髪と目をしていた。いかにもアキエロス人らしい色。ニカンドロスやデイメンにも通じるような。デイメンより若く、十九か二十歳だろう。男の奴隷を用意したのはヴェーレの慣習への配慮か、ローレントの嗜好をこちらと見なしての手配りか。イサンデルはニカンドロスの最上の奴隷のようだ、とデイメンは思った。客に与えられるのは珍しいことだろう。いや――手つかずの、新しい奴隷だ。ニカンドロスが王族に対し、初寝以外の奴隷を供するなどありえない。

デイメンは眉をひそめた。イサンデルは選ばれて誇らしげに頬を染めていた。恥じらいをにじませて立ち上がると、ほかの奴隷たちから数歩前に出たところで跪いた。王宮奴隷の愛らしい優雅さで、よく調練されていて、己をさし出しながらもあからさまな媚《こび》を売るような真似はしない。

「この者に仕度をさせ、初寝の夜のために御許に参らせます」

「初寝の夜?」とローレントが問い返す。

「奴隷は歓びの技を覚えますが、初寝の夜までは誰とも交わりませぬ」コルナスが説明した。

「ここでは、王宮と同じ厳格で伝統的な調練を行なっております。技は指導できますし直接的ではないながら実践も積みます。奴隷はふれられることなく無垢のまま保たれ、御前様によって初めて使われる夜を待っております」

ローレントの目が上がって、デイメンを見やった。

「私は閨奴隷《ねやどれい》に命じるやり方を教わってないのでな」とローレントが言った。「教えてくれ」

「奴隷たちはヴェーレの言葉を解しませぬ、殿下」コルナスが答えた。「しかし平易なアキエロス語で命じていただければ充分かと。いかなる形での奉仕も奴隷には誉《ほま》れでございます。奉仕が密接なものであるだけ、誉れも大きなものになります」

「そうなのか？　そばへ来い」とローレントが命じた。

イサンデルはふたたび立ち、勇気を振り絞ってできる限りの距離を詰め、かすかに身を震わせながら、また床に伏して頰を濃く染めた。まなざしを向けられて、ぼうっとのぼせているようでもあった。ローレントはその前へ靴先を出した。

「くちづけるがよい」

そう命じる。目をデイメンへ据えたまま。

彼のブーツは美しく、長い騎乗の後ですら装いに汚れひとつない。イサンデルは靴先にキスをし、それからくるぶしにキスをした。サンダルの時ならばそこは素肌だ、とデイメンは思った。そして、ありえないほどの大胆さに押されて、イサンデルは身をのり出すと、革に包まれたローレントのふくらはぎに頰ずりした。特別な親密さと、相手を喜ばせたいという気持ちの表れ。

「いい子だ」

ローレントの手で黒い巻き毛をなでられると、イサンデルは目をとじて肌を紅潮させていた。コルナスは己の選り抜いた奴隷が気に入られたのを見て悦に入り、上機嫌であった。周囲にいる砦の家従たちも喜んでいるのがデイメンに伝わってくる。ローレントを歓待するためにここまで心を砕いたのだ。ヴェーレの文化と慣習にじつによく配慮されたもてなしだった。すべての奴隷がとびぬけて美しく、しかも男のみなので、この奴隷たちを王子が閨で用いてもヴェーレの禁忌を破る心配はない。

無益なことだが。ここには二十四名の奴隷がいるが、ローレントが生涯で誰かと寝た回数などおそらく片手の指で足りる。ローレントはこの奴隷たちを部屋へぞろぞろつれ帰って何もさせずにはべらせるだけだ。大体、彼らにヴェーレの装束すらほどけるかどうか。

「風呂でも仕えてくれるのか？」とローレントがたずねた。

「殿下のお心にかなうとあらば、今宵の、旗頭が忠誠を誓う宴の際にもおそばでお仕え申し上げます」

「ああ、我が心にかなう」

ローレントが答えた。

帰郷というのは、こんな気持ちになるべきものではあるまい。

侍従の手で、デイメンは伝統的な衣裳に身を包んだ。腰と肩回りに布が巻きつけられた、アキエロスの儀式用の装いのひとつで、脱がすには布の端を持って周りをぐるぐる動きながら巻き取っていくのだ。足のサンダル、頭の月桂冠を運んでくると、侍従たちはじっと立つデイメンの周囲で慣習どおり無言で立ち働いた。デイメン本人に話しかけたり見つめることは不躾《ぶしつけ》とされる。

高貴な御前様。デイメンは皆の不安と動揺を、へりくだろうとする努力を感じる。王族にこれほど近づいていいのは、本来ならば極限の服従を身につけた奴隷のみなのだ。

デイメンが、その奴隷たちを追い返した。宿陣でしたように、ここでも。そして黙って部屋に立ち、侍従たちがやって来るのを待った。

ローレントが隣り合った部屋にいることを、デイメンは知っていた。たった一枚の壁に隔てられて。デイメンが立つのは王の間で、あらゆる砦に王の訪れを期待してしつらえられている部屋だ。だが、マーラスの前城主がいかに野心的であっても、さすがに二つの王家が同時に城に滞在するとまでの高望みはしていなかったのだろう。ここまで徹底的に保ってきた見た目の公平さを保つため、ローレントは壁向こうの王妃の間に滞在していた。

きっとイサンデルがその装いを手伝い、勇ましくあの留め紐に挑んでいるのだろう。まず革の騎乗服のうなじの紐をほどいて紐穴から引き抜かねばならない。それともローレントは、イサンデルを浴場へ招いてその手で服を脱がせたか。そのような大役を仰せつかる喜びに、イサンデルは顔を紅潮させることだろう。仕えよ、、――デイメンの手が拳を握っていた。

頭を政治的な問題に切り替えた。これから彼とローレントは、広間で北の小領主たちに謁見するのだ。ワインがふるまわれる宴《うたげ》の間にニカンドロスの旗頭が一人ずつ進み出て忠誠を誓い、それによって軍の規模が一気に増す。

月桂樹の最後の葉まで整えられ、布地がすべてあるべき場所へおさまると、デイメンは侍従たちをつれて広間へ入った。

あちこちに置かれた低い長卓の間で男女が長椅子にもたれたり、腰掛けのクッションの上でくつろいでいた。マケドンが身をのり出して、むき身のオレンジを一切れつまもうとしている。闘技会優勝者、美形の士官パラスが背もたれに体を預けたゆったりした姿には、高貴な生まれからくる余裕がにじんでいた。ストラトンは革の腰巻きをたくし上げて、両足を引き寄せ、長椅子の上であぐらをかいていた。身分や所属がかなう者たちがここに一堂に集められ、さらに北方の兵たちが忠誠を誓おうと残らず並んで立っているため、広間は混み合っていた。

ヴェーレからの出席者たちはほとんどくつろがず、いかにも場違いに少人数でたたずみ、ほんの一、二人が遠慮がちに長椅子の端に腰をのせていた。

そして、広間のあらゆるところに奴隷がいた。

腰布を巻き、小さな酒肴の皿を運ぶ奴隷たち。長椅子にくつろぐアキエロスの女客人を、シユロの葉扇で扇ぐ奴隷たち。アキエロスの貴族の平鉢にワインを注ぎ足す男の奴隷。薔薇水をたたえたボウルを差し出している奴隷に、目もくれぬままそれで指先を洗うアキエロスの女。竪琴《キタラ》の弦をはじく音がデイメンの耳に届き、奴隷の抑制が効いた舞いの足運びが、ほんの一瞬、広間の扉を抜ける間だけ見えた。

デイメンが広間へ入ると、場は静まり返った。

トランペットの派手な音色もなければ典礼官が名を朗々と読み上げることもない。ヴェーレとは違うのだ。デイメンはただ歩み入り、そして全員が床へひれ伏した。客たちは長椅子から起き、身を低くして石の床へぬかずいた。奴隷たちは床へ這いつくばった。アキエロスでは、王は自らを誇示する必要はない。周囲の者たちが己を低めて王を高くする。

ローレントは座から立たなかった。彼にはその必要がない。彼はただ、深い背もたれの長椅子から、広間全体がひれ伏していくのを眺めていた。優雅に体をくつろげた姿で、片腕を背もたれに回し、片足を立てて、繊細な布地で包まれた太腿の輪郭をのぞかせている。指がだらりと垂れ、膝回りで絹に皺が寄っていた。

ローレントのさり気ない指先からほんの数センチ先で、イサンデルが床に平伏していた。しなやかな褐色の肌は剝き出しだ。ヴァスクの男たちのようなほんのわずかな布地だけを身につけていた。首枷は体の一部のようになじんでいる。ローレントはくつろいで座り、長椅子にもたれてみせた姿はすみずみまで洗練されていた。

デイメンは静寂の中、足を前へ進めた。彼とローレントの対の長椅子は隣同士に置かれていた。

「兄弟《はらから》よ」

ローレントが、親しげに声をかけた。

広間のすべての目が注がれている。デイメンは人々の視線を、うずく好奇心を感じた。囁きかわす声が聞こえ――本当だ、デイミアノスだ、たしかに生きておられた――そしてあからさまなまなざしが彼を、手首の黄金の枷を見ているのを。そして異国の飾り物でも眺めるかのように、ローレントを。あれがヴェーレの王子か。決して口には出せぬほのめかしを裏に隠して。

ローレントはこの事態を、徹底して完璧に扱ってのけていた。振舞いにはひとつの欠点もなく、奴隷あしらいさえ文句のつけようもない作法にのっとっていた。アキエロスにおいて、供されたものを客が使うことは、招いた主人の誉《ほま》れとなる。王家の人間が奴隷を従えるのはアキエロス人にとっての喜びでもある。それは勇壮さと力の象徴であり、民にとっては大きな誇りなのだ。

デイメンは、隣のローレントをひどく意識しながら座った。椅子からは広間全体が見渡せ、ひれ伏した頭の海が見えた。手ぶりで、頭を上げるようにと示す。メソスのバリエウスの姿が見えた。マケドンに次ぐ旗頭で、黒髪と短く刈りこんだ顎ひげの四十代の男だ。カロンのアラトスは六百名の兵を率いてマーラスへやってきた。イティスのエウアンドロスは弓兵の小隊を伴って到着し、広間の奥の方で腕組みして立っている。

「デルファの将たちよ。カストールが我が父、アキエロスの王を殺した証が、こうして皆の目の前にある。カストールがヴェーレの王位簒奪者、執政と通じていたことも明らかだ。まさに今その執政はイオスに兵を送りこみ、アキエロスを我がものにせんとしている。よってここに、皆の忠誠を求める。ともにあの者たちと戦うのだ、我らが盟友ヴェーレのローレントと力を合わせて」

落ちつかない沈黙があった。ラヴェネルの砦でのマケドンとストラトンは、デイメンがローレントとの同盟を表明するより早く忠誠を誓っていた。だがここにいる男たちは、初めて見るローレントを受け入れねばならないのだ。前の戦争から世代も変わらぬうちに。

バリエウスが進み出た。

「ヴェーレがアキエロスに過ぎたる影響力を持ちはしないと、その確言をいただきたい」

過ぎたる影響力——。

「はっきり申せ」

「ヴェーレの王子は、陛下の情人だと聞こえております」

沈黙。デイメンの父の面前では誰もこのような口を叩くことはなかった。この軍将たちの心がいかに移り気か、どれほどヴェーレを憎んでいるかがそこにはっきり見えていた。そしてデイメンの地位のあやうさが。その問いに怒りがこみ上げてきた。

「俺が誰を閨《ねや》にともなうかは、そなたらと関わりのないことだ」

「もし我が王がヴェーレ人を閨につれこむのであれば、関わりはございます」とバリエウスが答えた。

ローレントが口をはさんだ。

「我らの間に何があったか、真実を皆に言うべきかな？　聞きたいようだ」

彼は袖口をほどきはじめ、紐穴から紐を引き抜いていくと、布を開いて繊細な手首の内側をのぞかせた。見間違えようもない、奴隷の手枷の黄金の輝きを。

広間を駆け抜けるざわめきを、裏にひそむ淫猥さを、デイメンは感じとった。ヴェーレの王子の手首にアキエロスの奴隷の枷があると噂を聞くのと、実際に目にするのとではまるで違う。息も止まる衝撃。黄金の枷は、アキエロスの王族による所有の証であった。

ローレントが長椅子の肘掛けの丸みに優雅に手首を預けた。袖口は、そっと開いた襟元のようにくつろげられたまま、紐を垂らしている。

「これで問いの答えになったかな？」ローレントはバリエウスを見据えた。「そなたは私に、実の兄を殺した男と寝ているかと聞いているのか？」

奴隷の枷を、ローレントはごく無頓着にまとっている。誰にも所有などされてはいないと、全身にあふれる高貴な傲慢さが言い放っている。ローレントには常に、ふれがたい超然とした空気があった。長椅子にくつろいで完璧な優雅さを見せながら、その石のような横顔と目は彫像であるかのようだ。彼が誰かに肌を許すなど、考えるだけでもありえない。

バリエウスが答えた。

「兄殺しの相手と寝るなど、人でなしの所業にございましょう」

「ならばそれが答えということだ」とローレントが言った。

続く沈黙の中、ローレントはただバリエウスの視線を受けとめていた。

「……おおせのとおりで、御前」

頭を垂れたバリエウスは、無意識のうちにアキエロス風の呼びかけを用いていた。ヴェーレ風の「殿下」や「陛下」ではなく。

「では、バリエウス?」とデイメンがうながす。

バリエウスがデイメンのいる演壇の二歩手前で跪いた。

「我が忠誠を誓います。ヴェーレの王子が御前と共に並び立つこと、承知つかまつりました。まさにここは誓いにふさわしき地、貴方のもっとも輝かしき勝利の場」

デイメンは忠誠の誓いを、最後のひとりまで聞き届けた。

旗頭たちに感謝を示し、誓いの儀がひととおり終わって宴の始まりを告げる料理が運ばれてくると、皆に心からの満足の顔を見せた。

奴隷が食事を運びこんでくる。デイメンの意向はすでに知らされているので、侍従が彼に給仕した。誰もが気まずい、不調法な仕儀であった。

ローレントの給仕にはイサンデルがついた。イサンデルはすっかり己のご主人に恋していた。

尽くそうと懸命で、すべての珍味をローレントに味わってもらおうと最良の部分だけを浅い小皿に取り分け、ローレントが指を洗えるようボウルの水を取り換えた。それは見事な所作で、控えめに仕えながら、決して自らに注意を引きすぎないようにしている。

イサンデルの睫毛は、それだけで目を引いたが。デイメンは意識して目をそらした。

二人の奴隷が広間の中央に現れ、一人が竪琴《キタラ》を手にすると、年嵩《としかさ》の奴隷が脇に立った。吟唱の技量で選ばれた者だ。

「〈イナクトスの陥落〉を」とローレントが求めた。

広間から、ほうと感嘆の声が上がった。奴隷頭のコルナスがアキエロスの叙事詩についてのローレントの知識をほめたたえた。

「そなたの好きな歌であろう？」とローレントがデイメンへ視線をくれた。

そう、デイメンの好きな歌だ。幾度となく奏するように求めてきた——こんな夜に、故郷の大理石の広間で。アキエロス軍が敵を切り倒していく描写が昔から好きだった。ニソスがイナクトスを殺しに馬で挑み、その城塞都市を奪う場面の。

ただ、今は聞きたくなかった。

兄弟と引き離され
イナクトスの一撃はニソスに届かず

千の剣が敗れしところ
ついにニソスのひと振りが

戦歌《いくさうた》の勇壮な調べが流れ出すと旗頭たちが大いに感じ入り、音楽の一節ごとにローレントへの評価が上がっていく。

デイメンはワインの杯を取り上げた。空だ。手で合図した。

ワインが来た。杯に手をのばした時、デイメンは自分の左手側、グイオンと妻のロイスが並ぶ席に近づいてくるジョードに気付いた。ジョードが歩みよったのはグイオンではなく、妻のほうだった。ロイスは不思議そうに彼を見た。

「何か？」

気詰まりな沈黙があった。

「……ただ申しあげておこうと——ご心痛、いかばかりかと。息子さんのアイメリックは、良い戦士でした」

「ありがとう、兵隊さん」

ロイスは、貴族の女性が召使いに向けるような形ばかりのまなざしをジョードにくれてから、夫との会話に戻った。

ついデイメンは片手を上げてジョードを呼んでいた。演壇に近づいたジョードは、なじまぬ鎧を着たような不格好さで三回の平伏を見せた。

「よい思いやりだった」とデイメンの口からねぎらいが出ていた。

ジョードと言葉を交わすのはシャルシーでの戦い以来になる。ともに篝火《かがりび》を囲んで話を交わした頃からどれほど変わってしまったことか。すべてのことが。ジョードは顎でローレントのほうを示した。

「お二人が友でよかった」とジョードが言った。

灯りがやたらと明るい。デイメンはワインを干した。

「あの人があなたのことを知ったら、てっきり復讐するものとばかり思ってました」

「彼ははじめから知っていた」とデイメンは答えた。

「お二人がお互いを信頼できて、何よりだ」ジョードはそう言って、つけ加えた。「あなたが来るまで、あの人は誰も信用したことがなかったと思う」

「ああ、誰のことも」とデイメンは答えた。

笑い声がにぎやかになり、広間にはじけた。イサンデルがローレントに葡萄の小房をのせた小皿を運んでくる。ローレントが何かほめ言葉をかけ、自分の長椅子に座るようイサンデルを手招いた。イサンデルは頬を染め、うっとりと恥じらう。デイメンの見つめる先で、イサンデルは房から一粒の葡萄を取り、ローレントの唇へと運んだ。

ローレントが身をのり出す。イサンデルの巻き毛に指を通し、一粒ずつ葡萄を食べさせられるままになっていた。王子と、その新たなお気に入り。広間の向こうで、ストラトンが自分に付き添う奴隷の肩を指で叩き、どこかでひっそりと二人きりの奉仕を楽しみたいと奴隷に伝える仕種がデイメンの目に入った。

デイメンは見もせずに杯を取り上げた。空だった。奴隷と姿を消したのはストラトンだけではない。広間のそこかしこの男女がこの機をとらえて楽しむつもりだ。ワインと、戦詩を吟じる奴隷の声が一線を越えさせる。アキエロス人たちの声が、酔いの勢いで大きくなっていた。

ローレントはさらに身を傾けてイサンデルの耳元に親しげに囁いていたが、吟唱がその最高潮にさしかかり、剣戟の音色がデイメンの胸の轟きと重なったところで、イサンデルの肩をついて立ち上がったのが見えた。

〈王子の身で奴隷に嫉妬することなどあり得ぬと思うだろう。だがこの瞬間、できるのであれば私は、一瞬のためらいもなくそなたと立場を変わるであろうよ〉

トルヴェルドの言葉——。

デイメンは言った。

「失敬」

長椅子の玉座からデイメンが立ち上がると、周囲も全員立ち上がった。ローレントを追おうとしたデイメンは祝いの渦に呑みこまれ、押し合う人々と音で息苦しい広間の中、前を次々とさえぎる人々に足を止めるうち、金髪の頭は出口へ消えていた。デイメンも奴隷を伴ってくるべきだった。そうであれば皆も察して散っただろうに。王のお邪魔だと。

廊下に出ると、そこはもう無人だった。デイメンの心臓は激しく打っていた。最初の角を曲がって通路に出たが、半ば予期したローレントの後ろ姿はそこにはなく、かわりにヴェーレの飾り格子が剝ぎ取られた殺風景なアーチががらんと目の前に広がっていた。

そのアーチの下に、イサンデルが小鹿のような目をして立ち、置き去りにされて途方に暮れていた。

あまりの困惑ぶりに、彼は一瞬ただ大きな目でデイメンを見つめていたが、すぐに我に返って床に伏し、額を石に擦り付けた。

デイメンはたずねた。

「彼は、どこに？」

たとえ今宵の期待がすべて泡と消えた今でも、イサンデルはよく調練された奴隷であった。その上、身の縮むことに、王にその失望の中身を聞かせろと求められている。

「ヴェーレの君は、遠乗りに出られました」

「どこへと？」

「厩舎の馬役ならば行く先を知るやもしれませぬ。この奴隷が聞いて参りましょうか？」

遠乗り。たったひとり、歓迎の宴の席を空けてまで。

「いいや」デイメンは答えた。「行き先がわかった」

夜は、すべてが違って見えた。ここはまるで記憶の作る景色。朽ちかけた石、古いアーチ。失われた王国の景色。

城を出たデイメンは、記憶にある野へと馬を走らせた。一万のアキエロス兵がヴェーレの軍勢と対した地。隆起のあるところでは注意深く馬を進めた。傾いた石の壁、階段の残骸。マーラスに向き合うように、そこにはもっと昔の廃墟が広がっていた。あの戦いよりも古く、落ちたアーチと崩れて苔に覆われた壁は、物言わぬ歴史の証人。

半ば地に同化した石積みを、前衛部隊が二つに裂けてそれを迂回せねばならなかった時のことを、デイメンは覚えている。この石たちはあの戦いより前から、マーラスの城より前からここにある、今はとうになき帝国の残骸だ。記憶の道標――いずれすべてを呑みこむ大地に刻まれた過去のしるし。

近づいていく――記憶が切りつけてくるようで、歩みが苦しい。ここはアキエロスの左翼の陣が陥ちた場所。そこは彼が突撃を命じ、それを受けても敵の前線が崩れず、星光の旗が翻りつづけた場所。ここは彼がついに王子の近衛を斬り捨て、オーギュステと向き合った場所。

デイメンは馬を下り、草に埋もれかけた石柱の残骸に手綱を輪にしてかけた。古き地だ。崩れた石も古い。そしてデイメンはこの場所も覚えていた――踏みにじられた大地と命がけの戦いの空気を。

最後の石の尖塔を回りこんだデイメンは、月光が照らす肩の輪郭を、ゆるく垂れた白いシャツを見た。上着は脱ぎ、手首と喉元がさらけ出されている。ローレントは石の突端に座っていた。彼らしくもなく上着は放り出され、その上に腰掛けていた。

デイメンの踵の下で小石が滑った。ローレントが振り向く。その一瞬、目を見開き、幼いほどの顔でデイメンを見つめていたが、すぐにローレントの目の表情がさっと変わった。まるで世界が運命の約束を果たしたかのように。

「これはこれは」とローレントが言った。「まさにおあつらえ向きだな」

デイメンは言った。

「もしかしたら……そばに、いたほうがいいかと」

「何が」

「友が」

そう、デイメンは言った。ジョードの言葉を借りて。胸が締めつけられるようだった。

「ひとりのほうがよければ、去るが」

「何の文句があると？」ローレントが応じた。「じゃあ、犯《や》るか」

それを、彼はシャツをくつろげた姿で、夜風に襟元を揺らして、言った。二人は互いを見つめあった。

「俺はそういうつもりでは――」

「そういうつもりではないとしても、お前の望みだろうが。犯りたかろう？」

ほかの人間であれば酔っているかと思うところだ。ローレントは危険なまでに素面《しらふ》。デイメンは胸を押した手のひらの感触を、寝台に彼を押したローレントの手を思い出す。

「ラヴェネルからずっと、頭にあっただろう？　もうネッソンの頃から」

このローレントの雰囲気は知っている。予期しておくべきだった。デイメンは言葉を押し出した。

「ここに来たのは、話したいかと思ったからだ」

「いや、別に」

「兄のことを」とデイメンは言った。

「兄と犯りはしないがな」ローレントの声にはおかしな鋭さがあった。「近親相姦になるではないか」

二人が立つのは、ローレントの兄が死んだ場所だ。眩暈に似たものに襲われながら、デイメンはこの会話には先がないことを悟る。話すことはひとつだと。

「お前の言うとおりだ」とデイメンは言った。「ラヴェネルからずっと、それを考えてきた。頭から離れなかった」

「どうしてだ？　そんなに俺は上手かったか？」

「いいや。お前はまるで初体験みたいな有様だった。はじめの半分は。後の時間はまるで――」

「こなれてきたか？」

「昔のやり方を思い出したかのようだった」

その言葉がローレントを打ったのがわかった。ぐらりと、一撃をくらったように体が揺れた。

「今は、貴様のそのわきまえぬ愚直さにつきあいたい気分ではないぞ」

「俺は、床《とこ》の中では洗練は求めぬ。念のために言っておくと」

「そうだったな」ローレントが返した。「お前は単純を好む」

すべての息が喉から失せた。立ち尽くし、さらけ出されて、デイメンには心の準備がなかった。それすら俺を傷つけるのに使うのか？　そう言いたかったが、言わなかった。ローレントの息も浅く、一歩も引こうとしない。

「彼の最期は見事だった」デイメンはなんとかそう言った。「見たこともないような戦いぶりだった。あれは公平な、正々堂々たる戦いで、苦しまなかった筈だ。終わりは一瞬だった」

「豚の腸《はらわた》をかっさばくようにか？」

今回、体が揺れそうになったのはデイメンのほうだった。ほとんど、地面を震わす音すら耳に入らなかったほどだ。ローレントがはっと見回した夜の中から、その音は大きく迫ってくる――蹄の音だ、耳を圧して近づいてくる。

「俺を探そうと兵まで放ったか?」とローレントが口元を歪めた。

「いいや」

言うなりデイメンはローレントを強く押しやり、崩れた巨大な石積みの影に身を投じた。次の瞬間、軍勢に包まれていた。少なくとも二百騎の兵で、密に並んだ馬たちが駆け抜けていく。デイメンはローレントを石に強く押しつけ、全身で覆いかぶさった。騎手たちは暗闇のこの不安定な地形ですら速度をゆるめず、行く手を阻めば誰だろうと蹴ちらされ、転がり、蹄から蹄へはねとばされる。見つかるわけにはいかない。デイメンの手のひらの下で石は冷たく、闇は蹄の轟きと重く危険な馬体で震えていた。

重なったローレントの体を感じる。やっと封じこんでいるその力を。密着した状態への嫌悪感と混じり合う激情。やむなく押し殺した、体を引きはがしたいという衝動。

不意に、ローレントの上着を石の突端に置いたままだと思い出していた。少し離れたところにつないである二人の馬のことも。ここで見つかれば、とらえられるか、もっと悪いことになるか。この男たちの正体も知れないのだ。指が石にくいこみ、苔《こけ》とその下の脆い破片を感じた。周囲で疾駆する馬たちがほとばしる激流のようだ。

そして、すぎ去った。来た時と同じく突然に、西の方角の野へと遠ざかる。蹄《ひづめ》の音も消えていった。デイメンは動かず、二人の胸がぴたりと重なり合って、ローレントの浅い息が肩口にかかっていた。

ぐいと押しのけられるのを感じる。ローレントがデイメンの下から抜け出して距離を取ると、背を向けて、荒い息をついた。

デイメンは石に片手を置いて立ち、歪んだ景色ごしにローレントを見やった。ローレントは振り返らず、ただ身じろぎもせずに立っていた。その姿はさっきと同じ、ぼんやり浮かんだ淡いシャツの輪郭であった。

「お前が冷血でないのはわかっている」デイメンは言った。「俺を鞭打ちの柱にくくらせた時のお前は、決して冷血ではなかった。俺を寝台に押し倒した時のお前は、冷たくはなかった」

「戻らねば」ローレントは振り向かずに言った。「あの騎手たちの正体も知れぬし、我らの斥候をどんな手でかわしたのかもわからぬ」

「ローレント――」

「公平な戦いだと？」ローレントが振り返った。「そんなものはない。必ず、どちらかが強い」

そして城の鐘が、警告の音を鳴らしはじめ、遅ればせながら見張りたちが、今ここを過ぎていった騎馬のことを知らせている。ローレントはのばした手で上着をつかみ上げ、袖を通して、紐はそのまま垂らした。デイメンは石柱に引っかけておいた手綱を外して、二人の馬を引いてきた。ローレントが無言で鞍へまたがると馬の腹に踵を入れ、二人はマーラスへと一気に駆け出した。

第八章

何の裏もないことかもしれない。ただの侵入。あの騎手たちを追うと決めたのはデイメンで、そのために暁闇の中、皆が寝床から引きずり出されて馬に乗った。マーラスの城から一斉にあふれ出した人々は、広い野を西へと駆け抜けた。何もなかった。最初の村へ着くまでは。

はじめは、臭いだった。濃密な、鼻を刺す煙の臭いが南から流れてくる。通りすぎた村外れの農地は打ち捨てられて黒く焼け、そこかしこでまだ熱くくすぶっていた。地面が広く焦げ、駆け抜ける馬たちはぎょっとするような熱さに怯えていた。

集落に入っていくと、なおひどい有様だった。経験豊かな指揮官であるデイメンは、軍勢が人の住む場所を抜けていくということの意味を知っていた。知らせがあれば、老いも若きも女も男もあわてて周辺の野山に逃げこむ。手持ちの中でも一番上等な牛や食料を持って。不意打ちならば、村は軍勢の統率者の思いのままだ。慈悲深い指揮官であれば、兵たちに奪った食料への代金を、あるいは彼らが愉しんだ娘や息子たちへの対価を支払わせる。はじめのうちは。

だが、夜に轟き迫る蹄の音はそれとも話が違う。混乱の中、目覚めたところで逃げおおせる望みもなく、扉につっかえ棒をするだけの時間しかない。建物に閉じこもるのは防御本能だろうが、意味などない。兵が家に火を放てば出ていくしかない。

馬からとび下りると靴裏で焦げた土が固い音を立て、デイメンは村の残骸を見やった。彼に続いて手綱を引いたローレントの姿はほっそりと青白く、その横にはマケドンと、か細い暁の光の中を同道してきたアキエロスの兵たち。

ヴェーレ兵、そしてアキエロス兵の顔には、この光景を知る者の陰鬱な影があった。ブルトーの村がこんなふうだった。タラシスの村も。この戦いの中、火の粉がとんだ無防備な村はここが初めてではない。

「追跡隊を出してあの騎馬隊を追わせろ。我々はここで死者を弔う」

命じながら、デイメンは兵の一人がぴんと張った鎖から犬を解き放つのを見た。眉をひそめて見ていると、その犬は村を駆け抜けて、遠い離れの建物に寄り、扉をひっかいた。

デイメンはさらに眉をよせる。その離れ家は、群れ集まった家々とは距離を空けて建っている。建物は無傷に見えた。気にかかって足を向けたデイメンの靴が燃えかすで灰色に汚れた。犬がクンクンと高く、か細い鳴き声を立てている。デイメンは片手を建物の扉にかけ、固く閉ざされていると知った。掛け金がかかっている。内側から。

背後から、少女の震える声がした。

「そこには、何もないから。入らないで」

デイメンは振り向いた。立っているのは九歳ほどの子供で、見た目でははっきりしないが女児だろう。青ざめたその子供は、建物脇に積んであった薪の山から出てきたのだった。

「何もないなら、入っていけない理由もなかろう?」

ローレントの声だ。落ち着き払って、いつものごとく癪にさわる理屈を並べながら、彼も馬を下りてやってきていた。三人のヴェーレ兵が付き従っている。

少女が訴えた。

「ここは、ただの離れだから」

「ほらご覧」ローレントは少女の前に片膝をつき、自分の指輪の星光紋を見せた。「我々は友達だ」

「私の友達は死んじゃったよ」と少女は答えた。

「扉を破れ」とデイメンが命じる。

ローレントが少女を押さえた。兵士が二度、肩を打ち付けると、扉が割れた。デイメンは剣の柄にかけていた手を短剣に移し、狭い屋内へ真っ先に入っていった。

横から犬が駆けこんでいく。建物の中では、一人の男が藁の散らばる土の床に横たわり、腹から折れた槍の柄が突き出ていた。その前に女が立ちはだかり、唯一の武器としてその折れた柄を手に握りしめていた。

血の臭いがむっと立ちこめていた。血は藁に染みこみ、その上で白茶けた男の顔は驚きに歪んでいた。

「我が君……」

そう洩らすと、男は腹に槍を呑んだまま片腕をついて、王子を迎えるために起き上がろうとした。

彼はデイメンを見てはいなかった。その目はデイメンを通りこして、扉口に立つローレントを見ていた。

ローレントは振り向きもせず「パスカルを呼べ」と後ろに命じた。みすぼらしい小屋へ踏み入ると、女がかまえた槍柄に手をかけてあっさり横へのけ、通りすぎた。それから、藁の中にまた崩れた男の前の土へ膝をつく。男は、ローレントが何者か知る目でその姿を振り仰いだ。

「奴らを、止められず……」

「横になっていろ」ローレントが命じた。「医師を呼ばせている」

男の息が鳴った。マーラス出身の古い家士の一人であると、なんとか言おうとしていた。デイメンは小さな、薄汚れた屋内を見回した。この老いた男は村人を守ろうと、馬上の若い兵に立ち向かったのだ。この村で、腕に何らかの覚えがあるのはきっと彼だけだっただろう。とは言えその鍛錬はすでに遠い日のものでしかない。老人だ。それでも、戦った。ここにいる女とその娘は彼を助けようとして、それから隠そうとした。そんなことをしても詮無《せんな》いことだが。

この傷ではもうすぐ死ぬ。

そこまでを見てとって、デイメンは向き直った。通り道に血痕が残っている。女と娘とでこの小屋の中へ老人を運びこみ、かくまおうとしたのだ。デイメンは血溜まりをまたぐと、さっきのローレントと同じように少女の前へ膝をついた。

「襲ってきたのは誰だ？」何の返事もない。「誓って、その連中を見つけ出し、報いを受けさせよう」

少女がデイメンの目を見た。恐怖で切れぎれの記憶や曖昧な印象を聞かされるか、せめてマントの色くらいはわかるかと、デイメンは予想していた。だが少女ははっきりと名を告げた。心に刻みこまれているかのように。

「デイミアノス」と彼女は言った。「デイミアノスがやったんだ。これはカストールへの挨拶だと、そう言って」


外。外へと出た目の前で、景色は色を失い、灰色に沈んでいた。

木に手をかけて体を支え、我に返った時、デイメンの体は怒りに震えていた。闇の中、騎馬兵たちが彼の名を叫びながら村へ突進してきたのだという。剣で村人たちを斬り捨て、住人ごと家を焼き、そしてそのすべてはデイメンの名のもとに、彼の名を傷つけようとして行なわれたのだった。胃が、吐きそうに痙攣した。対峙する敵の罠の中、暗く、名付けようのないものにどろりと浸かっているような気がした。

風が葉をざわざわと揺らした。周囲を虚ろに見回して、自分が小さな木立にいるのに気付いた。まるで村から逃げようとするかのように。離れの小屋からはかなり遠くに来ていたので、ここまでは兵も配備されておらず、だからこそそれを見たのはデイメンが最初だった。まだ頭が冷えないうちに。

木立の入り口に、人の骸があった。

村人の遺骸ではない。うつ伏せの男で、ねじれた形で手足を投げ出して、鎧をまとっている。デイメンは木から手を下ろすと、歩み寄った。怒りで心臓が激しく鳴りひびく。ここに答えが、咎人《とがにん》がいる。村を襲った一人、ここまで這ってきて、仲間に気付かれることもなく死んだ男が。

こわばった死骸を靴の爪先で返すと、男は顔を天にさらして仰向けに転がった。

それはアキエロスの顔立ちをした兵士。腰に刻み目の入った剣帯を巻いている。

〈デイミアノスがやったんだ。これはカストールへの挨拶だと〉

気付いた時にはもう動いていた。離れ家を通りすぎ、死者を埋める穴を掘っている部下たちを通りすぎる。焦げた地面がまだ足の下で驚くほどに温かい。一人の男が、灰に汚れた顔の汗を袖で拭っていた。掘ったばかりの穴に命なき何かを運んでゆく男もいた。デイメンはマケドンの襟首を引っつかむと、考えるより先に引きずり戻していた。

「お前には値しないが、剣による審判をくれてやる」とデイメンは言い放った。「そこでお前をこの手で斬って、今日の償《つぐな》いをさせてやろう」

「私と戦うと？」

デイメンは剣を引き抜いた。アキエロスの兵たちが集まっており、その半ばがマケドンの兵で、皆が剣帯を巻いていた。

あの骸と同じ。この村で人々を殺した兵たちのように。

「抜け」とデイメンは命じた。

「何のために」マケドンはこの状況を嘲笑うかのようだった。「死んだヴェーレ人のために？」

「抜け」

「これはあの王子の仕業だ。あなたと国の味方を敵対させようとしている」

「口をきくな」とデイメンは言った。「悔恨の情ならば聞く。お前を斬る前に」

「死んだヴェーレ人を悔やむふりなどできぬ」

マケドンが剣を抜いた。

この男が最高位の剣士であり、北方において不敗の闘士であることはデイメンも剣を抜く前から知っていた。デイメンより十五歳以上年上で、百人殺してやっと一つ、その剣帯に刻みを入れるのだと噂されていた。村中の兵たちがシャベルや桶を置いて集まってきた。

兵のいくらか、特にマケドンの兵たちは、自分たちの将軍の腕前を知っている。マケドンの顔にはデイメンにもなじみの表情があった——若造に思い知らせてやろうという年配者の顔だ。

その表情が、二人が剣を交わした瞬間に変わった。

マケドンは北で主流の、力に物を言わせる剣筋を好んだが、その両手持ちの剣の重い斬撃をデイメンは力強く受けとめ、互角に渡り合って、まだ技にも速さにも余裕を残していた。マケドンの力に力で応戦する。

デイメンの最初の一撃で、マケドンが後ろによろめいた。二撃目が、その手から剣を叩き落とした。

そして次の剣が叩きこまれる——マケドンの首を切りとばす死の刃——。

「やめろ！」

ローレントの声が戦いを切り裂き、絶対的な命令として鳴りひびいた。

マケドンの姿が消える。かわりに、そこにローレントがいた。マケドンを後ろへ引き倒したローレントの無防備な首へ、デイメンの斬撃が振り下ろされる。

もしデイメンが今の言葉に従っていなければ、響きわたった命令に体が反応していなければ、ローレントの首は飛んでいただろう。

だが命令を聞いた瞬間、デイメンは反射的に、全身の力を振り絞って従っていた。その刃はローレントの首から髪一本ほどのところで止まる。

デイメンは荒々しい息をついていた。ローレントはこの小さな戦場に、単身でとびこんできたのだ。彼の兵は、走って追ってきたものの、遠巻きの見物人たちと同じところで止まっていた。鉄の刃がローレントの白い首筋を滑った。

「もう少し押しこめば、お前は二つの王国の王になれるぞ」とローレントが言った。

「そこをどけ、ローレント」とデイメンは喉でうなる。

「まわりを見ろ。この襲撃は冷血に計算され、民のお前への信頼を失墜させるよう仕組まれている。これがマケドンらしいやり方か？」

「マケドンはブルトーを襲った。ブルトーの村を殺戮し尽くした、ここのように」

「叔父によるタラシス襲撃の報復としてな」

「この男を弁護する気か？」

デイメンはそう問い詰める。ローレントが答えた。

「剣帯に刻みを入れるくらい誰にでもできる」

手で剣の柄をきつく握って、その刹那、デイメンはローレントへ斬りつけてしまいたかった。肌の内を濃く、熱くつき上げる衝動。

その剣を、鞘へ叩きこんだ。マケドンをじろりと見やると、マケドンは息を乱して二人を見くらべていた。彼らの会話は早口のヴェーレ語で交わされていた。

「たった今、彼に命を救われたぞ」とデイメンはマケドンに告げた。

「礼を言えとでも？」

マケドンはどさっと地面に倒れた。

「いいや」とローレントがアキエロス語で言った。「私が決めていいことならば、お前は死んでいる。お前のあの愚行が、叔父につけこむ隙を与えたのだからな。命を救ったのは、この同盟にはお前が必要で、叔父を引きずり下ろすためにこの同盟が必要だからだ」

空気は木炭のような臭いがした。デイメンがずかずかとのぼっていった無人の高台からは村の全景が見渡せた。黒く焦げた廃虚、まるで大地に刻まれた傷。東側では、瓦礫の散らばる地面からまだ煙が立ちのぼっていた。

償わせなければ。彼は執政のことを思う――イオスにあるアキエロスの王宮で守られているあの男を。

〈この襲撃は冷血に計算され、民のお前への信頼を失墜させるよう仕組まれている。これがマケドンらしいやり方か？〉

だがカストールのやり方でもない。これは、ほかの誰かのやり方だ。

デイメンは、執政の内にも自分と同じような、猛々しいほどの決意があるのかどうかと惑う。このような残虐さをくり返しくり返し、良心を捨てて行なえるとは、いかなる信念あってのことかと。

背後に近づく足音が聞こえた。それが隣に立つのを待つ。ローレントに言いたかった――お前の叔父と戦うというのがどういうことなのか、俺はわかっているつもりでいた。だがわかっていなかった。今日この日まで、彼が戦ってきた相手は俺ではなかったからだ。

それを言おうと、振り向いた。

ローレントではなかった。ニカンドロスだった。

デイメンは言った。

「これをやった者は、俺がマケドンを責め、北の将たちの支持を失うよう狙ったのだ」

「カストールの仕業だとは思っていないんですな」

「お前もだろう」

「二百騎の兵が誰の目にも留まらずに何日も領土を越えてこられるわけがない」とニカンドロスが言った。「我々の見張りや味方に気付かれぬことなくやってのけたならば、一体どこからやってきた？」

アキエロスに襲撃の罪をかぶせようとした企みは、これが初めてではない。ヴェーレの王宮でも、刺客がアキエロスの短剣を用いてローレントを襲ってきた。デイメンははっきりと、あの短剣がどこの属州のものか覚えていた。

デイメンは村を振り向き、そこから南へのびる細くねった道を見つめた。答える。

「シクヨンだ」

マーラスの城の屋内修練場は横長で、板張りの壁、アーレスの王宮の修練場と不気味に似て

床にお が屑が敷き詰められ、片端に太い木杭が立てられていた。夜にはたいまつが灯され、揺れる炎が壁際の掛台や、壁を埋める武器をちろちろと照らす。鞘に収められた短剣、剝き出しの短剣、交差して掛けられた槍、そして長剣。

デイメンは衛兵たちを、さらに侍従と奴隷たちも追い出した。それから一番重い剣を壁から取った。持ち上げ、その重みに満足する。そして肉体を追いこみ、剣を振った。くり返し、幾度も。

話したい気分でもなければ議論を聞きたくも、物を言いたくすらなかった。だから、己の感情を体で吐き出せる場所へとやってきた。

白い綿地に汗が重く染みこむ。上半身裸になると、脱いだ服で顔と首の後ろを拭いた。放り捨てる。

追い込んでいくのはいい気分だった。徹底的に。全身のすべての腱を酷使し、すべての筋肉をただひとつの動きに集中させる。世界の実感を、地に足が付いた感覚を取り戻したい。同士打ちの策略と詐術、言葉と影と偽りばかりを操る者たちの中で。

戦う。肉体しか存在しなくなるまで。焼けつく筋肉、血の脈動、熱くつたう汗、そしてすべてが一点に収束してゆく。分厚い鉄の力、死をもたらす力。

手を休め、動きを止めた時、静寂と自分の息の音だけが満ちていた。デイメンは向きを変えた。

ローレントが戸口に立ち、彼を見つめていた。

いつからそこにいたものか。デイメンの鍛練はすでに一時間かそれ以上になる。汗が肌を覆い、筋肉はよくほてっていた。二人の間でまだ決着がついていないこともわかっていた。デイメンにしてみればそのままでかまわないことだが。

「それほどの怒りをかかえているなら」とローレントが言った「対戦相手が必要だろう」

「俺の相手になる者など——」

デイメンは言葉を切ったが、口にしていない言葉が重く、危険な真実となってそこにわだかまる。デイメンの相手ができるほどの腕の者はいない。こんな気分の彼の前では。こんな調子では、憤激のあまり手加減ができず、相手を殺しかねない。

「ここにいるぞ」とローレントが答えた。


愚かな行為だ。ドクドクと血管の中を脈打つものが、これは愚行だとデイメンに告げてくる。

壁から剣を取るローレントを見つめた。ゴヴァートとの決闘で見たローレントの剣さばきが、あの時剣を求めた手のうずきがよみがえる。ほかのこともよみがえっていた。黄金の首枷につないだ鎖をローレントの手で引かれた感触。背を打った鞭。彼を跪かせようと叩きこまれた近衛兵の拳。己の、重く粘った声が聞こえた。

「俺の手で土の上に転がされたいということか？」

「できるのか？」

ローレントが剣の鞘を投げ捨てた。鞘は無造作におが屑の上へ落ち、ローレントは抜き身の剣を手に落ちついて立つ。

デイメンは己の剣を掲げた。手加減したい気分ではない。

ローレントに警告はした。事前通告としてはそれで充分。

デイメンは斬りかかった。三連続の攻撃を受けたローレントが足を使って回りこみ、戸口に向いていたその背の後ろには今や修練場全体が開けていた。デイメンがふたたび距離を詰めると、ローレントは背後のその空間を使ってさっと退いた。

さらに後ろへ。デイメンはすぐさま、ゴヴァートの剣を狂わせたあの同じ手を、今まさに味わわされているのだと悟った。もっと正面きった勝負のつもりでいた意気込みを、幾度もするりとかわされる。ローレントの剣はからかうように途中で離れ、反撃もない。デイメンの剣を誘っては、また下がる。

苛立たしい。ローレントは腕のいい剣士だが、その力をほとんど使う気もない。カン、カン、カン。今や二人は修練場全体を移動しており、木の杭に近づきつつあった。ローレントに息の乱れはない。

次にデイメンが仕掛けると、ローレントは身をかわして棒杭を回りこみ、またもや修練場全体を背後に取った。

「行ったり来たりするだけか？　もう少し手ごたえがあるだろうと思っていたぞ」とローレントが言う。

デイメンが繰り出した斬撃は凄まじい速度で、剣で受ける以外の余裕をローレントに許さない。刃と刃が甲高く打ち合ったのを感じ、その衝撃がローレントの手首から肩へと伝わって、ほとんど剣を手からはね飛ばしかかるのを見る。そして期待どおり、ローレントはぐらりとよろめいて三歩ほど下がった。

「こんなふうにか？」とデイメンは言う。

ローレントはうまくバランスを取り戻し、さらに一歩下がった。細めた目をデイメンへ向ける。そのかまえには新たな、警戒の色がにじんでいた。

「少し行ったりきたり走ってもらおうと思ってな」とデイメンは言った。「倒す前に」

「俺を好きに押し倒せないからここに下りてきたんだろう？」

今回、デイメンの一撃をローレントは全身を使ってしのぎ、剣身が刃と擦れて一気にすべり落ちた瞬間にデイメンの間合いへ踏みこんできた。とっさに守りのかまえに移ったデイメンは、なんとか軽く剣を払ってローレントを下げた。

「いい剣だ」

デイメンは、己の声に楽しげな響きを聞く。

ローレントの息はさすがに少し上がっており、それもまたデイメンを昂揚させる。下がったり立て直す時間を与えず、一気に踏みこんだ。デイメンの剣をさばこうとローレントは全力を振り絞り、連続した斬撃にその手首や腕、肩までもが小刻みに震えた。もはやローレントは両手持ちのかまえで、デイメンの剣を受け流す。

受け流し、そしてローレントは凄まじい反撃を返してきた。身ごなしが俊敏で一瞬で反転してのける。いつしかデイメンは魅了され、目を奪われていた。無理に押しこんでローレントの剣の乱れを誘おうとはしない——今は。まだ。

ローレントの剣の冴えはこの上なく、まるで一片ずつの金線を複雑に組み上げた小さな迷路のようだ。繊細に編まれ、一見して出口もない。この戦いを終わらせるのが惜しくなるほどだった。

デイメンは距離を取り、回りこむように動いてローレントに立て直す時間を与える。ローレントの髪が汗でわずかに濃く湿り、その息は速かった。小さく剣を握り直し、手首をゆるめる。

「肩の具合は?」とデイメンがたずねた。

「肩も俺も——」とローレントが返す。「本気の戦いを待ちくたびれているぞ」

剣先が上がり、ローレントが攻撃のかまえに移った。彼からまともな剣技を引き出せたことにデイメンは気を良くする。洗練された返しの剣と激しく打ち合いながら、二人の剣の流れは、半ば薄らいだ記憶の中の形へとはめこまれていった。

ローレントはオーギュステとは違う。兄とは差のある体格に生まれつきながら、危険な頭脳をそなえている。それでも、そこには相似があった――よく似た剣遣い、そっくりな剣筋。同じ師に習ったためか、それとも弟が兄の剣を真似てきたからか。

デイメンにはその相似が見える。ローレントとの間にあるすべてが見えてくるように。狡猾な剣技は、ローレントが周囲に仕掛ける罠にあまりにも似ている。虚言、はぐらかし、正面きった衝突をかわしつつ相手を操って望み通りの結果を得るやり口。奴隷たちの身柄をパトラスに送った手管のように、無辜《むこ》の村を襲った企みのように。

デイメンはローレントの剣身を外へはじき、柄をローレントの腹へ突きこんでその体を床へ叩きつけた。おが屑に倒れたローレントが息を失うほど激しく。

「実戦で、俺にはかなわないぞ」

デイメンはそう言いきった。

その剣先はローレントの喉仏につきつけられていた。ローレントは両脚をだらりと広げて倒れ、片膝を立てている。彼の指が、体の下のおが屑にすべりこんだ。シャツの胸元が、浮いては沈む。切っ先が喉元から下がってほっそりした腹に向いた。

「降伏しろ」とデイメンは命じる。

視界をさっと、砂のような暗闇が覆った。デイメンは反射的に目をきつくとじ、わずかに剣を引いて、おが屑を投げつけてきたローレントから危うく剣先をそらした。目を開けた時、ローレントは地面を一転して、剣を手に立ち上がっていた。

こざかしい子供の手であって、いい大人が勝負でやることではない。デイメンは腕からおが屑を払い、荒い息をつくローレントのまた新たな表情を見つめた。

「臆病者の戦い方だな」

「勝つための戦い方だ」とローレントが応じる。

「それには足りないぞ」

目つきが変わったのが唯一の警告。ローレントが殺意をこめて斬りかかって来た。

デイメンは横へ、そして後ろへひらりと下がり、剣をかまえたが、まだ押されていた。完璧な集中の一瞬、神経をすべて研ぎ澄ませと感覚が囁く。ローレントは死力を尽くして攻めかかってきた。もはや優雅な戦いぶりも余裕たっぷりの剣の受け流しもない。おが屑に背中から放り出されて心のたがが外れたのか、感情むき出しの目で戦っていた。

昂揚感とともにデイメンはその猛攻を受け、ローレントの最高の剣技に相対し、そしてわずかずつ、押し戻しはじめた。

そしてここにはオーギュステに——手出しするなと己の部下たちに命じたあの男に似た高潔さなど、今やかけらもなかった。ローレントの剣が棚を吊る縄を切りとばすと、支えられていた武具類が頭上になだれ落ち、デイメンは下がってかわすしかない。掛台をデイメンの前に蹴り、進路を妨害してくる。壁から落ちておが屑の上に散らばった武具が足さばきを邪魔する。

ローレントは全身全霊で、周囲の物まですべて利用して捨て身で戦っている。それでも押されはじめていた。

棒杭のところでデイメンの一撃を剣でそらすふりをして、ローレントがひょいと身をかわした。デイメンの剣は淡い空気を裂いて杭に叩きこまれ、深くくいこんだあまり手を離して反動を避けねばならなかった。それから引き抜く。

その隙に屈みこんだローレントが、ひっくり返った掛台から落ちた短剣をつかむと、恐ろしい正確さで、デイメンの喉めがけて放った。

デイメンはそれを剣で叩き落とし、距離を詰めた。打ちかかる剣を剣が受けとめ、刃が滑って、柄で噛み合う。ローレントの肩が震え、デイメンはさらに力をのせて、ローレントの手から剣をもぎ落とした。

ローレントの体を板張りの壁へ叩きつける。歯がガチリと鳴って息が失せた、その瞬間にローレントの喉からざらついた、絞り出すような憤懣《ふんまん》の声がほとばしっていた。デイメンはさらに踏みこみ、上腕をローレントの首にくいこませながら己の剣を振り捨てる。ローレントが壁に掛かった短剣を握ってデイメンの無防備な脇腹に突き立ててきた。

「させるか」

デイメンは自由な手でローレントの手首をつかむと、壁に一度、二度と叩きつけ、ついにローレントの手が開いて短剣が落ちた。

ローレントが全身でデイメンへぶつかり、壁際から逃れようと、凶暴な獣のようにのたうった刹那、汗に濡れた二人の体がもつれた。デイメンはその力を受けとめ、互いの体を壁に押しつけて、動きを封じようとのしかかったが、ローレントの空いた手に喉元を突かれて息が詰まり、体が泳いだ瞬間、すべての猛々しさをこめてローレントが膝頭を叩きこんできた。

視野が暗転したが、デイメンの戦士の本能はまだ生きていた。ローレントを壁から引きはがし、おが屑の地面へと、激しく叩きつける。ローレントは一瞬息を止めたが、すぐによろりと立ち上がり、殺意が煮えたぎる目でデイメンをにらんだ。ローレントがまた短剣に手をのばし、柄を握ったが遅すぎた。

「ここまでだ」

デイメンはそう言ってローレントの腹に膝を強く突きこむと、後ろへ倒し、のしかかった。ローレントの手首をつかんでおが屑の中へ叩きつけ、短剣を捨てさせる。デイメンの体はローレントを組み敷く弧となって、体重で彼を地面に縫いとめ、両手で手首を押さえつけた。その下でローレントの体は固く張りつめていた。彼の胸が熱くふくらみ、沈むのを、デイメンは体で感じとる。手首にさらに力をこめた。

もはやデイメンの下から逃れようがないと悟って、ローレントは最後の、絶望的な声をあげると、ついに動きを止めて息を切らし、憤怒と無念を目に苦くたぎらせていた。

二人とも、喘いでいた。ローレントが内に秘めた抗いがデイメンに伝わってくる。

「言え」とローレントに命じた。

「……降伏する」

食いしばった歯の間から、その一言がこぼれた。ローレントが首を横に倒す。

「お前に言っておきたいのは」デイメンは、重苦しい言葉を喉から押し出した。「奴隷だった間、いつだろうとこうできたということだ」

「どけ」とローレントが言った。

デイメンは体を離した。ローレントのほうが先に床から立ち上がった。棒杭に手を置き、体を支える。おが屑が背中を汚していた。

「どうしても言わせたいのか？　決してお前にはかなわなかっただろうと？」ローレントの声は歪んでいた。「どうせ俺では、お前にかなわなかった」

「ああ、無理だった。その腕前では。俺に復讐を果たしに来たとしても、返り討ちにしていただろう。俺とお前では必ずそうなった。それでも、そう望んだか？」

「ああ」ローレントが言い返した。「兄は俺のすべてだった」

その言葉が、二人の間に重く落ちた。

「わかっていた」とローレントが続ける。「決してお前にかなわないだろうということは」

「お前の兄もだ」

「それは違う。兄は——」

「何だ?」

「もっと強い。兄ならきっと――」

ローレントは言葉を呑みこんだ。目をきつくとじ、まるで笑っているような息で「……お前を止めただろう」と吐き出す。その言葉がどれほど滑稽に響くか、わかっているように。

デイメンは落ちている短剣を拾うと、目を見開くローレントの手に渡した。握らせる。切っ先を己の腹へ向け、まるで過去をなぞるような形で立った。ローレントの背が棒杭にふれていた。

デイメンは言った。

「これで俺を止めてみろ」

ローレントの表情に、この刃を使いたい衝動をめぐって荒れる心が透けている。デイメンはさらに言った。

「どんな気持ちなのかは、俺にもわかる」

「お前は……無手だ」

お前もだ――そうはデイメンは言わなかった。そもそも矛盾している。この一瞬が変化していくのを感じた。ローレントの手首をつかむデイメンの握りが変化したのを。短剣が、おが屑の上に落ちた。

その瞬間を待たずに、デイメンはあえて後ろへ下がった。二歩の距離を空けてローレントを見つめながら、デイメンの息は荒く、それは戦いのせいではなかった。

周囲で、修練場は二人の戦いで惨憺たる有様だった。掛台はひっくり返り、床に武器が散らばり、壁の旗は半ば裂けている。

デイメンは言っていた。

「もし、かなうものなら──」

だが過去を言葉でくつがえせるわけもなく、ローレントがそれを望むわけもない。デイメンは剣を拾い上げ、部屋を去った。

第九章

次の朝、二人は隣り合わせに座らねばならなかった。

高くしつらえられた壇上にローレントと並んで座り、長方形の演武場が作られた青い草地を眺めながら、デイメンは武器を手にカルタスへ出陣したくてたまらない。南へ行軍すべきこの時、旗頭への誉れとして行なわれるこんな演武会など楽しんでいる場合ではないのだ。

両の玉座は、今日は絹の日覆いの下に設置され、ローレントの乳のような色の肌を陽射しから守っていた。無駄な手配だ、どうせローレントのほとんどあらゆる肌は服で覆われている。太陽が燦然と草地を、観覧席の列を、草の生えた横手の斜面を、そして技の卓越を競う舞台を照らしていた。

デイメンの腕と脚はむき出しだ。短いキトンをまとい、片方の肩を留め針で留めている。その隣でローレントの横顔はちらとも揺るがず、コインの肖像のごとく不動であった。ヴェーレの貴族たちも列席し、ローレントの向こうに座っている。新顔の女の色子の耳に囁きかけているヴァネス、そしてグイオンとその妻ロイス、将軍のエンゲラン。さらに奥には王子の近衛たち、ジョード、ラザール、ほかの面々が青の隊服に身を包んでずらりと並び立ち、頭上に星光の旗が舞っていた。

デイメンの右手にはニカンドロスが座り、そしてその隣で目立つ空席は、マケドンのために用意されたものであった。

不在なのはマケドンだけではない。草の斜面や設置された観覧席にはマケドン麾下《きか》の兵の姿もなく、総軍はその半数を欠いていた。昨日の怒りが鎮まった今、デイメンにもわかる。ローレントは村でまさにこの事態を防ごうと命を懸けたのだと。剣に首をさらし、マケドンの戦線離脱を食い止めようとした。

挙句の果てに、修練場の地面に叩きつけて転がされたローレントにはさしもに同情するし、少々申し訳なくもあった。

ニカンドロスが言った。

「来ないでしょうな」

「まあ待て」

デイメンはそう答えた。だがニカンドロスの言う通りだ。マケドンが来る気配はない。

ニカンドロスは、デイメンの隣を見もせずに言った。

「あなたの叔父は、二百名の兵だけで我らの手勢の半分を削いでのけましたな」

「それと剣帯でな」とローレントが答えた。

デイメンは半分埋まった観覧席と草の覆う土手で、いい席に陣取ろうと集まったヴェーレとアキエロスの兵たちを見やり、そこから貴賓席横手の幕屋まで長い視線をよぎらせた。幕屋の奴隷たちが酒肴を用意し、さらに奥の幕屋では付き添いたちが最初の競技出場者の身支度を手伝っている。

デイメンは言った。

「少なくともこれで、槍投げで誰が優勝するかはわからなくなったわけだ」

立ち上がった。波紋が広がるように周囲の全員が立ち、そして草地の観覧席に集まっていた者たちが立つ。デイメンは片手を上げた。父がしたように。ここに群れた面々は北方の戦士のただの寄せ集めかもしれない。彼らが集まっているのは急ごしらえの田舎の競技場。だが、彼らはデイメンの民だ。そしてこれは、デイメンの王としての最初の演武会であった。

「今日、我々は戦いに倒れし者たちへ敬意を捧げる。ともに競おうぞ、ヴェーレの兵とアキエロスの兵よ。誉れある戦いを望む。さあ、仕合を始めよ」

弓による的射《まとい》をめぐって少し揉め、見物人たちを楽しませた。アキエロス人たちの予想を裏切り、弓術でラザールが勝利した。槍投げはアクティスが勝利し、アキエロス側を満足させた。ヴェーレ兵たちはアキエロス人のむき出しの脚を囃し立てながら、自分たちは長袖の下で汗をかいていた。貴賓席《きひん》では、奴隷たちが扇をたゆまず上下させ、ワインの平鉢を運んできて、ローレント以外の皆がそれを飲んだ。

リドスという名のアキエロス兵が矛の部で優勝した。長剣の部ではジョードが。若いパラスが小剣で優勝し、次の槍の部でも勝つと、三つ目の勝利のために組打ちの競技の場へと進み出た。

アキエロスの慣習どおり、全裸だ。パラスは凛とした顔の若者で、見事な肉体の持ち主だった。対するエロンは南方出身の若者。二人は差配係が持ってきた容器の油をすくって己の体に塗油すると、互いの肩に腕を回してかまえ、「はじめ」の号令がかかるや、押しにかかった。

群衆の声援を浴びて二人で組み合い、力を振り絞って油で滑る手で相手をとらえ、またとらえる。ついにパラスが草の上へエロンを押さえこみ、荒い息をついた。あたりは群衆の歓呼が満ちていた。

　パラスは立ち上がると、誇らかに貴賓壇の前へ進み出た。髪が油で少しもつれている。観衆が期待に息をつめた。これは古来からの、人々が愛する慣わしなのだ。

　パラスがデイメンの正面に跪いた。三つの勝利を手にした栄誉で、若者はほとんど輝いて見えた。

「ご観覧の方々のお心にかなうならば、国王陛下と仕合う誉れを、この身に授かりたく存じます」

　人々からどっと賛同の声が上がった。パラスはまばゆい新星であり、しかも誰もが王の戦う姿を見たいのだ。戦いに目の肥えた人々の多くが、このような仕合を楽しみに生きている。最高にして最強の戦士が、新たな優勝者の挑戦を受けて立つところを。

　デイメンは玉座から立ち上がり、肩の金の留め針に手をかけた。衣装が下へ落ちると群衆が快哉の叫びを上げた。付添いが落ちた服を拾う間に、デイメンは演壇から地面へ下り立った。

　草の上で、差配係が差し出す容器へ両手を入れ、油をすくい取って、己の裸身へ擦りこんだ。昂揚と緊張、そして喜びあふれるパラスへとうなずく。それからパラスの肩へ手を回すと、相手の手が肩にかかるのを感じた。

　楽しい戦いだった。パラスは相手に不足なく、よく鍛練された肉体の力と動きを肌で感じるのはデイメンにとっても喜びだった。二人の勝負はおよそ二分間続き、最後にデイメンはパラスの首を腕で極《き》めて押さえつけ、体の下の奮闘を、あらゆる力のほとばしりを、すべて受けとめた。ついにパラスの体が固く張りつめ、震えだし、崩れるまで。デイメンの勝利だった。

満足げにたたずむデイメンの体から付添いが油を拭い取り、布で肌を清めた。デイメンは壇上の席へと戻ると、そこで両手を広げて、付添いが服を着せかけるのを待った。

「よい戦いだった」と言って、ローレントの隣の玉座へまた腰を下ろす。

ワインをくれと手を振った。

「どうかしたか?」

「別に」

ローレントはそう言って、視線を別のところへ向けた。競技場はオクトンの準備のために片付けられはじめている。

「次はどんなものが見られるのかしら?」ヴァネスが言った。「何だってありそうね」

下ではオクトンの的が設置されていた。横に広い的が、間隔を空けて立てられる。ニカンドロスが立ち上がった。

「オクトンで用いる槍の検分に参ります。王にも立ち合っていただければ光栄なこと」

デイメンへと告げる。オクトンの前に装備を徹底的にたしかめるのは少年時代からのデイメンの習慣でもあったし、競技間の空き時間に王として天幕を訪れるのはいい考えに思えた。武具庫を検分し、働く差配役をねぎらい、騎乗の身支度にかかる競技相手に声をかけるのだ。

デイメンは立った。天幕への道すがら、かつての競技のことを語り合う。デイメンはオクトンにおいて不敗の勝者であったが、ニカンドロスはそのデイメンに肉薄する実力者であり、馬首をめぐらせながらの槍の投擲《とうてき》に秀でていた。デイメンの心が活気づく。また競技を行なうのはいい気分だった。幕屋の入り口をからげ、中へと歩み入った。

誰もいない。振り向くと、ニカンドロスがつかつかと迫ってきた。

「何を――」

強い、痛むほどの力で上腕をつかまれた。呆気にとられたデイメンは逆らいもしない。ニカンドロスに対して警戒心など抱きもしていなかった。押されるまま下がり、ニカンドロスがデイメンの肩の布地を握りこみ、ぐいと思いきり引きほどくのも止めなかった。

「ニカンドロス――」

デイメンは腰からだらりと服を垂らし、困惑してニカンドロスを見つめる。ニカンドロスが見つめ返した。

「その、背中は」

デイメンの顔が紅潮した。ニカンドロスは彼を、まるでこれだけ間近で見なければとても信じられないかのように見つめていた。剝き出しにさらけ出された衝撃があった。わかっていたことだ――傷があるのだと。その傷が、肩から背中半ばにまでわたることも知っている。よく手当てされたことも知っている。引きつれひとつない。うずきもしない。たとえ過酷な剣技の間でも。パスカルに施されたあの香り高い膏薬のおかげで。だがこれまで、デイメンは鏡にその傷を映して見たことはなかった。

それが今、ニカンドロスの目が、ニカンドロスの慄然とした表情が、鏡のように彼を映す。ニカンドロスはデイメンの体を回し、手を肌に当て、背中に這わせて、まるで目だけでは信じられずに手でたしかめようとしているようだった。

「誰がこんなことを——」

「俺だ」とローレントが言った。

デイメンは振り向いた。

ローレントが幕屋の入り口に立っていた。優美なたたずまいで、青い目の気怠《けだる》いまなざしをニカンドロスだけへ向けていた。

「殺してやろうとしたのだが、叔父上が許してくれなくてな」と言う。

ニカンドロスがふらりと前へ出たが、その腕をすでにデイメンの手が引き止めていた。ニカンドロスの手が剣の柄にかかった。燃えるような目でローレントを凝視していた。

ローレントが言った。

「彼には、俺の一物もしゃぶらせたぞ」

「御前、ヴェーレの王子があなたに為した侮辱に対し、私がこの男と決闘することをお許し下さい」とニカンドロスが声を上げた。

「許さぬ」

「ほらな？」とローレントが言った。「彼は鞭打ちなどという些細なことは気にせぬ。俺も、兄を殺されたくらいの些細なことは気にせぬ。同盟とは、かくも麗しきものだ」

「貴様はこの方の背を鞭打った！」

「この手でではないぞ。人にやらせて見物していただけだ」

ローレントは長い、優雅な睫毛ごしにニカンドロスへ視線をくれた。ニカンドロスは怒りをこらえようとするあまりほとんど吐きそうに見えた。

「何回打たせた？　五十か、百か？　死んだかもしれないのだぞ！」

「ああ、それが狙いだからな」

「そこまでだ」デイメンはまた前へ踏み出すニカンドロスを手で止めた。「二人にしてくれ。すぐに。去れ、ニカンドロス」

怒り狂いながらもニカンドロスは王からの直接の命令に逆らいはしない。骨まで忠誠が染みこんでいる。デイメンは服のほとんどを拳に握りこんだ状態で、ローレントと向き合った。

「どういうつもりだ。彼を離反させたいのか？」

「離反などするものか、お前のもっとも忠実な僕《しもべ》だ」

「だから忍耐の限界まで試すのか？」

「楽しくはなかったと、そう言ってやればよかったか？」ローレントが切り返した。「だが俺は楽しんだぞ。鞭打ちの終わりごろ、お前の心が折れたあたりなど最高だった」

彼らは二人きりだった。同盟を結んでから、ローレントと二人きりになったことなど数えられるくらいだ。天幕の中、ローレントが生きていると知った時。マーラスで、城外の夜闇の中。マーラスの城内で、刃を交えた時。

デイメンは問いかけた。

「ここに何をしに来た」

「お前を迎えに来たのだ。ニカンドロスが時間を取りすぎていたのでな」

「わざわざか。人をよこせばすむものを」

一瞬の沈黙の中でローレントの視線が無意識に横にそれ、それはわずかな一瞥だったが、肌を奇妙に刺すような感覚とともにデイメンは、背後で彼の傷を映す磨き上げられた鏡を見つめたのだと悟った。二人の視線がふたたび嚙み合う。ローレントはほとんど本音を見せない男だが、一瞬のまなざしがそれを裏切った。二人ともそれがわかっていた。

デイメンは、それを挑発したくてたまらなくなる。

「自分の作品に見惚れたか？」

「お前は席に戻る頃合いだぞ」

「服を着直してから行く。それとももっと近く寄るか？　留め針を留めてくれてもかまわんぞ」

「自分でやれ」

　ローレントが言った。

　オクトンの競技路は、戻った頃にはほぼ完全に設営が済み、二人は肩を並べて座った。言葉も交わさず。

　観衆の熱狂は、もはや血への飢えに近い。オクトンが人々をそうさせるのだ、競技の危険さ、不具の恐れと背中合わせの緊張感。二つの的が支え杭に打ち付けられるや、設営係が準備完了を告げた。高くのぼった陽の熱の中、期待感が虫の羽音のように渦巻いて、競技場の南西側が騒々しくなった。

　マケドンの到着。身を鎧い、騎馬にまたがって背後に腹心たちを引きつれたその姿が、観覧席を大きくどよめかせた。ニカンドロスは半ば腰を浮かせ、その三人の近衛が剣の柄に手をかけている。

　マケドンは貴賓席の正面で馬を回し、デイメンへまっすぐ向き合った。

　デイメンは声をかけた。

「投げ槍の仕合を逃したぞ」

「我が名を騙《かた》って村が襲われた」マケドンが言った。「応報への機会をこの手に求める」

マケドンは広く響きわたる指揮官の声を持っており、その発声を用いて、競技の見物に集まった全員に己の言葉を届かせていた。

「カルタスを攻めるのに、我が八千の兵もともに戦いましょう。しかし、臆病者や、いまだ己の真価を戦場で示さぬ未熟な指揮官のもとでは戦えぬ」

マケドンは、オクトンの競技の準備ができた馬場を見やり、顔を戻して、まっすぐローレントを見据えた。

「この身の忠誠を誓おう」と告げる。「もしここな王子が、オクトンで騎乗するならば」

デイメンの耳を、周囲のどよめきが打った。このヴェーレの王子は、一見すると身体能力でデイメンにはるかに引けをとっている。実際、訓練の場に顔も出さない。アキエロス兵の誰ひとりローレントの戦いや修練の姿を見たことがない。今日の競技にもひとつとして参加していない。ただずっと座って、優雅にくつろいでみせているだけだ。今そうしているように。

「ヴェーレの民にオクトンの心得はない」とデイメンは言った。

「アキエロスにおいてオクトンは王者の競技」とマケドンが返した。「我らが王は競技の場に立たれる。ヴェーレの王子に、王相手に騎乗する勇気はありや、なしや?」

拒めばローレントの面目丸つぶれとなるが、受ければそれ以上に悪いことになる──その力量不足があからさまにされ、皆の前で晒しものになるのだ。それこそがマケドンの狙い。どちらに転ぼうともローレントの顔に泥を塗れるよう、ここに戻ってきた。

ローレントがどう言葉巧みにこの場を切り抜けてみせるのかと、デイメンは待った。旗が音高く翻る。周囲のすべてが静まり返っていた。

「よかろう」とローレントが答えた。


馬にまたがり、デイメンはオクトンの走路を見つめて、発走位置に立っていた。馬が身じろぎ、出走を告げる角笛の音は今かと意気込んでいた。デイメンの馬から二頭横に、ローレントの金色の頭が見える。

ローレントの槍の穂先は青く染められている。デイメンの槍は赤に。ほかの三人の出走者のうち、今日すでに三冠のパラスの槍は緑、立ち投げの槍に勝利したアクティスは白、リドスは黒。

オクトンとは、馬上から槍を投げて技を競う武芸だ。王の競技と呼ばれ、的を狙う技量、身体能力、そして騎乗技術を求められる。競技者は二つの的の間を8の字を描いて馬で走りながら、槍を投げる。そして、馬蹄の響きが重く入り乱れる中、一人ずつがさっと馬上から身をのり出して新たな槍をつかみ上げ、鞍上に戻ってそのまま次の周回へと走りこむ。そうして合計、八周回するのだ。目指すのは、できる限り多くの槍を的に正中させること――ほかの騎手たちが放つ槍をよけながら。

だがオクトンにおける最大の難関はそこではない。

もし手元が狂えば、自分の槍がほかの競技者を殺しかねないのだ。そしてほかの誰かの槍が外れれば、自分が死ぬ。

デイメンは少年の頃から数多くのオクトンに出場してきた。だがオクトンは、どれほど槍の腕が優れた者でも、いきなり馬にまたがって始められるというものではない。デイメンも修練場で師範から数ヵ月にわたる馬上での手ほどきを受けた末、やっと競技場へ出る許しを得たのだった。

ローレントの卓越した馬術は、デイメンも知っている。足元の危うい野山を全速で駆け抜けるのを見た。戦いのさなか、宙で馬の向きを変えながら正確無比に敵を倒すところも見た。

槍も投げられるだろう、おそらくは。ヴェーレ軍は戦いに槍は用いないが、猪狩りには槍を使う。ローレントもきっと馬上から槍を投げたことがある筈だ。

だがそのすべてが、オクトンの前では役には立たない。オクトンでは人が死ぬ。落馬し、一生の傷を負う——槍や、落ちた後の馬の蹄で。デイメンの視界の隅では、パスカルを含めた医師たちが脇に控えて応急処置や手術の準備も万端だった。競技の場に王族が二人も立つとあって、医師たちの肩にも少なくない重圧がかかる。全員にとって、多くが懸かった場だった。

デイメンは、競技中にローレントを助けることはできない。二国の軍が見つめる中、デイメンは勝って己の名声と威厳を保たねばならない。ほかの三名のアキエロスの騎手たちはさらに容赦がないだろう、王者の競技においてヴェーレの王子を打倒せんとばかり。

ローレントが自分の最初の槍を取り上げ、落ちつき払った顔で走路を見やった。競技場を見定めているその様子にはじつに知的なところがあって、騎手たちの中で異彩を放っていた。ローレントにとって肉体的な活動というものは、生まれついての才能ではなかった。そして初めてデイメンは、ふと、ローレントはそうした娯楽を楽しんだことがあるのかどうかと疑問を抱く。子供の頃のローレントは本好きだったのだ。自分で己を作りかえてしまうまでは。

それ以上の思索の時間はなかった。出走は時間差で行なわれ、くじで第一出走を引いたのはローレントだった。角笛が響きわたる。観衆が叫ぶ。その一瞬、ローレントは草地にただ一騎で駆け出し、群衆すべての目をその身に集めていた。

マケドンがヴェーレ人の拙劣な技量を笑いものにしようとしたなら、少なくともそれは無駄だった。ローレントの騎乗は見事だった。すらりと均整のとれた美しい体は、馬と何の苦もなく通じ合っていた。彼の第一の槍が空を裂く。青い穂先。的の真ん中に正中。誰もが叫んだ。そして第二の角笛が鳴り、次はパラスがローレントを追って疾駆していき、続いて第三の角笛、そしてデイメンは己の馬を全速力で走らせはじめた。

仇敵であった隣国の王子が加わったとあり、想像を絶する歓声の騒がしさだった。デイメンの目の端に青い槍が描く弧が（ローレントの二つ目の正中）、緑の槍が（パラスも同様）、映る。アクティスの槍はやや右寄りに当たった。リドスの投擲《とうてき》は届かず草地に突き立って、パラスの馬がそれをよけて蛇行した。

デイメンはそのパラスを巧みにかわしながら、周囲へ目を配っていた。己が投じた槍がどこに命中したかなど見届けるまでもない。きっかり中心だ。オクトンをよく知るデイメンは、周りから注意をそらしてはならないと心得ていた。

一周目の終わりには、勝利を争う面々が明らかになった。ローレント、デイメン、パラスの三人が槍を正中させている。地上での槍投げに長けるアクティスは馬上ではその力を発揮できていない。リドスも同じく。

走路の折り返しにさしかかったデイメンは、体を下げ、速度をゆるめることなく二周目の槍を一組つかみ上げた。一瞬の隙に視線をとばすと、ローレントはリドスの馬の内側に己の馬を入れて槍を投擲し、己の目と鼻の先をかすめたリドスの槍には見向きもしなかった。ローレントはオクトンの危険さを、まるで存在しないかのように無視することでのりきっている。

またもや的に正中。観衆の熱狂が、槍の一投ごとに高まっていくのがわかる。オクトンで騎手がすべての槍を正中させるのは稀なことで、それも三人の騎手が同時とくればなお珍しい。デイメン、ローレント、そしてパラスはまだ中心を外していない。ドスッと、デイメンの左手の的に槍が突き立つのが聞こえた。アクティスだ。

あと三周……二周……一周……。

走路は駆け抜ける馬体と、命取りの槍と、芝を蹴散らす蹄が滾《たぎ》る奔流と化していた。馬蹄をを作り上げているかのようだった。

轟かせ、昂揚感と観衆の熱狂に心奮わせ、最後の一周へとなだれこむ。デイメン、ローレント、パラスの三人はまったくの同点で、その刹那、すべてが完璧に釣り合い、全員でひとつの調和を作り上げているかのようだった。

それは誰にでもあるような失敗。単純な目測の狂い。アクティスの投擲が、少し早すぎた。

デイメンにはそれが見えていた――槍がアクティスの手から放たれるのを、その軌跡を、それが嫌な音を立てて、的ではなくそれを支える主柱を打ったのを。

全速力で走る五騎の馬の勢いはとても止められるものではない。リドスとパラスが槍を放つ。二本ともに狙いも投擲も見事だったが、肝心の的が支柱を失って揺らぎ、倒れて、もはやそこになかった。

リドスの槍が空を切り、逆側の走路を駆けてゆくパラス、そしてその横を走るローレントめがけて吸いこまれていく。

だがデイメンにできたのは、たちまち風に巻かれる警告の叫びを上げることだけだった。二本目の槍、パラスの手を離れた槍がデイメンめがけてまっすぐ飛んできていた。

よけるわけにはいかない。ほかの騎手たちの位置がつかめない以上、よけて誰かの身を危険にさらすことはできなかった。

考えるより先にデイメンの体が動いた。槍はデイメンの胸に向かってくる。その柄を宙で引っつかむと、勢いで肩が後ろへぐいと引かれたが、握りに力をこめて衝撃を殺し、太腿を締めて馬上にとどまった。横手にいるリドスの仰天した顔、群衆のどよめき。だが己のことや今の動作を考える時間などない。デイメンのすべての意識はもう一本の槍に集中していた。ローレントめがけて飛んでゆく槍に。心臓が喉元に詰まったようだった。

向こう側の走路では、パラスが凍りついていた。衝撃の、そして決断の一瞬、パラスにはこの槍をよけて己の怯懦《きょうだ》で王子の命を死地にさらすか、そこにとどまって己の喉に槍を受けるかの二つの道しかない。彼の運命はローレントのものと絡み合っており、そしてデイメンと違って、どうすべきか判断できずにいた。

ローレントは違った。デイメンと同じく、ローレントにも早くから事態が見えていた——支柱が倒れるのを見た時すでに先を読んでいた。そのわずか数瞬の猶予で、ローレントは躊躇なく動いた。手綱を放し——デイメンの見つめる前、槍が自分めがけて飛んでくるさなかに——ローレントは跳んだ。槍をよけるためではなく、その軌跡めがけて。パラスの馬へとび移り、二人の体を左側へ倒す。パラスの体がぐらつき、茫然とした彼にローレントがかぶさって鞍上に押さえつけた。槍はその二人をかすめとび、蹄が荒らした草地へ、まるで投げ槍競技のように突き立った。

観衆の熱狂が最高潮に達する。

ローレントはその騒ぎを無視した。手をのばし、パラスが握ったままの最後の槍をほとんどむしり取る。そして、パラスの馬を全速で走らせながら——群衆の叫びが頂点に達していく中

——ローレントはその槍を投擲し、空を切った槍は最後の的の中央に突き立った。

オクトンを、槍一本分パラスとデイメンより上回って終えたローレントは、馬の足どりをゆるめると、小さな弧を描いて馬を止めた。デイメンと目を合わせる。淡い眉がまるで「どうだ？」と言わんばかりに上がった。

デイメンは笑い返した。先刻つかみ取っていた槍をかまえ、走路の一番遠い場所からそれを投げた。槍は長く、信じられないほどの距離を悠然と飛び、ローレントの槍に並んで的に突き立つと、そこで揺れた。

観衆の狂乱。


その後、二人は月桂の冠で互いの頭を飾った。群衆の歓呼の叫びに押しつつまれて高壇に立ち、デイメンはその勝利の誉れをローレントの手から受けとろうと頭を下げた。ローレントは金の額環《サークレット》を外して、葉の冠を受けた。

酒が次々と振舞われる。新たに芽生えた連帯感は心酔わせる美酒《うまざけ》でもあり、いともたやすく酔いしれそうだ。ローレントのほうを見るたび、デイメンの胸にぬくもりが広がった。自覚していたので、あまり見ないようにしていた。

日暮れが近づくと場を屋内へと移し、平鉢に入ったアキエロスのワインとあえかな竪琴《キタラ》の音色で一日を祝った。兵たちの間にも、脆いながらも結束が生まれてきていた。一日目から必要だったものが、やっと。それはデイメンにも希望を——本物の希望を与える。明日から始まる行軍への。

今日の演武会の成功で、何かは得られたということだ。兵たちは歩みを揃えて出立するだろうし、その結束の核にひびが入っていようとも誰にも見えはしない。彼もローレントも、偽るのは得意だ。

ローレントはゆったりとした長椅子に、じつに自然な様子で座っていた。デイメンも隣の長椅子に座る。灯したばかりの蠟燭が二人を囲む人々の顔を照らし、広間の残りは、心安らぐ灯明の薄闇にほのかに沈んでいた。

その薄闇を割って、マケドンが現れた。

マケドンは左右にわずかな従者をつれていた。刻みの入った剣帯の兵士が二人と、そば仕えの奴隷が一人。まっすぐ広間を横切ったマケドンが、ローレントの正面に立った。

部屋中が静まり返っていた。マケドンとローレントは互いに向き合った。静寂が長くのびる。

「蛇のような心を持つ男だな」とマケドンが言った。

「ならばそちらは老いた雄牛だな」とローレントが切り返す。

二人は見つめ合った。

長い時間の後、マケドンの手招きを受けて、アキエロスの酒が入った下ぶくれの瓶と二つの平鉢を手に奴隷が進み出た。

「ともに飲もうぞ」とマケドンが言った。

マケドンの表情に変化はない。それはまるで、不動の壁が入り口を示してきたかのようだった。広間に驚愕が走り、すべての目がローレントへと向いた。

これを言うために、マケドンがどれほどの意地を呑みこまねばならなかったのか、デイメンにはわかる。己の半分の年にも届かぬ、箱入り育ちの王子もどきへの友誼のしるし。

奴隷が注いだワインへローレントがちらりと目を走らせ、その瞬間、彼がワインに口をつけるわけがないとデイメンは悟った。

ローレントがここまで少しずつかき集めてきたすべての友好のかけらが、無為に投げ捨てられる瞬間を、デイメンは覚悟した。アキエロスによる客へのもてなしが粉々に踏みにじられ、マケドンが今度こそ永遠に去っていくのを。

ローレントが目の前の杯を取り上げると、飲み干し、テーブルに置いた。

マケドンが満足げにゆっくりうなずいて、己の杯をかかげ、一気に空けた。

そして言った。

「もう一杯」

しばらく経ち、低いテーブルに山ほどの空杯が散らかると、マケドンは身をのり出してローレントにグリヴァを――自分の領地の地酒を――ためしてみろと勧めた。ローレントがその酒を飲み干して「どぶ水のような味だな」と言うと、マケドンは「はは、まさしく！」と笑った。

さらに経つと、マケドンは自分の初めての演武会を、エファギンが勝利したオクトンの思い出を語り出し、旗頭たちが目をうるませて皆でもう一杯酒をあおった。さらに後、ローレントが空杯を崩すことなく三つ積んでみせ、マケドンが失敗すると、全員で笑いころげた。

やがて、マケドンがデイメンのほうへ身をのり出して真剣な助言を与えた。

「ヴェーレ人というやつ、そう捨てたもんじゃないですぞ。なかなかの飲みっぷりだ」

さらに夜は更け、マケドンはローレントの肩を抱いて自分の領地での狩りについて語った。古き日々の獅子はもういないが、それでも王者の狩りにふさわしい巨獣がいると。狩りの思い出話はさらに数杯の酒を重ねて続き、大いに親睦を深めた。皆が獅子を思って乾杯する頃、マケドンはまたローレントの肩を、別れの挨拶がわりに抱いてから、立ち上がって寝所へと去っていった。旗頭たちもふらふらとその背を追っていった。

全員が去ってしまうまで、ローレントは注意深い体勢を崩さなかった。瞳孔が大きくなり、頬がほのかに赤らんでいる。デイメンは自分の椅子の背に腕を垂らして、待った。

やがて、長い時間の末に、ローレントが言った。

「どうやら、立つのに手が必要なようだ」

ローレントの体重をすべて支える羽目になるとまでは思っていなかったが、結局、温かな腕を首に回されて、ローレントを腕に抱く感触に不意にデイメンの息が詰まった。ローレントの腰をしっかりと支えてやりながら、デイメンの鼓動は乱れていた。甘やかで、しかし決して許されないことだ。胸の奥がきしんだ。

デイメンは「王子と俺はもう休む」と告げ、残りの奴隷を手で追い払った。

「こっちだ」とローレントが言う。「多分な」

廊下には、この集いの名残の酒杯や無人の寝椅子が散らばっていた。エイロンのフィロクトゥスがその寝椅子の一つに転がり、寝台にいるかのように腕枕で眠りこける横を通る。彼はいびきをかいていた。

「今日は、お前がオクトンで負けた初めての日か？」

「厳密に言えば、あれは引き分けだ」とデイメンは言った。

「厳密、ときたか。馬には自信があるとお前にも言っただろう。シャスティヨンでの早駆けでもいつもオーギュステを負かしていたものだぞ。九つになってやっと、わざと負けてくれているのだと気がついた。それまでずっと、俺の小馬は物凄く足が速いのだと思っていた。お前、笑っているな」

デイメンは微笑んでいた。二人は通路のひとつに立ち、左手側のアーチから射しこんでくる月光があふれていた。

「しゃべりすぎか？　酒には弱くてな」

「ああ、そのようだ」

「自業自得なのだ。酒を飲んだことがない。予想しておくべきだった、いつか必要になると……あいう男たち相手には、飲む必要があると……慣れておくべきだった」

ローレントは大真面目に言っていた。

「お前はそういう考え方しかできないのか？」デイメンはたずねた。「大体どういう意味だ、酒を飲んだことがないとは？　大げさに言いすぎだ。俺と会った日の夜、酔っ払っていただろう」

「あの時だけ許した。あの夜は。瓶二本と半分。どうにか流しこんだ。酔っているほうが、まだ楽だろうと思ったのだ」

「楽とは、何がだ？」

「何が？」ローレントが呟いた。「お前がだ」

デイメンは全身が総毛立つのを感じた。ローレントはそっと、当たり前のようにそう囁いて、青い目は少しうるみ、デイメンの首に腕を回していた。二人は見つめ合い、通路の月光の狭間で立ちどまっていた。

「我がアキエロスの閨奴隷《ねや》」とローレントが呟く。「兄を殺した男と同じ名を持つ」

デイメンは苦しい胸に息を吸った。「もう、そこだ」と言う。

二人は通路を抜ける。高いアーチで、北側にはヴェーレ風の飾り格子つきの窓が並ぶ。二人の若者が宴の後でつれだって廊下をよろよろ歩いていくのは――たとえ王子でも――珍しいことではなく、彼らもそんな二人だと、その一瞬だけは思えそうだった。軍の同胞。友。

部屋の入り口の両側に立った衛兵は、よく訓練されていて、王族がお互いもたれかかった姿を見ても表情ひとつ変えなかった。二人は扉を通って、もっと奥の個室へ入っていく。ここには低い、アキエロス風のゆったり寄りかかれる寝台があり、台座は大理石を彫ったものだ。ごく実用的なもので、足元から、やはり彫られた頭休めまでが夜気にさらされている。

「誰も中に入ってはならん」とデイメンは衛兵に命じた。

その言葉が思わせぶりに聞こえるのはわかっていた――デイミアノスが腕に若い男を抱いて寝所から人を追い出すのは――が、無視した。もしイサンデルが、冷血の王子から奉仕を拒まれた驚きの理由をそれと思うならかまわない。ローレントは極端に人を寄せ付けない男であり、一晩分の酔いが積み重なった今の姿を家従の者たちに見せたくはないだろう。

朝にはひどい頭痛で目を覚まし、その辛辣きわまりない舌がいつも以上の毒を吐くだろうが。

そんな彼の相手をする者に幸《さち》あれ。

デイメンはとにかく、さっさとローレントの腰を押して、寝台までの四段分の上がり壇をよろよろと上らせた。首に巻きつけられたローレントの腕を外し、離れる。ローレントは自力で一歩踏み出し、上着に手をかけて、まばたきした。

「仕えよ」

そう、何も考えずに命じてくる。

「古き良き頃のように？」とデイメンは返していた。

言うべきではない言葉だった。前へ出て、ローレントの上着の結い紐に手をかける。その紐を小穴から引き抜いていった。紐が穴を滑ってくる間、ローレントの胸郭の形を感じる。

上着は手首のところでねじれていた。直すのに少し手間がかかり、シャツを乱すことになった。デイメンは上着の中に手を差し入れて、少し動きを止めた。

シャツの上等な布地の下では、パスカルがローレントの肩を繃帯《ほうたい》でくり上げて固定していた。それを見ると心が痛む。素面のローレントであればデイメンに見せることもない、ほんのわずかな隙。投げられた十六本の槍を思い、くり返された腕と肩への負担と、その前日の荒々しい二人の立ち回りを思った。

デイメンは一歩下がった。

「これで今度こそ、アキエロスの王に奉仕させたと言えるぞ」

「そうでなくとも言えるがな」

ランプには火が入り、黄赤の光が溢れて簡素な調度を、低い椅子を、新鮮な果実の鉢を置いた脇机を照らしている。白い内着姿になったローレントはいつもと違って見えた。二人の視線が絡み合う。ローレントの背後で寝台は明るく、艶のある油皿で燃える炎の輪の中、重ねられた枕と、寝台の大理石の台座が浮かび上がっていた。

「お前がいないと淋しい」とローレントが言った。「お前との会話がないとつまらん」

こらえきれない。デイメンは柱にくくりつけられて半死半生になったことを思い浮かべる――素面のローレントは、二人の間にはっきりと一線を引いた。それを、今踏み越えている。お互いに。

「お前は酔っている」とデイメンは言った。さらに「理性を失っている」とも。「もう寝かせないとな」

「なら、寝るか?」とローレントが応じる。

デイメンはてきぱきとローレントを寝台の上へ、半ば押し上げ、半ば転がすように寝かせた。酔った友を宿営地の寝床に放りこむ兵のように。

ローレントは、されるがままに仰向けになり、シャツが半分はだけて髪はもつれ、表情は無防備だった。膝を片側へ傾け、眠りの中のように息はゆったりとして、肌にまとわりつく薄い布地が息につれて上下している。

「こういう俺は、好みではないか?」

「お前は本当に……自分を見失ってるぞ」

「そうか?」

「そうだ。酔いが醒めたら俺は殺されるな」

「お前を殺そうとはしたのだ。どうにもうまくいかなかったがな。お前は、計画をことごとくひっくり返してくれたよ」

デイメンは水差しを見つけると浅い杯に水を注いで、寝台脇の低いテーブルまで持っていった。それから果物の鉢を空にしてそばの床へ置き、酔った兵が兜に吐くのと同じような用意をしてやる。

「ローレント。いいから寝ろ。朝になったら、自分と俺に当たり散らせ。それかこんなことは忘れるがいい。忘れたふりでもいい」

ごく手際よくすべてをすませたデイメンだったが、水を注ぐ前に一瞬手を止め、心を整えねばならなかった。両手をテーブルに置いてもたれかかり、わずかに息を乱す。ローレントの上着を椅子の背にかけた。朝日が入らぬように鎧戸を閉めた。それから扉口へと向かい、そこで振り向いて、最後の一瞥を寝台へ投げた。

ローレントが、とりとめのない思いとともに眠りに落ちていきながら、呟いた。

「はい、叔父上」

第十章

デイメンは微笑んでいた。仰向けに寝転がり、片腕を頭上に置いて、腰まで上掛けがかかっている。曙光で目覚めてもう一時間ほどになるか。

昨夜の出来事、蠟燭の灯りが照らすローレントの私室でのやたらと入り組んだ一連のやりとりが、この朝にはただひとつの甘い事実に化けていた。

ローレントが、デイメンがいないと淋しいと言った。

思い出すと、禁断の喜びが胸にはためく。見上げてきたローレントのまなざしを覚えていた。

〈お前は、計画をことごとくひっくり返してくれたよ〉——朝の顔合わせに出てくるローレントは怒り狂っているに違いなかった。

「機嫌が良いようですな」

ニカンドロスは、広間に入ってきたデイメンをそう迎えた。デイメンは彼の肩を叩き、長机の自分の席へ着く。

「我々はカルタスを攻める」と宣言した。

旗頭全員が、この軍議に集められていた。これはアキエロスの砦への初めての進攻であり、必ず勝たねばならない。迅速、かつ圧倒的に。

デイメンは好んで使う砂箱を持ってこさせた。手早くくっきりと線が引けるし、皆で頭をつき合わせて地図上のインクをのぞきこむまでもなく戦略を図示できる。ストラトンがフィロクトゥスを伴って現れ、革の腰巻きをさばいて着座した。マケドンはすでにいた。エンゲランも。ヴァネスが到着して、ストラトンたちと同じくスカートの裾をさばいて座った。

ローレントが入ってくる。いつもの優雅さを保つのがやっとのようで、頭痛持ちの豹のごとく、そばに寄る者に最大限の警戒を求める気配が漂っていた。

「お早う」とデイメンは言った。

「お早う」とローレントが返す。

返事の前にほんのかすかなためらいがあって、この豹はただこの一度、どう振舞えばいいかどこか自信が持てないようだ。ローレントはデイメンの隣、玉座に似せた樫の椅子に腰を下ろし、視線をじっと目の前の空間に据えていた。

「ローレント！」マケドンが声を上げ、温かくローレントを歓迎する。「この戦いが終わった暁にアクイタートで狩りをしようというあなたの招待、喜んで受けようぞ」

彼はローレントの肩を親しげに叩いた。

「私の招待」とローレントが言う。

これまでのローレントの人生で、誰かにこうして肩を叩かれたことがあるかどうか。

「早速この朝、我が屋敷に知らせを送り、羚羊《レイヨウ》用の細槍を準備させているところだ」

「本気でヴェーレ人と狩り遊びをする気か？」とフィロクトゥスがマケドンにたずねた。

「グリヴァを一杯飲めばお前はばったり倒れて眠る」マケドンが言って、またローレントの肩を叩いた。「この者は六杯飲んだのだぞ！　その不屈の心を疑えるか？　狩りでの見事な腕を？」

「まさか、あんたの叔父のあのグリヴァか」とおののいた声が上がる。

「我ら二人がともにゆかば、あの山々に羚羊の一頭も残るまいよ」またローレントの肩を叩く。

「まずはカルタスへ向かって我らの戦いの腕を示そう」

その言葉が、その場にいる戦士たちの連帯感を一気に高めた。そうした団結の輪の一員に加わることが滅多になかったローレントは、一体どうしていいのかわからない様子だった。

デイメンは、それを終わらせるのがほとんど惜しい気持ちで、砂箱へ歩みよった。

「シクヨンのメニアドスより、話したいという使者が来た。それと同時にあの男は我らの村へ襲撃を仕掛けた。我が軍に不和を起こし、動きを妨げんとのもくろみだ」

デイメンは砂地に印を刻みつけ、言った。

「すでにカルタスに使者を送り、戦いか降伏か選べと申し入れてある」

オクトンの前に手配したものだ。カルタスは昔ながらの守りをそなえたアキエロスの砦で、近づく道はいくつもの物見塔で固められている。伝統的な防衛方法だ。デイメンは勝利を確信していた。物見塔を陥としていけば、ひとつずつカルタスの守りは弱まる。それがアキエロスの砦の弱点だ——戦力を分散させている。一枚の壁を固くするのではなく。

「事前にこちらの動きを知らせたのか？」とローレントがたずねた。

「アキエロスのやり方でしてな」マケドンは、少し物覚えの悪いお気に入りの甥に言うような口調だった。「正々堂々たる勝利こそ首長《キロイ》に感銘を与え、キングスミートの地で我らが求める支持基盤ともなる」

「よくわかった、どうも」とローレントが答えた。

「北より攻める」デイメンは続けた。「ここと、ここだ」砂に印をつけ、「第一の物見塔を陥としてから砦へ攻勢をかける」

きわめて正攻法の作戦で、議論は手早く結論に向けて進んでいった。ローレントはほとんど何も言わなかった。アキエロス側の戦術についての問いがヴァネスからいくつか出たが、それには納得のいく返答が返された。進軍への号令が下ると、それぞれが立って、去っていった。

マケドンは鉄茶の素晴らしい効能をローレントに説いており、ローレントが品のいい指先でこめかみを揉むのを見て、立ち上がりながら勧めた。

「奴隷に、いくらか持ってこさせるとよい」

「持ってこい」とローレントが命じた。

デイメンが立つ。そこで凍りついた。

ローレントもぴたりと動きを止めていた。デイメンは、身の置き所なく立っていた。どうして立ち上がったのか、何の言い訳も思いつかずに。

目を上げると、ニカンドロスの、こちらを見つめている目と視線が合った。ニカンドロスは長机の片側で数人と残っており、ほかは皆去った後だった。今のやりとりを見聞きしたのはニカンドロスひとりだ。デイメンはただ立ち尽くした。

「軍議は終わりだ」ニカンドロスが大きすぎる声で周囲へ宣言した。「王は、じき出立なされる」


広間は無人になった。デイメンとローレントと二人を残して。二人の間には砂箱が置かれ、砂上にカルタスへの進攻作戦がおおまかに記されていた。ローレントの目のひどく鋭利な青い色は、軍議とは関わりがない。

「何も起こらなかったぞ」

デイメンは言った。ローレントが言い返した。

「何かはあっただろう」

「お前は酔っ払っていた。俺が部屋までつれて帰った。お前は、俺に世話をしろと言った」

「ほかには？」とローレントがたずねる。

「だから身繕いの世話をした」

「ほかには？」

ローレントがさらにたずねた。

二日酔いのローレント相手に優位に立つのはなかなか愉快な経験だろうと見ていたのだが、今やローレントは吐きそうに見えた。それも二日酔いのせいではなく。

「落ちつけ。お前は自分の名前も怪しいくらい酔っ払っていたし、何をしているかも相手が誰かもあやふやだった。そんな相手につけこんで、俺が何かすると思うのか？」

ローレントはデイメンを凝視していた。

「……いや」ぎこちなく、まるで問いに集中してやっと答えにたどりつけたかのように答えた。

「お前は、しないだろう」

その顔はまだ青ざめ、体は強ばっている。デイメンは待った。

「俺は……」言葉を選ぶのに、ローレントは長い時間かかった。「何か、言ってはいなかったか」

ローレントの全身はぴんと張りつめて、まるで戦いに臨むかのようだ。目を上げてデイメンと視線を合わせる。

「俺がいないと淋しいと言っていた」

デイメンはそう答えた。

ローレントは顔を紅潮させた。強く。驚くほどの色の変化だった。

「そうか。お前に感謝しなければな、我が——」言葉のふちを味わうようにしながら、「積極性を拒んでくれて」

沈黙の中、扉の外から無関係な声が聞こえている。ここにいる二人には何の関わりもない、また二人のこの瞬間の剥き出しの真実とも関わりはない。痛むほどに嘘のない一瞬、まるでまたローレントの寝台のそばに二人で立っているような気がした。

「俺も、お前が恋しい」とデイメンは言った。「イサンデルが妬ましいほどに」

「イサンデルは奴隷だ」

「俺も奴隷だった」

一瞬のうずき。ローレントがデイメンと目を合わせた。その瞳はあまりにも澄みきっていた。

「お前が奴隷であったことなど一度もない、デイミアノス。お前は、統べるために生まれた男だ。俺と同じくな」


デイメンがいるのは、マーラスの城の古い居住区だった。

ほかのところより静かだ。アキエロス軍の作業の音は遠い。音を吸いとる分厚い石壁の中、建物の表層が剝がされ、タペストリーや飾り格子が引きずり下ろされ、マーラスの砦の骨がさらけ出された場所。

美しい砦だ。デイメンの目にはその、ヴェーレ流の風雅さの残像が見える。それとも、いずれ取り戻す姿だろうか。かもしれない。デイメンにとってはこれが別れの姿だった。二度と来ることはないだろうし、たとえいつか王として再訪することがあっても砦はヴェーレの手であるべき形に修復され、姿を変えているだろう。マーラス、あれほどの苦闘の末に勝ち取ったものを、ただ返そうとしている。

それを思うと、奇妙に感じられた。アキエロスの勝利の象徴であった砦は、今やデイメンの心に起きた変化の象徴のようだ。目にするもの、こうして新しいまなざしに映るすべての変化の。

古びた扉の前で、足を止めた。扉前には兵士が、形ばかりの見張りに立っている。デイメンは手を振って兵を脇へのけた。

中は居心地のいい、灯りに照らされた部屋で、暖炉で火が焚かれ、アキエロスの寝椅子やクッションのついた衣装櫃などひと通りの家具もあって、火の前にある低いテーブルには駒遊びの盤と駒が置かれていた。

あの村にいた少女がそこに座って屈みこみ、向かいには灰色のスカート姿の女が座っていた。子供の遊びに使われる綺麗なコインが、二人の間のテーブルに散らばって光っている。入ってきたデイメンに少女はさっと立ち上がり、コインがいくつか床に甲高く落ちた。

年嵩《としかさ》の女も立ち上がっていた。この前デイメンが見た時、彼女は折れた槍の柄をかまえて彼を敷き藁の寝床から追い払おうとしていた。

「そなたたちの村に起きたことは……誓って、やった者を見つけ出し、その報いを受けさせる。必ずだ」とデイメンはヴェーレ語で語りかけた。「二人とも望むならばここに住むがいい、友のいるところでな。マーラスはふたたびヴェーレが治める。これは、俺からそなたらへの約束だ」

「あなたが誰なのか、聞いた」と女が言った。

「ならば、この約束を果たす力があることもわかるだろう」

「そんなことで私たちが――」

女は言葉を切った。

彼女と少女は並んで立ち、二人ともに青ざめた、かたくなな顔をデイメンへ向けていた。デイメンは己がこの場から拒まれているのを感じる。

「もう行って」少女が言った。「ジェネヴァが怖がるから」

デイメンはジェネヴァを見やった。彼女は震えていた。怯えからではない。憤怒でだ。デイメンに、そしてデイメンがここにいることに、女は怒り狂っていた。

「そなたらの村に起きたことは、非道なことだ」とデイメンは告げた。「公平な戦いなどなく、常にどちらかが強い。だが、せめて正義は果たす。それだけは誓う」

「アキエロスがデルフェアに来なければよかったんだ」と少女が言った。「誰かがお前より強かったらよかったのに」

そう言って彼女はデイメンへ背を向けた。王に対する少女の、豪胆な虚勢。それから歩いていって床からコインを一枚拾い上げた。

「大丈夫、ジェネヴォ」と女に言い聞かせる。「ほら、手品を教えてあげる。この手を見てて」

その正体を感じてデイメンの肌がざわつく——別の男の残像。デイメンが胸苦しいほどよく知るあの落ちつきを真似事のようにまとって、少女はコインをのせた手を握り、その拳を前につき出した。

自分の前に誰がここを訪れたのか、誰が少女のそばに座り、これを教えたのか、デイメンにはわかっていた。前にも同じ手品を見たことがある。そして、少女の幼い手が少し無器用にコインを袖口に押しこみ、次に手を開いてみせると、手のひらは空《から》だった。


マーラスの前に広がる野原に二国の合同部隊と、主力以外の一群が並んでいた。斥候部隊、使節団、補給物資の荷車、家畜類、医師たち。その中には廷臣たちもおり、ヴァネスや、グイオンと妻のロイスの顔もあったが、戦いが激しくなれば彼らは戦場から離れてしつらえた野営地で快適に遇される。

星光と、獅子の紋。目が届くかぎりにそれが広がり、多くの旗が掲げられた様は、軍隊の行進というよりさながら海をゆく艦隊であった。その盛観を馬上から臨み、デイメンは先頭へ確固とした足どりを進める。

ローレントが見えた。同じく馬にまたがり、金髪で不機嫌そうな姿が鋭く目立つ。きりりと鞍上で背をのばし、磨き上げられた鎧を光らせて、その目は感情を消した支配者の目であった。グリヴァを飲んだ二日酔いの頭にとって、今から人を殺しに向かうのは救いかもしれない。

顔を戻すと、ニカンドロスがデイメンをまっすぐ見つめていた。

どこか今朝とは違うニカンドロスの目つきは、軍議の終わりにローレントの命令でつい立ち上がったデイメンを目撃したせいだけではないだろう。デイメンは手綱を引いた。

「奴隷たちの噂話でも聞きつけたか？」

「ヴェーレの王子の部屋で、一夜をすごしたそうですな」

「十分だけだ。その間に彼と寝たと思うなら、俺を見くびりすぎだろう」

ニカンドロスはデイメンの前から馬を引こうとしなかった。

「彼はあの村でマケドンを手玉に取った。見事に丸めこんだ。あなた相手にしたように」

「ニカンドロス──」

「いいや、聞け、デイミアノス。我らはこれよりアキエロスの地を進軍する。ヴェーレの王子が、己の戦いの舞台としてこの国を選んだからだ。この争いで血を流すのはアキエロスだ。戦いが終わったその時、戦争で疲弊したアキエロスで、誰かが進み出てこの国の舵を取ることになる。それは必ずあなたでなければならぬ。ヴェーレの王子はあまりにも巧みに人を操る。周囲を意のままにして己の望みをかなえる手管《てくだ》に長《た》けすぎている」

「そうか。俺に、彼と寝るなと忠告しているわけか?」

「いいや」ニカンドロスが答えた。「いずれあなたはそうするだろう。ただ、寝床に引き入れられた時、向こうの狙いが何なのかは忘れずにいることだ」

そこでデイメンは拍車を入れ、ローレントの横へと馬を進め、肩を並べて、位置についた。隣のローレントはまっすぐ背をのばし、磨き上げられた金属の彫像のようだ。今朝かいま見た、うろたえた若者の顔などどこにもない。ただ無慈悲な横顔だけ。

角笛が吹き鳴らされる。トランペットが高らかに鳴る。部隊をひとつに束ねて全軍が動き出し、かつての敵国同士が肩を並べて進む。青と赤との軍勢が。


物見塔は無人だった。

その思いがけない知らせを、汗まみれの馬で馳せ戻った斥候が叫んだ。デイメンも怒鳴り返す。様々な不協和音の中、声を張らねば届かない。車輪のきしみ、鎧の金属音、地面が鳴る音、耳をつんざく角笛、行軍というのはそういうものだ。部隊は丘の頂きから地平まで延々と延び、兵たちの方陣が野を、丘を、続々と越えていく。全軍でカルタスの物見塔を一気に攻め落とすかまえであった。

だが、塔は無人。

「罠だ」とニカンドロスが言った。

デイメンは主力から少人数の分隊を出して第一の塔を占拠してくるよう命じた。斜面から彼らを見つめる。小隊は塔へ馬を走らせ、下りると、丸太の破城槌を手に扉を打ち開いた。物見塔は地平線から突き出た奇妙な塊のように見え、そこには何の動きもなかった。命なき石の塔、人がいるべき場所なのに姿ひとつない。大地に侵食されて景色に同化した廃墟と異なり、無人の物見塔は不調和で、異様だった。

デイメンは、蟻のように小さな兵たちが何の邪魔も抵抗もなく押し入るところを見つめた。奇妙に不気味な静寂が、何も起きぬまま数分間続く。やがて兵が出てくると、馬に乗り、報告しに戻ってきた。

罠ではない。何の守りも仕掛けられていない。侵入者を落とすだまし床もなければ、煮えたぎった油の大樽の準備もなく、ひそんだ射手も、扉の後ろから剣で不意打ちしてくる兵もいない。塔はただ無人だった。

二つ目の塔も無人。三つ目、そして四つ目も。

カルタスの砦に目を走らせながら、デイメンは事態の真相を悟っていた。灰色の石灰岩の分厚い壁、泥煉瓦の土台に建つ要塞。低い二階建ての塔はタイルの屋根を持ち、そこに射手が位置どることになっている。だが壁の矢狭間は暗く、何も射られてはこない。旗もない。何の音もない。

デイメンは口を開いた。

「罠ではない。撤退だ」

「そうであるなら、何かを恐れて逃げた筈だ」ニカンドロスが言った。「彼らを何かが怯えさせた」

デイメンは高台の砦を見やり、それから自分の背後に延びる軍を見た。数キロに及ぶ赤の軍勢に添って輝く危険な青を。

「我々だ」とデイメンは答えた。

突き出た岩の間を抜け、一行は砦へと、小高い丘の急坂を馬で上ってゆく。

邪魔ひとつ入らず、前庭へ続く門の口へと進んだ。低い門塔が四方を囲んで静かに見下ろしていた。この四つの小塔は、門を目指してきた軍勢を上から矢の雨で足止めするためのものだ。だが塔は、デイメンの兵が木の破城槌を用いて正門の大扉を砕く間も、静まり返っていた。

砦内では、その静寂の異質さはいや増した。円柱に囲まれた中庭は打ち捨てられ、質素ながら優美な造りの噴水も動かず、水は凝固したかのようだ。大理石の上でひっくり返って忘れられた籠が見える。壁際を痩せた猫が走っていった。

愚かではない以上、デイメンは兵たちに罠や、糧食庫や井戸水の毒に警戒を怠るなと命じた。軍勢は整然と奥へ進み、無人の砦の共用部へ、さらに居住区域へと進んだ。

そこには撤退の爪痕がはっきり残る。家具がとり散らかって中の物すべては持ち出しきれず、こちらの壁ではお気に入りの壁掛けが剝がされていたかと思うと、別のところでは手つかずだった。この混乱した住居の様から、デイメンには最後の瞬間が見えてくる。望みを失った軍議、逃亡の決断。誰の仕掛けにせよ、村への襲撃はこの砦にとって裏目に出た。デイミアノスと軍将マケドンの間に亀裂を入れるかわりに、軍は固くひとつに団結し、デイミアノスの名への畏怖はついにこの地まで届いた。

「ここだ！」と声が上がった。

砦の最奥に、固く閉まった扉があった。

デイメンは部下たちに警戒しろと合図する。それは初めての抵抗の気配であり、危険の兆しでもあった。二十名の兵士が集まり、デイメンは彼らへうなずいて合図を出した。兵たちは杭を手に、その扉を打ち破り、砕いた。

明るく風通しのいい、そしていまだ優美な調度で飾られている部屋が現れた。優美な弧を描いた寝椅子から青銅の小卓に至るまで、何ひとつ損なわれていない。

そしてデイメンは、カルタスの無人の砦で彼を待ち受けていたものを知った。

彼女は、寝椅子にくつろいでいた。七人の付添いの女たちがそれを取り囲み、うち二人は奴隷で、一人は年嵩の侍女、残りは生まれのよい令嬢たちであった。

彼女はまるで些細な不作法をとがめるように、今の破砕の音に眉を上げていた。

トリプトルメに向かっていた筈が、出産が早まったのだ。なのでデイメンを足止めするべく彼女が村への襲撃を仕組んだが、ひとたびその手が裏目に出ると、ここに置き去りにされたのだ。出産が思いのほか早すぎた。ごく最近のことだっただろう、うっすらと目の下に残る影からして。ここに残された理由もそれでわかる。逃亡する皆と行くには弱りすぎていた。そしてそば仕えの女たちだけが、彼女によりそって残ることを選んだ。

そう選択した女たちの数に、デイメンは驚かされる。あるいは強要したものだろうか、残らなければ喉を裂くと。いや、違う。いつでも人の忠誠心を呼び起こす女だった。

金の髪は肩に房となって流れ、睫毛は長く整い、首は石柱のごとくすんなりと優美だった。顔は少し血の気が薄く、額に前になかったかすかな皺が見えたが、高貴さも優雅さもわずかも損なわれることはなく、むしろそれが完璧さを高めているかのようだった。花瓶に施されたひと刷《は》けの仕上げのように。

美しかった。彼女を見たものが常にまず心打たれることであり、そして無理にでも忘れねばならぬことだ。美しさは、彼女の危険さのわずか一端、もっとも害のない部分にすぎない。危険なのはその精神――計算高くすべてを見定め、秤にかける。ひややかな青い瞳の向こうから彼を見つめている。それこそが脅威。

「お久しぶり、デイメン」とジョカステが言った。

デイメンはあえて彼女を見つめた。ジョカステのすべてを思い出す。彼女の微笑みを、鎖に吊るされていた彼にゆっくりと近づいてきたサンダルの足どりを、殴られた顔にふれてきた繊細な指先を。

それから、デイメンは背を向け、右手に立つ歩兵の兵卒へと目をやった。己が関わるまでもない些事《さじ》を——今や何の重要さもない問題を——まかせようと。

「この女をつれていけ」と命じた。「砦は我々のものだ」

第十一章

いつしかデイメンは、女たちのいた居室に立っていた。軽やかで涼しげな調度、そして一本の優美な透かし模様のみで飾られた、今は主のいない寝椅子。窓から、第一の物見塔に至るまでの道がすべて見晴らせた。

彼女はここから軍の到着を見ていたに違いない。遠い丘の頂に現れ、近づき、砦へ向かってくるその一歩ずつを、すべて見ていた。そして味方の人々の出立も見ていただろう、食料と荷車と兵たちを伴って群衆が逃げ去り、道に人影が無くなるまで。完全な静けさが満ちるまで。そして第二の軍勢が現れるまで——音は届かぬほどに遠く、しかし少しずつ近づいてくる影。

ニカンドロスが、デイメンの横へ立った。

「ジョカステは東翼の房へ入れました。この先、如何《いかが》しますか?」

「裸に剝いてヴェーレへ奴隷として送るか」

デイメンは窓辺から動かなかった。

「そんなことをしたいわけではないでしょう」とニカンドロスが言った。

「ああ」デイメンはうなずく。「生ぬるすぎる」

それを、彼は地平線に目を据えて言った。ジョカステに対して、己が敬意ある扱いしか認められないだろうとわかっている。奴隷の浴場の涼しい大理石の床を、手枷で吊るされたデイメンへ歩みよってきた彼女の姿がよみがえった。村への襲撃の裏に彼女の息がかかっていたのを感じる。マケドンを陥れようと。

「誰とも話をさせるな。誰も彼女の房に入ってはならぬ。何の不足もないよう取り計らえ、だが誰も手なずけられぬように留意せよ」

もはやデイメンは愚か者ではない。ジョカステの力をよくわかっている。

「部屋の見張りには手持ちで最高の兵を当てよ。もっとも忠実で、女に何の興味も持たぬ者を選べ」

「ならば、パラスとリドスをその任に」

ニカンドロスはうなずいて、指示をしに去っていった。

これが初めての戦争ではないデイメンには次に来るものの予測はついたが、それでも物見塔から最初の合図が上がると暗い優越感を覚えた。たちまち砦全体が警戒体制に入り、塔では角笛が吹き鳴らされ、兵たちが号令をとばし、城壁の守りにつき、次々と城門を固める。予想通りの頃合いだ。

メニアドスはこの砦を捨てて逃げた。デイメンは砦を手中にし、ジョカステという政治的にごく重要な人質まで得た。そして彼と軍勢は南へ進軍しようとしている。

執政の使者も今、カルタスへ到着した。


彼を見るヴェーレ人たちの目に何が映っているのか、デイメンにはわかっていた。祭り上げられた粗野な野蛮人。

その印象をやわらげてやるつもりもない。デイメンは鎧姿で玉座に、筋骨たくましい太腿や腕を剝き出しにして座っていた。広間へ入ってきた執政の使者を眺めやる。

隣にはローレントが、そっくり同じ造りの玉座に座っていた。使者にこの光景を見せてやる

――臨戦態勢の武装兵を左右に従えた王族。地方の砦の飾り気のない石の建物で、樹林のように並ぶ兵の槍。ヴェーレの王子と並んで高壇に坐《ざ》す、王子殺しのアキエロス人。それも兵士のごとき無骨な鎧をまとって。

ローレントの姿も、使者に見せてやる。その光景を、王族二人の同盟の図を。アキエロス兵ばかりの室内で、ヴェーレ人はローレントのみであった。それがデイメンには快い。隣にローレントがいることが、そしてローレントの傍らにアキエロスが立つところを執政の使者に見せつけられることが。ローレントのそばにはアキエロスのデイミアノスがいると。それも今や、力を存分にふるえる戦争という舞台に立ち戻って。

執政の使者は六名を従えていた。四名の儀仗兵、そして二名のヴェーレ高官。広間に居並ぶ物々しいアキエロス兵たちの間をさすがに不安そうに進んできたが、玉座に近づく彼らの態度は不遜なものであった。膝を折ることもせず、使者は高壇の足元で止まると、横柄にデイメンと目を合わせた。

デイメンは玉座にゆったりと全身を預け、体をくつろがせて、そのすべてを見届けていた。イオスでこんなことがあれば、父は兵士に命じて使者を押さえ、床に額を擦り付けさせたことだろう。足で頭を踏みつけて。

彼はかすかに指を上げ、同じことをしようとした部下たちをわずかな合図で止めた。デイメンの記憶には鮮やかに前回のことが焼き付いている。ざわつく城の中庭へ執政の使者が乗りこんできた時、ローレントは馬で猛々しく駆けこみ、青白い顔で馬首をさっとめぐらせて使者を見下ろしたのだった。あの使者の傲慢さを、その言葉を、鞍にくくりつけられた麻袋を、はっきりと覚えている。

あの時と同じ使者であった。暗い色の髪と、その姿形、濃い眉と襞飾りのある上着に刺繡された模様が記憶に残っている。つれの四人の護衛兵と二人の役人が、その背後に立った。

デイメンが口を開いた。

「シャルシーでの執政の降伏、たしかに受諾した」

使者の顔が紅潮する。

「ヴェーレの王よりのお言葉がある」

「ヴェーレの王ならば我が隣に坐している」とデイメンは応じた。「我らは、彼の叔父の詐称には耳を貸さぬ」

使者はその言葉が聞こえぬ顔で場を取り繕うしかなかった。デイメンからローレントへと視線を移す。

「ヴェーレのローレントよ。叔父上は、その篤実《とくじつ》なるお心でそなたを思いやっておられる。そなたの汚名を雪《そそ》ぐ機会を与えてやろうとのおおせだ」

「今回は、袋に誰の頭も入ってないのか？」

ローレントがたずねた。

ごくおだやかな声だった。玉座に身をくつろげ、片足を前にのばし、手首を木の肘掛けから優雅に垂らし、まとう力の変化は見るも明らかだ。今のローレントは、もはや国境でたった一人で抗っていたはぐれ者の王子ではない。領土と軍を手に入れ、めざましく台頭してきた一大勢力だ。

「そなたの叔父上は心優しき方であらせられる。元老院からそなたの死を求められても、それを拒まれた。そなたが自国の民を裏切ったなどという風説、とても信じられぬと。そこで、そなたには己の罪を晴らす機会を与える」

「罪を晴らす機会」とローレントがくり返す。

「公明なる裁きの場だ。イオスへ来るがいい。元老院の前に立ち、己が潔白を訴えよ。その身に咎《とが》なしとわかれば、失ったものはすべてその手に戻るであろう」

「失ったものはすべて」

またも、ローレントは使者の言葉をそのままくり返した。

「殿下」

高官の片方がそう呼びかけ、デイメンはその男がエスティエンヌだと気付いて驚いた。ローレントの支持派閥にいた地方貴族の一人だ。

エスティエンヌはさっと脱帽するだけの礼儀をわきまえていた。

「あなたの叔父上は、あなたの支持者として立つ私のような者をも、残らず公明正大に扱って下さっている。あの方はあなたに帰ってきてほしいだけなのです。この裁きも、ただ元老院を納得させせんがための形式にすぎませんぞ」

　その声には熱がこもっていた。

「たとえこれまでにいくらかの……不品行があろうとも、悔恨《かいこん》の情さえお示しになれば、あの方のお心は開かれましょう。あの方は、あなたの支持者と同じくよくご存じなのです、イオスであなたについて言われていることが……真実であるわけがないと。あなたがヴェーレを裏切るなどありえないと」

　ローレントはただエスティエンヌを眺めただけで、すぐに使者へ視線を戻した。

「失ったものはすべてこの手に戻る、とな？　それは叔父上の言葉か？　そのままの言葉を述べよ」

「汝がイオスへ来て裁きの場に立つならば」と使者が答えた。「失ったものはすべてその手に戻るであろう」

「私が、それを拒んだならば？」

「もし拒むならば、そなたは処刑される」使者が告げた。「国賊としての死であり、その骸《むくろ》は都市の門で晒しものとなるであろう。骸の残りが葬られることもない。父や兄と同じ墓廟に入ることもない。その名は家譜から削られ、ヴェーレから消し去られる。そして汝に帰するものはすべて引き裂かれるであろう。それが王の誓言であり、伝えよと授けられたお言葉だ」

ローレントは何も言わなかった。彼らしくない沈黙の中、デイメンはわずかな気配を、ローレントの肩にこもった力を、顎にぴくりと動くひとすじの筋肉を感じとる。デイメンは使者へと強い目を向けた。

「執政のところへ戻れ」と使者に告げる。「そして伝えよ。ローレントに正当な権利があるものはすべて、彼が王となった時その手に戻される。偽りの甘言に心動かされる我らではない。我らはアキエロスとヴェーレの王だ。それは揺るがぬ真実。そしてイオスにいるそなたの主人には、軍を率いてまみえに行く。彼の前に立つは、ひとつとなったヴェーレとアキエロスだ。その威光があの者を討ち倒すであろう」

「殿下」エスティエンヌがそわそわと帽子を握りしめた。「なりませんぞ、このアキエロス人に味方するなど。イオスの皆がこの者について何と言っているか――この者がどれほどの大罪を犯したと言っていることか！　この者が告発されている罪は、御身のものよりなお重い」

「一体いかなる大罪だ？」

デイメンは渋面《じゅうめん》でうんざりと言った。

それによどみのないアキエロス語で答えたのは使者で、その声は広間のすみずみに響きわたった。

「そなたは親殺しであろうが。己が父、アキエロスのテオメデス王を手にかけた大罪人」

そして広間全体が混沌と化し、アキエロス人たちが声高に叫び、居並ぶ人々が椅子から立ち上がる中、デイメンは使者を見据えて、低い声で言った。

「この者を俺の目に入らぬところへつまみ出せ」


　玉座から重い体を起こして、デイメンは窓のひとつへ歩みよった。窓は小さく、硝子は分厚く、中庭のぼやけた景色しか見えない。背後では、命令どおり広間から人が去りつつあった。デイメンは息を整えようとした。広間に響いていたアキエロス人の叫びは憤怒の怒号であった。己に、そう言い聞かせる。誰も、一瞬たりとも疑いはすまい。彼が父を殺したなど――。

　頭がズキズキと痛む。耐えがたい無力さだった。カストールが父を殺し、こんな嘘で真実を歪め、自らは罪を逃れ――。

　あまりの非理に、喉が詰まりそうだった。カストールとの絆がこれで完全に引き裂かれたかのように感じた。まるで、この瞬間まではカストールに手をさしのべる望みがあって、これで潰《つい》えでもしたかのように。デイメンを虜の身にするだけでは足りず。奴隷に落とすだけでは足りず。カストールは、彼を父殺しに仕立て上げた。まさに執政の微笑みと囁きを、人を説くおだやかな声を感じた。

　執政の虚言が広がり、根を張って、イオスの民がデイメンは親殺しだと信じるところを想像する。父の死が汚《けが》され、デイメンを傷つけるために利用されているのを。

デイメンの民に不信を与え、味方との不和を招き、デイメンが何より愛し慈しんできた者を凶器に変えて——。

デイメンは振り返った。ローレントがそこに残って、ひとり、広間を背にたたずんでいた。不意に、二重写しのように、彼の真の孤独がデイメンにも見えた。執政は、ローレント相手にまさにずっとそれを仕掛けてきたのだ。ローレントの足元を切り崩し、味方を取り込んで孤立させてきた。己がアーレスの王宮で、執政がいかに誠実な人間かとローレントに向けて説いたことが思い出される。今のエスティエンヌのように目がくらんで。ローレントは人生ずっと、これと戦ってきたのだ。

デイメンは淡々と、抑えた声で言った。

「これで俺を挑発したつもりなのだ。だが失敗だ。俺は怒りで動く気も、拙速《せっそく》に動く気もない。アキエロス内の属州をひとつずつ奪い返し、そしてイオスへと軍を進めたあかつきには、必ずこの報いを受けさせる」

ローレントはただ、どことなく推し量るような目でデイメンを眺めていた。

「まさか、あの提案を呑むつもりなどではないだろうな」とデイメンは問いかけた。

ローレントはすぐには答えない。デイメンは言葉を重ねた。

「イオスに行ってはならない。ローレント、裁きなどない。殺されるだけだ」

「裁きはあるだろう」ローレントが答えた。「それが彼の望む形だ。あの男は、俺が王の器ではないと証明したいのだ。己のみが元老院に認められた王として、誰の目からも正当な裏付けをもって統治したがっている」

「だが——」

「ああ、裁きはある」

ローレントの声は確信に満ちていた。

「仕込まれた証人が続々と出てきて、一人残らず俺を叛逆者として証言するだろう。ローレントは堕落した腰抜けで国を売った上、アキエロスの王子殺しに腰を振ったとな。そしてこの身からあらゆる尊厳を剝ぎ取った末、公衆の前へ引きずり出して公開処刑となる。そんな誘いに乗るつもりは毛頭ない」

隔てる距離ごしにローレントを見やって、デイメンは今やっと、裁きの機会というのはある意味でローレントには心動かされる好機なのかと気付いた。己の汚名を雪ぎたいという望みが、その心の奥深くにはあるに違いない。それでも今の見立ては正しい。いかなる裁きの場も、すなわち死を意味する。彼を恥辱まみれにし、そして最後には、執政が非情に仕組んだ公開の見世物としてその命は尽きる。

「なら、どうした？」

「何かある」とローレントが言った。

「どういう意味だ」

「つまりはな、叔父はみすみす拒まれるためだけに手を差し伸べてきたりしないということだ。思惑あって、使者をここへ送ったのだ。何か、裏の理由がある」

そしてほとんど嫌そうに「常に裏があるのだ」と呟いた。

入り口で物音がした。振り向いたデイメンは、鎧姿のパラスを見た。

「ジョカステ様からの言伝です」とパラスが言った。「お目にかかりたいと」


父が死にゆく間ずっと、ジョカステとカストールは密会をくり返していたのだ。

パラスを見つめながらデイメンが考えられるのはそのことばかりで、その憤激に、カストールの裏切りに、鼓動はまだ速い。父はひと息ごとに命を細らせていった。その様をジョカステには言わなかったが——誰にも言えなかったが——時にデイメンは病の父の枕元を去ると彼女を訪れて、言葉もなくその肌に安らぎを求めたものだった。

己を自制しきれていないのがわかる。この両手で、彼女から真実を引きずり出してやりたい。

何をした？　カストールと何を企んだ？

こんな状態で会えば、己がひとたまりもないのはわかっていた。ジョカステならば一目で、ローレントと同じく弱さを見抜いてそこを突いてくる。デイメンはローレントへ顔を向け、抑揚なく言った。

「まかせた」

ローレントはデイメンを長い間、表情から何か読もうとするように凝視していたが、無言でうなずくと、ジョカステの房へと向かった。

五分がすぎた。十分が。デイメンは毒づいて窓から離れ、愚かと承知の行動に出た。広間を去って、獄房へのすり減った石段を下りていく。最後の扉の格子窓まで来ると奥から声が聞こえて、デイメンは立ちどまった。

カルタスの監房は暗く、狭く、地下にあり、シクヨンのメニアドスはよもや地位のある囚人をここに収監することになるとは思いもしなかったと見える。空気は冷たい。粗削りの石積みの地下は、地上よりも涼しかった。一つ目の扉の前、さっと直立した衛兵の前を通って粗い仕上げの石床を進んでいくと、細かな格子窓がはまった奥の扉があり、そこから房がちらりと透かし見えた。

ジョカステの、精緻な彫りの施された寝椅子にもたれた姿が見える。独房は清潔で、調度も揃えられ、タペストリーやクッションもデイメンの指示によってあの小部屋から運ばれてきていた。

ローレントが、ジョカステの前に立っていた。

デイメンは格子扉裏の暗がりに身をひそめた。この二人が並んだところを目にすると、胃がねじれそうだ。聞きなじんだ涼やかな声がした。

「彼は来ない」とローレントが言った。

ジョカステは女王のように見えた。すんなりのびた美しい首の上で、艶やかな巻き毛をねじり上げて金の冠のように真珠のピンで留めている。低い寝椅子に座ったその姿勢には、どこか玉座に坐したデイメンの父テオメデス王を思わせるところがあった。肩に襞を寄せたガウンの飾り気のない白い布地の上に、これは取り上げられずにすんだものだろう、王族の銀朱色に染めた刺繍入りの絹のショールを羽織っていた。金の眉の下の、藍色の目。

ジョカステとローレントがどれほど似ているか——その髪や目の色合い、理知的で醒めきった顔、互いを眺めやるどこか無関心な目つきに至るまで——それは驚くほどで、不気味だった。

彼女は訛りのない流暢なヴェーレ語で言った。

「デイミアノスは夜伽《よとぎ》の坊やをよこしたのね。金髪、青い目、処女のごとくお堅い装い。まさにあの人の好み」

「俺が何者かは知っているだろう」とローレントが言った。

「ご寵愛中の王子様」とジョカステが答える。

沈黙があった。

この時こそデイメンが前に出て己の存在を知らせ、事態を止めるべき一瞬だった。デイメンはローレントが壁にもたれかかるのを見つめていた。

ローレントが言った。

「もしそれであの男と犯ったかと聞いているつもりなら、ああ、犯ったとも」

「あなたが彼を犯ったほうじゃないのは、私たち二人ともわかっていることでしょう？　あなたは仰向けにされて両脚を宙に上げていたほう。あの人が、そこまで変わるわけがない」

ジョカステの声は物腰と同じく洗練され、ローレントや自分の発言の中身にもまとった気品には染みひとつつかないかのようだ。

「私が聞きたいのは、あなたがどれくらいそれを愉しんだかよ」

気付けばデイメンは限界まで耳をすまし、ローレントの答えを聞きとろうとしていた。格子ごしに表情がわずかでも見えないかと身じろぎする。

「そうか。お互い、思い出話の交換といくか？　どういう位置取りが好きか、俺の好みを聞きたいか」

「私と似ているでしょう？」

「獄の中か」

今回、沈黙したのはジョカステのほうだった。彼女はその時間を用いてローレントを、絹の品質を見定めるようにじっくりと眺める。二人ともに心からくつろいで見えた。一向におさまらないのはデイメンの鼓動だ。

ジョカステが言った。

「どんなふうだったか、私から言いましょうか？」

デイメンは身動きも、呼吸もしなかった。ジョカステのことは、その危険さはよくわかっている。まるで足が床に貼り付いたようなデイメンの前で、ジョカステはローレントの顔を観察しつづけていた。

「ヴェーレのローレント。人はあなたを不感症と噂する。求愛者を残らず拒み、これまでどんな男もその脚を開けはしなかったと。あなたはてっきり、荒々しい、体ばかりの行為になると思っていたんでしょう？　心のどこかではそれを期待もしていた。でも私もあなたも、デイメンがそんなふうには愛を営まないことを知っている。ゆっくりと愛される。あなたから求めはじめるまで、キスされて」

「心置きなく続けてくれ」とローレントが言った。

「彼の手で、服を開かれた。その手が肌にふれるのを許した。アキエロス人を憎んでいると言われるあなたが、アキエロス人を寝床へ招いた。あの人にふれられればどう感じるのか、わかっていなかったのでしょう？　体にかかるあの人の重みを、彼の愛情を、その情熱をどう感じるか」

「後半をとばしているな、あまりの快感に俺が己の誓いを投げ捨て、あの男のしたことも許したという部分だ」

「あらまあ」ジョカステが言った。「それは本音ね」

またもや沈黙。

「とろけるようだったでしょう」ジョカステがたずねた。「あの人は王として生まれついた人だもの。あなたのような代役や二番手とは違う。息をするだけで周りを支配できる人。場に姿を見せれば、たちどころに人心をつかむ。民衆は彼を愛する。あなたの兄を愛したように」

「敬愛する兄君をな」ローレントが言葉を足してやる。「では次は、俺がその兄殺しの男に脚を開いたところか？　もう一度くわしく聞かせてくれてかまわんぞ」

それを言うローレントの表情はデイメンには見えなかったが、声はゆったりとしていて、通路の石壁に優雅にもたれた姿にも同じ余裕があった。

ジョカステが言った。

「自分をはるかにしのぐ器の王と並べられて立つのは、苦しいでしょう？」

「彼を王と呼んだことはカストールには黙っておいてやろう」

「それとも、そこが気に入ったのかしら？　デイメンが、あなたには決してなれない存在だということが。決して揺るがず、己に確たる信念を持っている。憧れるでしょう。その彼のすべての情熱があなただけに向けられると、その瞬間、まるで自分にもすべてがかなうような気がする」

「やっとお前の本音も聞けたな」とローレントが言った。

今回の沈黙は、これまでとは違っていた。ジョカステはまじまじとローレントを見つめ返していた。

「……メニアドスがカストールを離反してデイミアノスに付くことは、決してないわ」

「それは何故だ？」

「それはね、メニアドスがこのカルタスから撤退する時、その足でカストールのところへ向かえと私が勧めたからよ。私をここに置き去りにしたあの男を、カストールは殺すもの」

デイメンは全身が凍るのを感じた。

「さて、そろそろ雑談も終わりにしましょうか。私の手には情報がある。それと引き替えに、あなたは私に厚遇を申し出る。そしていくらかの交渉の末、お互い利のある合意に達し、私はイオスのカストールの元へと帰る。結局のところ」とジョカステが付け加えた。「デイミアノスがあなたをここへ送りこんだのはそのためでしょう？」

ローレントは逆に彼女を眺めているようだった。何ひとつ急ぐ気配もなく、口を開く。

「いいや。彼が俺をよこしたのは、お前など些細な問題だと伝えるためだ。お前は彼がイオスで戴冠するまでここに囚われ、その後、大逆の罪で処刑される。二度と会うこともない」

ローレントは、壁から体を起こした。

「だが礼を言う」と告げる。「メニアドスについて教えてくれて。役に立った」

彼がほとんど扉まで歩きついた時、ジョカステがまた口を開いた。

「私の息子についてまだ何も聞いていないでしょう？」

ローレントの足が止まった。それから振り向いた。

寝椅子にゆったりと、王族のごとき風格でくつろぐジョカステの姿は、さながら部屋の壁を這う大理石の浮き彫りに刻まれた女王のようであった。

「早産でね。出産は長くかかった、夜から明け方まで。そしてついに、授かったのよ。赤子の瞳をのぞきこんだ時、デイメンの兵隊が砦へ行軍してくるという知らせが届いたの。あの子を遠くへやるしかなかった。安全のためにね。母と息子を引き離すなんて、なんという恐ろしいことを」

「それだけか。終わったか？」ローレントがたずねた。「少しの嫌味、そして必死な母性の主張？　もっと手強い相手と見ていたのだがな。本気で、ヴェーレの王子が私生児の運命など気にすると思ったか？」

「ええ、気にしたほうがいいわね」とジョカステが言った。「あの子は王の息子だもの」

王の息子。

デイメンは足の下から床が流れ出していくかのような眩暈を覚えた。これまでと同じく、そのジョカステの口調もおだやかだったが、ただその言葉はすべてを根底からくつがえす。まさかその子供は——もしや——。

デイメンの息子か。

一気にあらゆる細部がつながった。子供がこうも早く生まれたこと、出産のためにジョカステがこうも北まで——出産日をごまかせる場所まで——旅してきたこと。イオスで彼女は妊娠初期の数月を、重ねた装いで隠していたのかと。デイメン自身の目、そしてカストールの目から。

ローレントの横顔がまさに呆然とし、そして蒼白になり、まるで殴られたかのようにジョカステを見つめた。

デイメンも衝撃を受けはしたが、ローレントの純然たる恐怖の表情はあまりにも極端であった。デイメンには理解できない――ローレントの目にある表情が、ジョカステの目にある表情が。

その時、ローレントがぞっとするような声で言った。

「お前は、デイミアノスの息子を叔父上のもとへ送ったのか」

ジョカステが答えた。

「これでわかったでしょう。私がどれほど手強いか。獄につないで腐るままになどさせるものですか。デイメンに伝えなさい、言うとおり私に会いに来なさいと。次はあの人も、闇のおもちゃをよこして時間を無駄にしたりはしないでしょうよ」

第十二章

奇妙なことに、デイメンの心に浮かんでくるのは父の思い出ばかりだった。

自室の寝台の端に座り、膝に肘をついて、手のひらのつけ根を強く目に押し当てる。

最後のはっきりとした記憶は、向き直ったローレントが格子窓ごしのデイメンに気付いた瞬間だ。デイメンは一歩、そしてまた一歩と後ずさり、踵を返して、どうにか階段を上がって自室まで戻ったが途中はもはや記憶もおぼろげだ。それからひっそりと、ここにこもっている。

その静寂と孤独が、デイメンには必要だった。一人になって考える時間が。だが考えがまとまらない。頭の中で血が轟々と渦巻き、入り乱れる思いに胸がつまる。

息子を授かったかもしれない今、考えられるのは父のことばかりだった。

まるで、己を守っていた膜が引きちぎられ、ずっと押しこめてきた感情が裂け目から残らずあふれ出してくるようだ。もはや抑える力もなく、ただ息子として失格だという、生々しい苦悶に貫かれる。

イオスでの最後の日、デイメンは跪き、髪にのった父の指を重く感じながら、愚かにもその父の病が毒殺だということすら見えずにいた。獣脂の蠟燭と香の匂いが、父の苦しげな喘鳴と粘っこく入り混じっていた。父の言葉はもはや息だけで、あの芯の通った声はすっかり失せていた。

「医師どもに、必ず本復すると言っておけ」と父は言った。「我が息子が玉座について何を成し遂げるものか、この目で見届けたいからな」

生まれてこの方、デイメンにとって親とは父のことであった。父こそすべての理想であり、仰ぐべき規範であり、その父の目にかなうよう奮闘しながら、デイメンは常に父を基準に己を測ってきた。父の死後は、ただふたたび故国をこの目で見て玉座を奪還するのだという、帰還への決意だけをかかげ、それ以外のすべてを締め出してきた。

それが今、まるで父の前に立っているような気がする。父の手を髪に感じる。もう二度とない仕種を。デイメンはずっと、父が誇れる息子になろうとしてきた。そして、その期待を裏切ったのだ。最後には。

扉口で音がした。顔を上げると、ローレントの姿があった。

デイメンは揺れる息を吸いこんだ。ローレントが扉を閉めて入ってくる。彼をここで相手取らねばなるまい。デイメンは心を引き締めようとした。

ローレントが言った。

「違う。俺がここに来たのはそういう――」言葉を継ぐ。「……ただ、来てみただけだ」

デイメンはやっと、部屋がすでに暗くなっていること、夜闇が落ち、誰ひとり蠟燭を灯しに入ってこなかったことに気付いた。何時間、こうしていたものだろう。誰かが召使いの入室を禁じたのだ。そして人払いをした。軍将や領主たち、王に用があった者たちを一人も寄せ付けずに。

ローレントだ、とデイメンは悟る。デイメンの静寂を守ってくれた。そしてデイメンの民は、この研ぎ澄まされた不思議な異国の王子を恐れてその命令に従い、デイメンに近づかなかったのだ。愚かしいくらい、ありがたさが心にしみてくる。

ローレントへ顔を向け、どれほど助かったか伝えようとしたが、今の状態では話ができるまで少しかかりそうだった。

何か伝える前に、うなじにローレントの指先を感じて、すっかり度肝を抜かれたまま、デイメンはするりと前へ引きよせられていた。ローレントからの、どこかぎこちない仕種。甘く、希有《けう》な仕種。見るからに不慣れでおぼつかない。

大人になってから、デイメンは誰にもこんなふうにされた記憶がない。必要とした覚えもない――だがきっと、ずっと飢えていたのだ、アキエロスであの鐘が鳴った時から。己に許してこなかっただけで。体と体が寄り添い、デイメンは目をとじた。

時が過ぎた。ゆっくりとした、たしかな鼓動が伝わってくる。細身の体、腕の中のぬくもり――こういうのもまたいいものだった。

「さて、お前は俺の親切心につけこんでいるわけだが」

ローレントが、耳元で囁いた。

デイメンは体を引いたが、完全には離れない。ローレントにもそのつもりはないようで、寝具をたわませてデイメンの隣に座った。まるで、肩がふれ合う近さで座るのが自然なことのように。

デイメンは、唇に薄い笑みを作った。

「あのひらひらしたヴェーレのハンカチを差し出してはくれないのか？」

「己の服を使え。似たような大きさだ」

「ヴェーレ人の無粋さにはあきれたものだ。手首から足首まで、そんなに隠して」

「腕も足も至るところまでな」

「父上は、死んだ」

口に出すと、真実がはっきり心に刺さった。彼の父はアキエロスの、円柱に囲まれた沈黙の間に葬られているのだ。もう最後の日々の苦しみや混迷にわずらわされることもなく。デイメンは顔を上げてローレントを見た。

「父を、お前は戦と血に飢えた男だと思っていただろう。すぐ力にたのむ戦狂いの王、アキエロスの栄光と領土のためにつまらぬ口実で国へ攻めこんできた男だと」

「やめろ」とローレントが言った。「今話す必要はない」

「野蛮人」とデイメンは言いつのる。「粗野な野心を抱き、剣のみでしか統治できぬと。彼が憎かっただろう」

「俺はお前が憎かった」ローレントが答えた。「あまりに憎くて、息がつまりそうなほどだった。叔父に止められてなければお前を殺していただろう。なのにお前は俺の命を救い、必要とした時いつもそばにいた。それで、ますます憎くなった」

「俺は、お前の兄を殺した男だ」

沈黙が、痛むほどに張りつめる。デイメンはあえてローレントを、隣に座る毅然と冴えた姿を見つめた。

「どうして、ここに?」と聞く。

月光の中でその姿は青白く、二人ともを包むおぼろげな影の中で、浮き上がって見えた。

ローレントが答えた。

「家族を失うのがどんな気持ちか、よく知っているからだ」

部屋はひどく静かで、壁の向こうではこの夜更けであっても人が動き回っている筈だが、その気配すら届かない。城塞は決して眠らない、常に兵が、使用人が、奴隷がいる。外では衛兵たちがたゆまず巡回する。城塞の見張りも持ち場を歩き、夜の中を見つめている。

「俺たちに、この先はないのか?」

デイメンはそう問いかけた。その言葉はただ口からこぼれていた。隣で、ローレントがふっと体の動きを止めたのが伝わってきた。

「それはつまり、残りのわずかな日々、お前と寝床をともにする気があるかということか？」

「いいや、俺たちはもう二国の中間地帯を治めている。アクイタートからシクヨンまでの全域をだ。それを王国と呼び、二人でともに統治はできないか？　パトラスの王女やヴァスクの女帝の娘に比べて、俺はそうみすぼらしい代役か？」

それ以上は言わずにとどめたが、言葉は胸の内に渦巻いていた。デイメンは待つ。待つのがこれほど苦しいとは驚くばかりで、時が経つだけ答えを聞くのが耐えがたくなっていく。刃の上に立つように。

ついにローレントへ顔を向けると、彼を見つめるローレントの目はひどく暗く、声はひっそりとしていた。

「お前は、どうして俺を信じられる？　己の兄からこうまで裏切られて」

「彼は、実《じつ》のない、まがい物だからだ」デイメンは答えた。「だがお前は真《まこと》だ。お前以上に誠実な男を、ほかに知らない」静止した空気の中で続ける。「この心を託せば、お前ならきっと大切に扱ってくれるだろう」

ローレントは横を向き、デイメンから顔をそむけた。呼吸をくり返す様が見える。少しして、彼は低い声で言った。

「お前にそんなふうに愛を囁かれると、いつも、何も考えられなくなる」

「なら考えるな」とデイメンは言った。

その言葉でローレントの中に小さな波紋が、緊張感が生じ、その心にせめぎ合いが生じたのがデイメンに伝わってくる。

デイメンはまた言った。

「考えるな」

「俺を――」とローレントが言う。「……もてあそばないでくれ。どうやって自分を守っていいのかわからないのだ――これだけは……」

「そんなことをするものか」

「こんな……」

「考えなくていい」

「キスしてくれ」とローレントが求めた。

それからぱっと、深い色に頬を紅潮させた。考えるな、とデイメンは言ったが、ローレントには無理なことだ。今の一言の後でまだ逃げずにとどまりながらも、頭の中では葛藤が続いている。

ローレントの言葉が、不自然に二人の間に残る――あまりにも出し抜けに。だがローレントは言葉を取り消さず、ただ待って、全身に緊張をにじませていた。

顔を近づけるかわりに、デイメンはローレントの手を取って引き寄せ、手のひらにキスをした。一度。

あの一夜で、不慣れなことに遭遇した時のローレントの反応は学んだ。茫然とするのだ。事前の予測は難しい、なにしろローレントの経験の欠けはデイメンには計り知れないところにちりばめられている。今、その反応を感じた。ローレントの目がひどく暗くなり、どうすればいいのかわからずにいる。

「そうではなく——」

「お前に考えさせるな?」

ローレントはそれに答えなかった。デイメンは、静けさの中で待つ。

「別に、俺は……」とローレントは言った。それから、二人の間でまた沈黙がのびる中、「別に、手を引いて一歩ずつ導いてもらわねばならぬほどの初心《うぶ》ではないのだぞ」

「そうなのか?」

不意にデイメンは気付く。このローレントの用心深さは、今回は、いつもの強固な砦の防備とは違う。ここにあるのは守りの一部を解いた男の、そしてそれに痛々しいほど不慣れな男の、とまどいだった。

ひと呼吸ののち——。

「ラヴェネルでの夜——あれは、随分と久しぶりのことだったのだ……誰とも。だから、緊張していた」

「ああ、わかっている」

「これまで――」ローレントが言葉を切った。「これまで、お前のほかには、一人だけだ」

デイメンはそっと、

「俺のほうはもう少し経験がある」

「ああ、それはすぐわかった」

「そうか？」いささかの喜び。

「そうだとも」

デイメンのまなざしの先で、ローレントは寝台のふちにそっと座り、わずかに顔をそらしていた。部屋はただおぼろげな影ばかり、アーチや家具、そして二人が座る寝台の固い大理石の台座の形。足元から頭休めに至るまで敷布やクッションに覆われて。デイメンは優しく言った。

「ローレント、俺は決してお前を傷つけはしない」

ローレントの奇妙な、茫然とした息を耳にして、自分の言葉の意味に気付く。

「いや、わかっている」と重ねた。「お前を傷つけたことは」

ローレントは注意深く動きを殺していた。その呼吸すら慎重だった。振り向いてデイメンを見ようともしない。

「俺がお前を苦しめた、ローレント」

「もう充分だ、言うな」

「あんなのは間違っている。お前はただの子供だった。あんな目にあっていいわけがない」

「充分だと――」

「聞くのはそんなにつらいか?」

デイメンはオーギュステのことを思った。どんな少年も兄を失うような目にあってはならない筈だと、それを思った。部屋はひそやかに静まり返っていた。ローレントは振り向かない。ゆっくりと、デイメンは後ろへ体重を預け、あえて姿勢をゆるめて両腕によりかかった。ローレントの内側に渦巻く力を理解できぬまま、直感に導かれて言葉を続けていた。

「俺の初めての時はな、転がり回るようなものだった。気がはやっていたし、どうすればいいのか見当もつかなかった。ヴェーレと違って、俺の国では人の行為を皆で見物したりしないのでな」

そう言って、デイメンは付け加えた。

「今でも、終わりごろには余裕がなくなる。我を失ってしまうんだ」

沈黙。それが長すぎるほどにのびる。それを乱さず、デイメンはローレントの体の固い輪郭を眺めた。

「……お前にキスされた時……」ローレントが、言葉を押し出した。「……良かった。お前が、口を使った時……あれは、初めての経験だった。あの時も良かった、お前が――」

ローレントの息が速くなり、デイメンは身を起こした。

奴隷としてローレントにキスしたことはあっても、自分自身としてはこれが初めてになる。二人ともその違いを感じていて、予感はあまりにも生々しく、もう現実になったかのような感覚すらあった。

わずかに残った距離は、無きに等しく、同時にすべてを意味した。キスへのローレントの反応は常に複雑だ。体のこわばり、無防備さ、熱さ。何よりも大きいのは緊張。まるでそのたったひとつの行為すら、彼にとっては限界を超えて過剰だとでもいうように。

それでも、彼はデイメンに求めた。キスを、と。

デイメンは片手を上げ、うなじの短くやわらかな髪に指先を滑りこませてローレントの頭を包んだ。こんなに近づいたことはない——デイメンの正体が二人の間で明かされてからは。ローレントの中で緊張が高まるのを、決定的で危険な頂点へのぼりつめていくのを感じる。

「俺は、お前の奴隷ではない」とデイメンは告げた。「ひとりの男だ」

考えるなとローレントへ告げたのは、真実の自分を受け入れてくれとは言えなかったからだ。

突然に、もうこらえきれなくなっていた。虚像も虚言も捨てたこの一瞬が欲しい。デイメンの指がローレントの髪をきつく握りこんだ。

「俺だ」と言う。「俺だ。ここにいるのは。名を呼んでくれ」

「デイミアノス」

そう呼んだローレントの中で、何かが砕けるのを感じる。名はまるで彼からこぼれた告白、そして真実の直視。ローレントはもはや何ひとつ隠さず己をデイメンへさらした。ローレントの声の中に、デイメンはそれが聞きとれる——王子殺し。

キスの瞬間、ローレントの体が震えた。屈服したかのように。兄を失い恋人を得た、残酷な天秤に。虚像の男と現実の男とがひとつに重なり合う、ひそかな一瞬を噛みしめたかのように。

たとえローレントの背を押しているのが破滅衝動に近いものだとしても、ここに来て引けるほどデイメンも高潔ではない。欲しくてたまらない、身勝手な欲望がつき上がってくる。思えば思うほど——ローレントはわかっているのだと。誰なのか承知の上で求められていると。

ローレントを寝台へ押し倒した。のしかかったデイメンの髪に、ローレントの指がきつく絡んだ。それでも、服をしっかりと着こんだままではキスがせいぜいだ。もっと近くなりたい。互いの手足をもつれさせて。きっちり結い留められた服の上をデイメンの手が虚しくすべり下りた。彼の下でローレントが口を開いてキスを求めつづける。欲望に火がつく。目もくらむほどに、苦しいほどに。

そのすべてが、今はただキスの中だけに凝縮されていた。肉体は熱く重く、ただひとつの逃げ道のようなくちづけが続き、ローレントが身震いするたび、一枚の壁だけでなく次々と守りが崩れ去っていくようだった。一歩ずつ、誰も触れたことのない場所へ。奥へ、またひとつ深く。

王子殺し。

なめらかな、ほんの一押しで、ローレントは体勢を返してデイメンを見下ろしていた。ローレントの息は速まり、薄闇の中で瞳孔が大きい。刹那、二人は互いを見つめた。視線でデイメンの全身をとらえながら、ローレントの両膝がデイメンをまたいでいる。暗いまなざしの、それは選択の一瞬。去るか、止めるか。

かわりにローレントは、デイメンの肩を留めている金獅子の飾り針に手をのばし、ぐいと引いて放り出した。留め針は寝台の右手に落ち、大理石の床をカタカタと遠くへ滑っていく。布は自らほどけ、開いて、デイメンの服は肌から落ち、肉体をローレントの凝視にさらしていた。

「俺は――」

デイメンは反射的に片腕で身を起こしかかったが、ローレントの目つきに、途中で止まった。己が裸で仰向けになり、一方のローレントは乱れのない服と磨き上げられたブーツ姿で彼にまたがり、高襟の上着の紐をきっちり首元まで締めこんでいる――その対比を強く意識する。唐突にとりとめのない空想がよぎった。ローレントがここであっさり立ち上がって離れ、ゆったりと歩き去ったり、向かいの椅子に腰を落ちつけて脚を組み、ワインを飲みながら、デイメンをここに無防備にさらしておくのではないかと。

そうはならなかった。ローレントは両手を、自分の首筋へ上げた。デイメンと目を合わせたまま、彼はゆっくりと、喉元の固い結い紐を指ではさみ、引いた。

その仕種に、耐えがたいほどの熱がはじける。二人が何者なのか、ここに真実が剝き出しになっている。この男はヴェーレの王太子、デイメンを鞭打たせた男。アキエロスの仇敵。ローレントの息の浅さが、デイメンには見えた。目を黒ずませ、何をしようとしているのかも。ローレントが彼のために服を脱いでいる。紐のひと引きずつ、上着の布地が割れていき、その下の白い上等なシャツがあらわになった。

デイメンの肌がほてった。まず上着が、鎧のごとくローレントの体からはがれ落ちた。シャツ姿になったローレントはいつもより若く見えた。肩にちらりとのぞいた傷跡。癒えたばかりの短剣の傷。胸が上がり、また沈んだ。喉元で脈が躍っている。ローレントは背中へ手をのばし、シャツを引きはがした。

さらけ出されたローレントの素肌に、デイメンの全身が衝撃に打たれる。触れたいし、手のひらをそこに這わせたいが、目の前で起きている事態の鮮烈さに呑みこまれて動けない。ローレントの体にははっきりと、その固く赤らんだ乳首から張りつめた腹筋まで、緊張がみなぎっていた。そしてその一瞬、ただ二人は見つめ合った。互いのまなざしにとらわれる。あらわにされたものは肌だけではなかった。

「お前が何者かは知っている。誰なのかわかっている。デイミアノス」

「ローレント」

デイメンは答えた。それから上体を起こし、こらえきれず、両手をローレントの腿の布地から上へ滑らせ、裸の腰をつかむ。肌と肌がふれる。全身が震え出しそうだった。

ローレントが少し身をすべらせ、脚を開いて、デイメンの膝に乗り上げた。デイメンの胸、オーギュステの剣が貫いた傷痕の上に手を置く。その接触にデイメンの内側がきしんだ。薄闇の中、二人の間にオーギュステの存在が短剣の刃のように鋭く浮かび上がる。この肩の傷は、デイメンに倒される寸前のオーギュステ最後の一撃であった。

何かをえぐるようなキス——そうすることでローレントがその刃に身を投げ出しているようだな。己を投げ打って、飢えているかのようにキスをしながら、ローレントは指できつくデイメンにしがみつき、その体は崩れそうだった。

デイメンはうなる。一方的な欲望に流されて、ローレントの肌に指をくいこませていた。苦しいと知りながら、二人ともに苦しいのだと知りながら、キスを返していた。二人のどちらも満たせぬうずきをかかえ、必死で求め合いながら、デイメンはローレントの中に自分と同じ深い葛藤を感じとる。

ゆったりと愛を交わすつもりが、境界を踏み越えた瞬間、二人して転げ落ちていくことしかできない。ローレントの息の小さな途切れ、もっと近づこうとくり返すキス。ローレントのブーツが引き抜かれ、薄絹の貴族の服がむしり取られる。

「さっさとやれ」腕の中でローレントが身を返し、最初の夜のように体勢を作って、背からうつむいた頭までのしなやかな弧をデイメンにさらした。「今すぐ。お前が——今すぐ……」

こらえきれず、デイメンは己の重みをかぶせ、ローレントの背に手のひらをすべらせながら、己の物をその場所近くに擦り付けて、挿入に似た動きを甘やかにくり返した。ローレントの背がしなって、デイメンの体にはわずかな息も残っていなかった。

「できない、準備がない――」

「どうでもいい」とローレントがさえぎった。

その肌が震え、体が揺れて、デイメンの淫らな動きにはっきりと応える。少しの間、二人の肉体は衝動のままもつれ合った。

うまくいく筈がない。肉体の壁が欲望の邪魔をする。デイメンはローレントの首筋にうなりをこぼし、肌をなでさすった。禁じられた想像の中、ローレントが色子や奴隷であったならと願う――念入りな準備と慣らしがなくとも受け入れられる肉体であればと。もう自制の限界にいる気がした。幾日も、幾月もずっとそうだったような。

この体に入りたい。ローレントの体が震えて屈服し、開いてゆく瞬間を味わい、ひとつにつながりたい。ローレントが彼を受け入れていることを、わずかな疑いも残さず感じたい。誰を受け入れているのか。

俺を、とデイメンの体はたぎって、ただひとつの満たされる方法を求めている。

ローレントの太腿をなで上げ、少し脚を開かせる。ほんのり赤い、小さく、きつい皺のすぼみはまさに不可侵。

「いいからやれ、言ったろう、かまわないと――」

　ひと振りで、火の付いていない油皿が大理石を打って薄闇に割れた。指がひどくもどかしい。デイメンはまず油に濡れた指を使った。せき立てられた動きでローレントの背に体を倒し、片手で己のものを導く。まだ充分ではない。

「俺を、受け入れてくれ」

　デイメンが言うと、ローレントは聞いたことのない声をこぼし、肩を上げて頭を垂らすと、息を細く絞り出した。

「受け入れてくれ。お前の中に」

　少しのゆるみ、そこにデイメンは腰を進める。ゆっくりと。わずかなその進みを、余すところなく感じとる。その刺激に世界が消え失せ、この官能のみに、胸に重なったローレントの背、垂れた首、汗に濡れたうなじの髪だけに、感覚が支配される。

　デイメンは喘《あえ》いだ。己の重みがローレントの背にずっしりとかかり、その下でローレントが肘に体を預けて前のめりになったのがわかる。ローレントの首筋に額を落として、デイメンはただ、熱に溺《おぼ》れた。

　ローレントの内側にいるのだ。生々しく、むき出しの感覚。こんなに己を確固たる存在に感じたことはない。ローレントが、己の中にデイメンを受け入れたのだ。彼が何者か知りながら。

　デイメンの体はもう動き出していた。ローレントが敷布の中に切羽詰まった声を立てる。それはヴェーレ語の、受容の言葉だ。

デイメンの手に反射的にきつい力がこもり、招きに血をたぎらせてローレントのうなじに額を預けた。ローレントのすべてを全身で感じたい。包みこむすべての筋肉の痙攣を、求める動きを。ローレントを見るたびに、こんな姿の彼を思い出せるように。

腕を回してローレントの胸板を抱き、太腿をぴったりと合わせた。デイメンの、まだ油の残る手がローレントのもっとも熱く嘘のない部分を包みこんだ。ローレントの体が反応して動き出し、己の快感を見つけ出していく。二人はひとつになって動いていた。

気持ちが良かった。あまりにも。もっと欲しくなるほど——絶頂へ向けて一気に転がり落ちたくなるほどに、決して終わりを迎えたくないほどに。己の口から、考える前に本音がこぼれていることも、半ばしか意識していなかった。

「お前が欲しい」とデイメンは呻く。「ずっと前から、長いこと……誰とも、こんなふうに感じたことはない——」

「デイメン」ローレントがすがりつくように呼んだ。「デイメン」

デイメンの肉体は脈打ち、絶頂がすぐそこまで迫っていた。ほとんど無意識のまま今度はローレントを仰向けに組みしいた。離れた肉体がまた内奥の熱を求めて震える。短い間隙の一瞬、下で唇を開いたローレント、デイメンの首筋をつかんだ手、そしてぐいと引き寄せられた。全身でローレントにのしかかり、熱く喘ぐ体をゆっくりと、そして強く、また貫いていった。

そしてローレントの体はなめらかに、完璧に、そのひと突きを受け入れた。デイメンはついに欲していたリズムで動き出し、二人の肉体はもつれ合って、動きの激しさを増していく。互いの熱に溺れ、目が合った瞬間ローレントが「デイメン」とまた呼んだ。まるでそこにすべてがこめられているように。そしてデイメンの名が、正体が最後の一押しだったかのように、ローレントの体が痙攣し、虚空へ脈打った。

快感をあらわに、ローレントは肉体にデイメンを呑みこんだまま、唇にデイメンの名をのせて達した。そしてデイメンは我を失い、肉体は限界を超え、絶頂が深い脈動となってはじけたかと思うと、息もできないほど圧倒的でまばゆい陶酔に呑みこまれた。

第十三章

目覚めの中、そばにいるローレントの存在を、うっとりするようなぬくもりを、デイメンは感じとっていた。

喜びに満たされて、快楽にふけった眠たげな姿を見やる。ローレントは腰回りに上掛けをからませて横たわり、金の霧のような朝陽がその姿を照らしていた。目覚めれば前のように姿を消していたのではないかと、半ば覚悟していたのだ。夢の綿毛《わたげ》のように。昨夜ほどの親密さは、どちらにとっても重すぎるものかもしれないと。

　片手を上げて、ローレントの頬をなで、微笑した。ローレントは目を開くところだった。

「デイメン」とローレントに呼ばれる。

　デイメンの心臓がせり上がるようだった。その呼び方は静かで、幸せで、少しはにかむようだ。彼にこの名を呼ばれたのは一度だけ、昨夜だけだ。

「ローレント」とデイメンも答えた。

　互いを見つめ合う。ローレントが手をのばしてデイメンの肌を下へとたどっていき、デイメンの心が浮き立った。まるでデイメンの存在がにわかには信じられず、ふれてもまだ疑いが晴れないかのように、ローレントは彼を見つめていた。

「どうした？」デイメンは微笑んでいた。

「お前はとても……」ローレントはそう言って、頬を染めた。「見目がいいのだな」

「そうか」とデイメンは深い、やわらかな声で答える。

「そうだ」とローレント。

　笑みを広げて、デイメンはシーツに体をくつろげ、ほめ言葉をたっぷり味わいながら滑稽なくらい喜んでいた。

「まあな」と認めて、やっとローレントへ顔を向ける。「お前もだ」

ローレントの首が軽く垂れ、笑い出しそうに見えた。口を開き、言葉面とは裏腹に愛おしむような口調で、

「大体の人間は会った瞬間にそれを言うのだぞ」

言ったのはこれが初めてだっただろうか？　デイメンが見つめる前で、肩を下にして横たわったローレントの金の髪は少しもつれ、目にはいたずらな光があふれていた。甘く、何の裏表もないこの朝、ローレントの美しさは息を呑むばかりだった。

「俺もきっと言っただろう」とデイメンは言った。「お前に正式に求愛する機会があったなら。お前の父上に会いに行くことがあれば。もしこの二国があの頃、互いと――」

友になることがあったなら。雰囲気が変わり、過去がよみがえる。ローレントがそれに気付いた様子はなかった。

「ありがとう。どうなっていたか目に浮かぶな。お前とオーギュステがお互いの肩を叩いて二人で闘技会見物、俺はその後ろをついて回ってお前の袖を引っぱり、わずかでも注意を引こうとしていただろう」

デイメンは息をつめた。ローレントがこんなに気安くオーギュステのことを語ったのは初めてで、その邪魔をしたくなかった。

一息置いて、ローレントが言った。

「兄は、お前のことを気に入っただろうよ」

「たとえ、俺が弟を口説きにかかっても？」

デイメンは反応をうかがいながらたずねた。

ローレントが動きを止めたのがわかる。意表を突かれた時の彼の癖だ。それから目を上げて、デイメンをまっすぐ見た。

「ああ」

ローレントがかすかに頬を上気させ、そっと答える。

どうしようもなく引き寄せられるように、二人はキスをしていた。あまりにも甘く、自然で、デイメンの心のどこかがうずく。身を引いた。外の世界の現実が重くのしかかってくるようだった。

「俺は――」

「いい。聞け」ローレントの手がしっかりとデイメンのうなじをつかんだ。「叔父に手出しはさせぬ」

ローレントの青い目はおだやかに澄みきって、すでに彼の中では結論が出ていて、それをデイメンにわかってもらおうとしているかのようだった。

「昨夜はそれを言いにきたのだ。大丈夫だ、まかせておけ」

「約束してくれるか」いつの間にか、デイメンは返事をしていた。「本当に大丈夫だと――」

「約束する」

ローレントは真剣に、誠実な口調で答えた。何の偽りもないただの真実として。

デイメンはうなずき、ローレントをつかむ手に力をこめた。次のキスにはどこか昨夜の切羽詰まった飢えが残っていた。外の世界を締め出して、あと少しだけこの繭の中にしがみついていたい衝動。ローレントの両腕がデイメンの首に絡む。体をかぶせ、デイメンは肌と肌を重ねた。二人から上掛けがすべり落ちる。ゆっくりと揺れ合う体の動きが、部屋の空気を変えて——。


扉を誰かがノックした。

「入れ」とローレントが、音のほうへ顔を向けながら返事をした。

仰天したデイメンは「ローレント!」と叫んだが、あられもない姿の前で扉は大きく開かれていた。

パラスが入ってくる。ローレントは何のてらいもなく彼を迎えた。

「何だ?」てきぱきと、実務的にたずねる。

パラスの口がぽかんと開いた。

その目に映る光景が、デイメンにはわかる。乱れた初夜をすごしたばかりの処女もかくやと言うようなローレントの姿、そしてその上にかぶさった、あからさまにいきり立った自分の姿。全身が紅潮していた。イオスでなら、そば仕えの奴隷が部屋向きの用を片付ける間に恋人と戯れることくらいしたかもしれないが、はるかに下の身分である奴隷の目を気にする必要はないからだ。兵士に、自分とローレントとの艶事を見られるなど、思うだけで泡を食う。ローレントは一度も人に知られた恋人がいたことがないのに、こんな——。

　パラスがじっと床に目を伏せた。

「ご無礼いたしました、御前。この朝のご命令を頂こうと思って参りました」

「我らは今、少々取り込み中だ。召使いに風呂の用意をさせ、午前半ば頃に食事を運ばせよ」

　ローレントの口調は、まるで業務中に机から顔を上げた行政官のようだった。

「はい、御前」

　パラスはふらふらと踵を返し、扉へ向かった。

「一体どうした？」

　ローレントは、ずり下がって座り、引き上げたシーツで体を隠しているデイメンを見た。それから新たな発見に、いかにもうれしそうに、

「恥ずかしがり屋か？」

「アキエロスでは、こういうことはしないのだ」デイメンは言い返した。「人目のあるところなどでは」

「王であっても？」

「王なら尚更だ！」

　王、という言葉でまだどこか父を連想しながら、デイメンは答えた。

「ならば王家の婚姻において二人が完全に結ばれたかどうか、宮廷はどうたしかめるのだ？」

「結ばれたかどうかは王本人が誰より知っている！」

おののいていた。

ローレントがデイメンを見つめた。デイメンが呆気にとられたことに、その首ががくりと垂れ、さらに驚いたことに肩が震え出す。ついに笑いをこらえきれず、

「お前は彼と真っ裸で取っ組み合っていただろうが」

「あれは仕合だ！」

デイメンは腕組みし、ヴェーレ人どもはまったく慎みというものがないとカッカしていたが、起き上がったローレントに浮き立つようなキスを唇にされて、少しなだめられた。

しばらく時が経ったのち、

「ヴェーレの王は、本当に宮廷の前で婚姻相手と結ばれるのか？」

「宮廷の前でではない」ローレントはこの上ない無知をたしなめるように言った。「元老院の前でだ」

「グイオンも元老だろう！」

デイメンは声を上げた。

さらにのち、二人でよりそって横たわり、いつしかデイメンの指はローレントの肩の傷をなぞっていた。すでにすみずみまで知ったこの肌を、唯一損なう痕。

「ゴヴァートが死んだのは、残念だっただろう。お前は、あの男を生かしておこうとしてきたのにな」

「叔父相手に使えそうな何かの弱みを、あの男が握っていると見ていたからな。もうすんだことだ。別の手で止めるしかない」

「何があったのか、まだ聞いてなかったな」

「大したことではない、短剣で争ったのだ。それから房を抜け出し、グイオンと取引の合意を取り付けた」

　デイメンはローレントを食い入るように見ていた。

「何だ？」

「ニカンドロスは決してそれを信じないだろうな」とデイメンは言った。

「どういうわけでだ」

「虜囚にされ、片腕でフォーテイヌの監房を脱け出し、そのついでにどうやってかグイオンを寝返らせたと言うのか？」

「そうだな」ローレントが応じた。「皆、お前ほど逃亡が下手ではないということだ」

　デイメンの息がこぼれ、つい笑い出していた。外に待つものを思えば、そんなふうに笑える自分が信じられない。あの山中で、ローレントがデイメンの隣で戦いながら傷ついた側をかばってくれたことを思い出していた。

「兄を失った時、誰か、お前をなぐさめてくれた相手はいたのか？」

「ああ」とローレントが答えた。「ある意味では」

「なら、よかった。お前が一人でなかったのなら」

ローレントが体を離し、起き上がると、一瞬そこに無言で座りこんでいた。両目に手のひらのつけ根を押し当てる。

「どうかしたか？」

「何でもない」と返事があった。

隣で体を起こしながら、デイメンは現実世界が迫ってくるのを感じる。

「そろそろ――」

「ああ、もうじき」ローレントはデイメンに向き直ると、髪の間に指をすべりこませてきた。

「だが、まだ朝はたっぷり残っている」


その後で、二人は話した。

召使いが果物、やわらかいチーズと蜂蜜、パンの朝食を丸皿に載せて運んでくると、二人は寝室の続き部屋のテーブルについた。デイメンは壁際の椅子に座り、服の肩はまた金の留め針で留めていた。ローレントはくつろいだ姿勢で座り、ズボンにシャツを羽織っただけで、襟元と袖口は開いたままだった。

ローレントは話をしていた。

静謐に、真剣に、ローレントは自分の目に映った現状を分析し、立てた策と不測の事態への対処について語った。これまで誰にも見せたことのない一面を、デイメンに見せている。デイメンは語られる複雑精妙な政略に引きこまれ、その新鮮さにいささか目が開かれる思いもあった。これまでローレントが自分の考えをこんなふうに明かしたことはない。いつも孤独に策を練り、独力で決断していた。

召使いが食事を下げにやってくると、ローレントはその行き来を見守ってから、デイメンへ目を向けた。言葉にはさり気ない問いが隠れていた。

「お前は、身近に奴隷を置いておらぬのだな」

「置く理由がないからな」とデイメンは答える。

「もし奴隷の扱い方を忘れたというなら、教えてやってもいいが」

「お前は奴隷という制度を忌み嫌っているだろう。吐き気をもよおすほどに」単純な事実として、デイメンは指摘した。「もし相手が俺でなければ、きっと最初の夜にすぐさま俺を解放していただろう」

それからローレントの表情を探る。

「アーレスで、奴隷制度を弁護した俺を、説き伏せようとはしなかったな」

「あれは、意見を交わすという問題ではない。語るほどのこともない」

「アキエロスに行けば、奴隷を見るだろう。我々は奴隷を有する文化だ」

「わかっている」

デイメンは問いかけた。

「色子とその契約は、そこまで奴隷と異なるものか？　ニケイスにほかの選択肢があったか？」

「ニケイスには、生き残る道がそれしかない貧しさの、大人に対する無力な子供の、王から命令を下された者の選択肢があった。すなわち選択の余地などなかった。それであっても、奴隷よりは上回る」

ローレントが己の信念を語るのを耳にして、またもデイメンは胸を突かれていた。ローレントがエラスムスを助けたことを思う。村にいたあの少女を訪れてちょっとした手品を教えたことを。およそ初めて、ローレントがどんな王になるのかその姿が見えてきていた。ローレントを——執政の未熟な甥でもオーギュステの弟としてでもなく——ただローレント本人として見つめ、多くの才に恵まれながらあまりにも早く権力の場に投げこまれ、すべてを背負ってきた若者をそこに見る。ほかに選べる道がなかったがゆえに。

この王になら俺は仕える、とデイメンは思った。その思いは、小さな啓示のようであった。

ローレントが、少しの間を置いて口を開いた。

「叔父のことをお前がどう見ているかはわかるが、しかし彼は決して――」

「決して？」

「子供を傷つけはしない」と答えた。「それがお前の息子であろうとカストールの息子であろうと、役に立つ。牽制の材料として、お前の軍や、支持者相手に」

「それはつまり、傷つけたり殺したりするより、息子が生きて五体満足でいるほうが俺を苦しめられるということだな」

「そうだ」

ローレントはそう答えた。

その一言を、彼は真剣に、デイメンの目をのぞきこんで発した。そんな事態を想像するまいとして、デイメンの指先までもがきしむ。あるいはもうひとつの結末――もっと暗澹《あんたん》とした可能性を考えまいとして。そんな結果は、何があろうとも防がなくてはならない。どうにか突破口を考えようとしたが、もはや袋小路だった。

軍勢を集め、ヴェーレとアキエロスの戦力をたばね、南への進軍の準備は整っている。ローレントと彼は幾月もかけて軍を作り上げ、力の基盤を固め、補給路を確保して、兵たちの忠誠を勝ちとってきた。

たった一手で、執政はその軍の価値を奪い、進むことも戦うこともできなくしてしまった。何故なら、もしデイメンが軍を動かせば――。

「叔父は、子供が手中にあるかぎり、お前には攻めこめないと見抜いている」

ローレントがそう言った。そしておだやかに、確信に満ちて、

「だから、我々で子供を取り返す」

ジョカステの中に変化を探したが、ひややかで人をよせつけぬ雰囲気も、デイメンをじっくり見定めるその目つきも、前と変わるところはなかった。髪や目の色合いはローレントとよく似ている。知略に長けた頭脳を持つところも。二人はまさしく対のようだったが、雰囲気は異っていた。ローレントは常に、たとえおだやかにかまえて見せている時でさえ、どこかに鋭さをひそませていた。一方、ジョカステの侵しがたいたたずまいには、粛然とした安らぎがあった。彼女の危険さを知るまでは。

だがきっと、似たような鋼の芯が、二人のどちらもに通っている。

彼女は、最初にいた居室でデイメンを待っていた。デイメンが、厳重な見張りを付けた上で、そこに戻ることを許したのだ。優雅に座る彼女を囲んで供の女たちが、まるで庭園の花のごとく広がっている。投獄の影響など彼女には何ひとつなく、気付きもしていないかのようだった。

デイメンはゆったりとしたかまえで室内を見回し、彼女の向かいの椅子へと腰を下ろした。背後で部屋に入ってきた兵など存在しないかのように。

デイメンは口を開いた。

「子供は、実在しているのか？」

「いると言ったでしょう」とジョカステ。

「お前に聞いているわけではない」とデイメンは答えた。

ジョカステの周囲に座る側仕えの女たちの年齢は様々で、年長は六十歳くらいから若きはおよそジョカステに近い二十四歳ほどまでか。七人全員、長くジョカステの元にいるのだろうと、デイメンは見当をつける。黒髪を一本に編んだ女にはうっすら見覚えがあり――キリーナといったか？――二人の女奴隷も見た顔だった。老いた侍女と、取り巻きとして残った貴婦人たちには覚えがない。デイメンの視線が彼女たちの上をゆっくりよぎった。全員が口をつぐんでいる。ジョカステへ目を戻した。

「この先どうなるか、教えておこう。お前は処刑される。お前が何を言おうが、何をしようが、その処刑は避けられん。ただ、この女たちの命は助けてやろう――もし彼女らが質問に答えたならば」

沈黙。女たちのひとりとして声を出すことも、進み出ることもなかった。

デイメンは背後に立つ兵士たちに命じた。

「女たちをつれて行け」

ジョカステが言った。

「そのような行為は赤子の死を招くことでしょうよ」

「そもそも赤子がいるというのが事実かどうか」

ジョカステが微笑した。芸を覚えた犬をほほえましく見るように。

「あなたは駆け引きができる人ではない。私の相手ができるような心を持ってはいない」

「俺は変わった」とデイメンは答えた。

兵たちは動きを止めていたが、その姿だけで女たちには動揺が走っている。デイメンは椅子にもたれた。

ジョカステが言った。

「カストールが赤子を殺すでしょう。あなたの子だと、私が言えば、カストールは赤子を殺す。脅しに使おうなどと手の込んだことは考えない人だもの」

「俺の子だと見なせばカストールは赤子という赤子を皆殺しにするだろうな。だがお前には、カストールに言葉を届ける手段などない」

「赤子の乳母が」とジョカステが言った。「カストールにそれを伝えてくれる。もし私が死ねば」

「もしお前が死ねば」

「そのとおり」

「お前が」とデイメンはくり返した。「お前に仕える女たちではなく」

沈黙があった。

「その取り決めが守るのはお前の命だけだ。この女たちは命を失う。問いに答えぬ限りな」

「たしかにあなたは変わった。それとも玉座の後ろに立つ誰かさんのせい？　ここで私と交渉しているのは、本当はどなたなのかしら？」

すでにデイメンは手近な兵士へうなずいていた。

「この女から始めろ」

いい気分のものではなかった。女たちは抗い、部屋に悲鳴が満ちた。兵が女たちを捕らえて外に引きずり出していく光景を、デイメンは表情を変えずに眺める。キリーナが二人の兵の手を全身で振りほどくと、さっと床に額をつけてひれ伏した。

「御前様――」

「駄目《だめ》」とジョカステが言う。

「御前様、その慈悲におすがりいたします。私にも子がおります。どうかお助けを、御前様――」

「駄目よ」ジョカステがさえぎった。「この人は、主人に尽くしているだけの女たちを皆殺しにできるような人ではないわ、キリーナ」

「――お助け下さい、誓いますから、知ることはすべてお話しすると――」

「駄目」とジョカステ。

「話せ」とデイメンが命じた。

キリーナは平伏したまま、顔を上げずに話し出した。長い髪が揉み合った際にほどけ、床に広がっていた。

「赤子はおります。イオスへと向かいました」

「それで全部よ」ジョカステがさえぎった。

「私どもの誰ひとり、そのお子があなた様のものかは存じ上げませぬ。この方はそうだとおっしゃっておられます」

「それで充分よ、キリーナ」

「もっとあるだろう」とデイメンは命じる。

「御前様――」

キリーナの声にかぶせてジョカステが「駄目!」と言い放ち――。

「我が女君《きみ》は、ヴェーレの執政を信頼を託せる相手とは思っておられません。ほかにジョカステ様の命を守るすべがない時に限り、赤子をあなた様にお渡しするよう乳母に手配することになっております――ジョカステ様の解放と引き替えに」

デイメンは椅子にゆったりともたれて、ジョカステへ小さく眉を上げてみせた。

ジョカステの片手はドレスを握りこんでいたが、口調は落ちつき払っていた。

「これで私の計画をくつがえせたとお思い? 状況は何も変わらなくてよ。乳母は決してイオスから出てこない。交換をしたければ、私がイオスへ行ってじかに身柄を渡すしかない」

デイメンが見やると、キリーナは顔を上げてひとつうなずいた。

どうせジョカステは、デイメンがイオスへ旅することなど不可能だと、そんな交換を安全に行なう場所などないと考えているのだろう。

だが、たとえ敵同士であったとしても裏切りの恐れなく会える場所がある。古き神聖な場所、厳格な掟の地。古来より首長《キロイ》たちが安全に集うその地は、不戦の誓いに固く守られて、騎士団がその誓いを護持する。王たちは戴冠のためにそこを訪れ、諸侯は紛争解決のために集った。その地の掟は不可侵、古き乱世のアキエロスの時代でも、刃も抜かず血も流さずに集って話し合うことができた。

今のデイメンにとってはまさに運命の地。

「我らはその交換を安全な場所で行なう——何人《なんぴと》も兵を伴えぬ、何人《なんぴと》も刃を抜けぬ、死の掟の地で」とデイメンは告げた。「キングスミートで、赤子の身柄を交換する」

それが終わると、することは大してなかった。キリーナは控えの間につれて行かれて乳母に連絡を送る手筈を整える。ほかの女たちは外へつれ出されていった。そして、デイメンとジョカステが二人きりで残る。

「おめでとうと、ヴェーレの王子に私から申し上げておいて」とジョカステが言った。「でも彼を信じるなんて、あなたは愚か。あの男には自分の目的がある」

「ああ、それを隠したこともない」とデイメンは答えた。

ジョカステを見やる。低い寝椅子にひとり残された彼女を。出会った日を思い出さずにはいられなかった。彼女はアエギナの地方郷士の娘として父に紹介されており、デイメンはその姿にたちまち心奪われた。三月《みつき》の求愛を経て、やっと彼女を腕に抱いたのだった。

ジョカステに語りかけた。

「お前は、己の国を私欲で傾けるような男を選んだ。俺の兄を選び、そしてどうなった？　今や地位を失い、友もいない。そばに置いた女たちにすら背を向けられた。どうして俺たちがこんな結末を迎えねばならなかったのか、それを悔やみはしないのか？」

「悔やみますとも」とジョカステは答えた。「カストールはあなたを殺しておくべきだった」

第十四章

カストールの支配する地方へのりこむのに袋に詰めこんだジョカステを担いでいくわけにはいかない以上、道程の計画にはいくつか悩ましい問題があった。

護衛つきの馬車二台で旅をする名目として、一行は布商人に擬装する。くわしく調べられればすぐ見破られるだろうが。馬車には布の反物を積んだ。ジョカステも。中庭に出てきた彼女が旅の準備を眺めるじつにのどかな態度からは、デイメンの計画に従順になびきながら、一瞬の隙あらばにっこり笑ってすべてを叩き壊す気だとわかる。

しかも一番の難題は、擬装ですらない。州境警備をどうやってかわすかだ。〈布商人〉という名目でアキエロス国内を動き回る言い訳は立つものの、州境警備隊があっさり鵜呑みにして通すとは思えない。特に——まず間違いなくジョカステによって——デイメンたちに警戒しろと通知されている警備隊相手には、無理だろう。デイメンとニカンドロスが頭をつき合わせ、警備隊の目を盗んで二台の馬車が抜けられる道筋を探して実りのない二時間をすごし、さらにデイメンひとりで地図を凝視して無益な一時間をすごした末に、ふらりと入ってきたローレントがとんでもない案を示した。あまりに人を食った計画に、同意しながらもデイメンは心がきしむ思いだった。

同道するのは選りすぐった兵たち、見事な武芸を示した面々だ。小剣の部で勝利したジョード、矛の部の優勝者リドス、槍投げの勝者アクティス、若き三冠の闘士パラス、そしてそのパラスを口笛で囃し立てるラザールなど、槍投げと剣技に優れた数名。その一団にローレントがさらにパスカルを加える。医師の同道を手配するローレントの意図について、デイメンは深くは考えないことにした。

さらに、あきれたことに、グイオンも同道することになった。剣の心得もある。後ろめたさから、デイメンのために働かねばならない理由も誰よりあり、もし最悪の事態に至ればグイオンの証言を用いて執権を崩すことができるかもしれない。ローレントはそう簡潔に説明した後、品のいい声でグイオンに言った。

「そなたの妻は、ジョカステの付添いとして同道を許そう」

グイオンは、デイメンより早く理解に至った。

「成程。妻をつれて行くから私に行儀よくしておけと？」

「まさしく」とローレントが答えた。

デイメンは、二階の窓から皆が集いつつある中庭を見下ろした。馬車二台、貴族の女性二人、そして十二名の兵士——そのうち本物の兵士は十名で、あとの二名は兜をつけたグイオンとパスカルだ。

デイメン自身は白い旅の軽装をまとい、黄金の手枷の上には革の籠手を着けていた。今は、この無茶な道行きの計画の細部を詰めるべく、ローレントが来るのを待っている。デイメンは艶のある水差しを取り上げて、空の平鉢にワインを注ごうとした。

「州境警備の警邏《けいら》当番の順は調べがついたか？」とローレントが聞いた。

「ああ、斥候の報告では——」

ローレントが戸口に、白い質素な綿のキトンをまとって立っていた。

デイメンは水差しを取り落とした。

指から滑った水差しが床で砕け、破片が飛び散る。

ローレントの両腕は裸だ。喉元も。鎖骨が、さらに太腿のほとんど、その長い足がむき出しで、左肩などは完全にあらわだった。デイメンはまじまじと凝視した。

「……アキエロスの格好をしているな」

「誰もがアキエロスの格好をしているだろうが」とローレントが指摘した。

水差しが砕けたせいで、今やワインを一杯ぐいとあおることもできない。ローレントが進み出て、短いキトンとサンダル姿で陶器の破片の間を抜け、デイメンのそばの椅子まで来た。木のテーブルに地図が広げられている。

「警邏の流れがわかれば、いつ近づけばいいかもわかる」ローレントが腰を下ろした。「巡回のはじめに近づくことで、彼らが砦に戻って報告するまで時間が稼げる」

座ると、裾がさらににじり上がる。

「デイメン」

「ああ。すまん」とデイメンは言った。それから「何の話だった？」

「州境警邏の話だ」

徹底的に細かく細部を突き詰め、移動時間と距離を計算に入れて、それでも相当の賭けだった。言い訳が立つ最大限の兵数を同行させているが、もし正体を見抜かれ、戦いになれば望みはない。たった十二名の兵では。いや十二名と数えていいものか——パスカルとグイオンもそこに含まれている。

中庭に立つと、デイメンは集った小隊を見やった。ここまで時間を注ぎこんで築き上げた軍隊は、今やこの砦に置いていくしかない。マケドンとヴァネスが後に残り、ラヴェネルからフォーテイヌを通ってマーラス、シクヨン一帯まで広がる領土を協力して守ることになる。ヴァネスならマケドンをまかせておける、とローレントは言った。

はじめから、執政との戦いは軍隊のぶつかり合いにはならないと、予感しておくべきだった。こんな形になる運命だったのだと。わずかな人数だけで、危険に身をさらして孤独に辺境の地を旅していく、こんな戦いになると。

ニカンドロスが彼を中庭で出迎える。馬車の準備も済み、小さな一隊はもう出立を待つばかりだ。同道する兵たちは己の役割さえわきまえていればいいので、デイメンの説明は短かった。だがニカンドロスは友であり、どうやって州境を抜けるのか彼には教えておくべきだろう。

だから、デイメンはローレントの計画を彼に説明したのだった。

「道義に反する」とニカンドロスが抗った。

彼らは南へ向かい、シクヨンとメロースの境を守る州境警備部隊へ近づきつつあった。デイメンは封鎖された道へ、四十名からなる警備隊へ目を走らせた。その障壁の向こうには見張り櫓《やぐら》があり、そこにも兵が詰め、櫓から櫓へ合図を渡して砦に知らせを送れるようになっている。すっかり武装し、そなえている様子だった。田舎道をのろのろと近づいてくる一行の荷車は、はるか前から櫓に見張られていた。

「私は強く抗議すると、ふたたび申し置いておきたい」とニカンドロスが言った。

「覚えておく」とデイメンは答えた。

　突如として一行の擬装の薄っぺらさ、ちくはぐな馬車、部下の兵たち——デイメンを「御前様」と呼ぶなと幾度も怒られた彼ら——のぎこちない所作が、ひどく意識されてくる。さらにはジョカステ、ひややかな目をして馬車の中で手ぐすね引いている脅威の存在。

　危機は、すぐそこに迫っていた。ジョカステがその拘束と轡《くつわ》をどうにかゆるめ、音ひとつ立てたなら。あるいは馬車の中にいる姿を見られたなら、一行を待つのは捕縛と死だ。見張り櫓は少なくとも五十の兵を擁し、さらに道は四十名の当番兵に守られている。剣で切り抜けるのは不可能。

　デイメンは馬車の御者席にじっと体を落ちつけ、速度を上げたい衝動をこらえてゆっくりと馬を進め、警備隊へとのどかに近づいていった。

「止まれ」と衛兵が命じる。

　デイメンは手綱を引いた。ニカンドロスも。十二名の兵たちも馬の手綱を引いた。馬車はきしみを上げ、「どうどう」というデイメンの掛け声とともに止まった。

警備隊の隊長は、兜姿で鹿毛の馬にまたがり、右肩から赤いマントを翻して前へ進み出た。

「己を明かせ」

「我らは貴婦人ジョカステ様をお護りする者。ご出産を終えた御方様に付き添い、イオスへ戻る道中である」

デイメンはそう言いきった。その言葉を証明するものも否定するものもここにはない――陽をぎらりと照り返す、飾り気のない幌つきの馬車以外は。

背後にいるニカンドロスの、この嘘への嫌悪がひしひしと伝わってくる。隊長が言った。

「我らの受けた知らせによれば、ジョカステ様はカルタスで虜の身だと」

「その知らせは誤りだ。ジョカステ様なら、馬車の中におられる」

短い沈黙があった。

「その馬車にか」

「その通り」

またも沈黙。

デイメンはまったくの真実を告げながら、ローレントを真似た凝視で隊長を見据えた。効き目はなかった。

「ジョカステ様ならば心よく、我らの少々の問いにお答えいただけることだろうな」

「お気にさわると思うが」とデイメンは答えた。「ジョカステ様はきわめてはっきりと、誰にも邪魔されたくないと言い渡されておられる」

「通るすべての馬車をあらためろとの命令だ。ジョカステ様にもご理解いただけよう」

隊長の声に新たな響きが加わっていた。あまりに渋りすぎたのだ。これ以上の引き延ばしは危険だ。

そうであっても、デイメンはつい口にしていた。

「押し入るような真似など許される筈も――」

「馬車を開けよ」

隊長が、デイメンを無視して命じた。まず第一の試みは、不審な馬車をこじ開けるというよりは、女主人の扉をこわごわ叩くようなものだった。返事はない。二度目のノック。反応なし。三度目。

「わかっただろう？　眠っておられるのだ。よもやそのお邪魔など――」

隊長が「扉を開け！」と命じた。

木槌が閂に打ち付けられ、木が裂ける音がした。デイメンは反応しないようこらえた。ニカンドロスの手が剣柄にのび、表情に覚悟と緊張をにじませる。荷車の扉が大きく開いた。

静寂があり、時おり、くぐもったやりとりがそれを乱す。しばらくの間、それが続いた。

「心よりのお詫びを申し上げる」戻ってきた隊長が深々と一礼した。「ジョカステ様は、無論、どこへ向かわれるもお望みのまま」

隊長の顔は赤く、かすかに汗ばんでいた。

「ジョカステ様の求めにより、私が自ら最後の関所まで同道いたします。ご一行がふたたび足止めされることなきように」

「礼を言う、隊長どの」

デイメンはごく厳粛に応じた。

「馬車を通せ！」と号令がかかる。

隊長が、野道を進みながら「ジョカステ様の美しさはお噂通りでございましたな」とごくざっくばらんに話しかけてきた。デイメンが答える。

「ジョカステ様へは敬意をもって接していただけたであろうな、隊長どの」

「ええ、勿論。失礼いたした」

最後の関所で別れる一行を、隊長は部下たちに正式な敬礼で見送らせた。一行はそのまま三キロほどのろのろと進み、その関所が丘の向こうにすっかり見えなくなると、馬車が止まって扉が開いた。ローレントが下りてくる。ヴェーレのシャツをゆるく着こみ、ズボンの上で少し裾が乱れていた。ニカンドロスがローレントと馬車を見比べた。

口を開く。

「一体どのような手管を使って、ジョカステに兵を言いくるめさせたのだ？」

「そんなことはしていない」とローレントが答えた。

手にしていた青い絹の塊を、片付けるよう兵の一人に放ると、彼はやたら雄々しい仕種でぐいと上着に腕を通した。

ニカンドロスがその姿を凝視していた。

「深くは考えないことだ」とデイメンは言った。


巡回部隊が城塞へ戻り、ジョカステがそこには到着していないと知るまで二時間の猶予がある。あの隊長もその時、遅ればせながら真実を悟るだろう。そうなればさしてかからぬうちにカストールの軍勢が道に出て、一行を全速力で追ってくる。

口に嚙ませた布を外し、縛めを解かれたジョカステは、冷然としたまなざしをデイメンへくれた。ローレントと同じように過敏な彼女の肌には、絹の縄で縛られた痕が手首に赤く残っていた。補給物資用の荷車から馬車まで送ろうと、ローレントがヴェーレ風の気怠い仕種で手をさしのべた。目にも同じ無関心な色を浮かべた彼の手を、ジョカステが取った。

「あなた、私と似ていて幸運だったわね」

そう告げながら、彼女が地面へ下り立つ。二人は二匹の蛇のように互いを眺めやった。

カストールの警備隊を避けるべく、一行はデイメンの子供時代の隠れ家のようなところへ向かった。ヘストンの領地、タオスだ。ヘストンの所領には深い森が広がり、警戒が薄れるまで兵たちの目を避ける隠れ場所にも事欠かない。それだけでなく、少年時代のデイメンは、父が北部の属州まわりの途中でヘストンと杯を交わす間、この地の果樹園や葡萄畑で何時間もすごしたものだった。ヘストンはきわめて忠誠篤《あつ》い男で、所領へ入る兵たちからデイメンをかくまってくれる筈だ。

なじみのある野山の風景だ。夏のアキエロス——藪や潅木《かんぼく》が覆い、岩肌がのぞく丘、耕地のつらなり、オレンジの香り。身を隠せるほどの樹影はまだ少なく、どれも馬車を隠すには足りないとデイメンには見えた。巡邏がやってくる可能性が高まる中、無防備な馬車をここに残し、単身で領内を偵察してヘストンへ自分の到着を知らせる計画に迷いを覚える。だがそうするしかない。

「このまま馬車を進めてくれ」デイメンはニカンドロスへ指示した。「なるべく早く片付けて戻ってくる。この中で一番の騎手を同道する」

「なら俺だな」

ローレントがそう言って、馬の向きを変えた。

一気に駆け抜けた。鞍上でローレントの手綱さばきは軽く、乱れない。館まで一キロ弱のところで二人は馬を下り、道から見えないところへ馬をつないだ。残りは徒歩で、時に藪を体でかき分けて進んでいく。

顔の高さの枝を払って、デイメンは言った。

「王になればこんなことはしなくてすむと思っていたが」

「アキエロスの王に求められる責任を見くびっていたな」とローレントが答えた。

デイメンは朽ちた丸木をのり越える。茨の薮から服の裾をほどく。刃のように鋭く突き出た岩をよけた。

「下生えが、俺が子供の時にはこんなに茂ってなかった」

「お前が細かったんだろう」

ローレントが低い枝を押さえていてくれる間に、デイメンはガサガサとそれをくぐった。二人は斜面を上り、眼下に広がる目的地を見下ろした。

タオスのヘストンの館は、低く細長い建物がより集まったもので、飾り溝のある大理石の建物はそれぞれの内庭へ向かって開け、さらに李《すもも》や杏《あんず》の明媚な果樹園へつながっている。

見下ろすデイメンの心を、あそこで休めたらどんなにいいだろうという感傷が満たした。館の美しさをローレントと分かち合い、一息つく——広々としたバルコニーから暮れる陽を眺め、ヘストンの心温まるもてなしと肩の凝らない酒肴を味わい、彼と哲学について気ままな議論を交わすのだ。

一帯のあちこちに、手ごろな岩が浅い土からつき出している。デイメンはその岩を目で追った。あれを使えば、二人が今いるまばらな木々の間から館の門まで身を隠しながら行けそうだ。そこまで行ければヘストンの書斎までの道はある。庭に面した扉から入って、ヘストンが一人でいる時に会える。

「止まれ」とローレントが言った。

デイメンは動きを止めた。ローレントの視線を追うと、館の西側に鎖につながれた呑気な犬が一頭。そのそばに馬で混みあった囲い地があった。二人は風下にいるので、まだ犬は吠え出さない。

「馬が多すぎる」とローレントが言った。

ふたたび囲い地を見たデイメンの心が沈んだ。少なく見ても五十頭の馬がいて、あの小さな囲い地にいささか詰めこまれすぎだ。この頭数ではあっという間に牧草を食べ尽くしてしまう。その上、その馬たちは貴族用の軽量の馬ではなかった。どれも軍馬だ、一頭残らず。胸板が厚く、鎧装の騎手を乗せるだけの筋力があるこの馬たちは、ケサスやトラセから北の守備隊のためにつれて来られたものだ。

「ジョカステか」

デイメンは拳を握りしめた。少年時代の狩りの思い出を、カストールも覚えているかもしれないが、南下の途中でデイメンがここへ立ち寄ると読んだのはジョカステ以外ありえない。そして先んじて兵を送りこみ、デイメンに安息地を与えまいとした。

「ヘストンを、カストールの兵の中に残してはいけない」とデイメンは言った。「恩義がある」

「お前がここで見つかれば彼の身が危険になる。その時こそ、彼は反逆者だ」

それがローレントの答えだった。

二人の目が合い、素早く、言葉ひとつ交わさず認識を共有する。今から何か別の手段で馬車を道からそらして隠さなければ――それも、ヘストンの領内にいる歩哨をかわしながら。

「ここから数キロ北に、森の中を抜ける小川がある」とデイメンは告げた。「あれをたどれば轍が隠せるし、道も使わずにすむ」

「歩哨はまかせておけ」とローレントが答えた。

「ドレスは馬車に忘れてきただろう？」

「ありがとう、だが目くらましの手はほかにもあるのでな」

二人はお互いに通じ合っていた。木洩れ日がローレントの、王宮にいた時より長くなった髪をまだらに照らす。少し乱れがあった。小枝が絡んでいる。デイメンは言った。

「小川は、二つ目の丘の北側だ。その二本目の分岐で待っている」

ローレントはうなずくと、無言で姿を消した。

金髪頭はどこにも見当たらなかったが、いつの間にか犬が鎖から解き放たれていて、たちまち新顔の馬で一杯の囲いへ駆け出していった。犬が吠え立てながら狭すぎる囲い地に入ってくると、馬は当然の反応を示した――とび上がり、前足をはね上げ、囲いから駆け出す。ヘストンの庭園には美味そうな草がたっぷり生えていて、柵が外れると、馬たちはそれにつられて外へあふれ出した。さらに続きの牧草地へ、さらに東にある遠い丘へと、草を求めて動いていく。

犬の吠え声に煽られて興奮状態で。そして風のような見えない亡霊の動き――縄をほどき、柵を開く――にも導かれて。

自分の馬に戻って、デイメンは遠いアキエロス語の叫びにひっそりと微笑んだ。「馬が！　馬を追え！」だが馬を追い込もうにも騎乗できる馬がもういない。散々駆け回って馬を捕まえながら、小さな犬をののしることだろう。

次はデイメンの番だ。馬で馳せ戻ると、馬車の進みはデイメンの記憶よりさらにのろかった。可能なかぎりせき立てても野道を這うようによたよたと進むばかりだ。もっと急げと念じたが、カタツムリに走れと怒鳴るような手ごたえしかない。奇怪な形の茂みが散らばる大地が、熱く息苦しく、どこまでも延びていようだった。

ニカンドロスは険しい顔をしていた。グイオンとその妻はそわそわしていて、見つかれば失うものが一番多いのは自分たちだと感じているのかもしれないが、実際に失うものは皆同じなのだ。命。

ジョカステ以外の全員は。

彼女の唯一の反応は「ヘストンの館で何かあったのかしら？」というのどかな一言だけだった。

小川は、遠目には樹間にちらつくわずかな光だった。道を外れて斜面を下り、ぐらつきながら流れの中へ着地した瞬間、馬車の一台は危うく二つに割れそうになった。もう一台の荷車は川底をドサッと打って、不吉に揺れながらきしんだ。

その一瞬、恐ろしいことに、馬車は浅い流れの中で立ち往生したかに思えた。水中に釘付けになったまま、道からはっきりと、無防備にさらされて。十二人の兵たちはしぶきを上げて馬を下りると、サンダル履きの足を脛《すね》半ばまで水につけ、馬車を背で押した。デイメンも大きなほうの馬車の後ろに立つと、全身の筋肉を振り絞って押す。

ゆっくりと、馬車が小さな渦の中へ、川石の上へ、流れとともに動き出し、茂った木々のほうへ進み出した。

鳴り響く蹄の音に、デイメンははっと上を仰いだ。

「隠れろ。すぐに！」

全員が木陰へと急いだまさに次の瞬間、丘の陰から軍勢がとび出した。カストールの兵が全速力で馬を走らせてくる。デイメンは凍りつき、動きを止めた。ジョードとヴェーレ兵たちは一つに身を寄せ合い、アキエロス兵たちはまた別の塊になっている。馬の鼻をふさいで息づかいを殺したいという馬鹿げた衝動を、デイメンはこらえた。目を上げるとニカンドロスが、いかめしい顔でジョカステの口を手で覆い、背後から馬車の中へ押さえこんでいた。

カストールの兵が蹄を打ち鳴らして迫り、デイメンはろくに隠せなかった馬車の轍や折れた枝、藪からちぎれた葉、二台の馬車を道から引きずり下ろした痕跡のことは考えまいとした。

赤いマントを次々と翻し、兵たちが道をまっすぐ駆けてきて――。

——そして通りすぎ、ヘストンの館へと突き進んでいった。

やがて、蹄の音は消えていった。静寂が戻り、皆が息をつく。デイメンはたっぷり待ってからうなずき、馬車は動き出した。馬の蹄で流れをかき分け、下流へ、道から遠ざかりながら森の奥へと。

森に入ると流れは冷たく、深くなっていった。水をわたる風は涼しく、梢が陽射しをやわらげてくれる。森に音を吸われて、水音と彼らの動く音しかしない。

二つ目の曲がりでデイメンは停止を命じ、待った。待つ間、少年時代の狩りでともに見つけたこの流れをカストールは覚えているか、その思い出をジョカステになつかしく語ったかどうか思い悩むまいとした。もし語っていたなら、ジョカステは手抜かりなく兵をここにもよこしたか、今まさにその兵が向かっているかだ。

小枝の折れる音に、全員の手が剣にかかり、アキエロスの剣とヴェーレの剣が静かに抜かれた。デイメンは張りつめた静寂の中で待つ。また小枝を踏む音。

次の刹那、淡い髪の頭と、さらに白いシャツ、木から木へと手でたどりながらやってくる優美な姿が見えた。

「遅かったな」とデイメンは言った。

「土産だ」

ローレントがデイメンへ、杏を放った。ローレントの部下たちが見事な手際をごくひっそり得意がっている一方、アキエロス兵たちはやや呑まれていた。

ニカンドロスが、ローレントへ手綱を渡す。

「これもヴェーレ流か？」

「効率がいいという意味ならば」

ローレントは応じ、ひらりと馬にまたがった。


足場はきわめてあやうく、流れの中の馬車を案じながら一行はゆっくり進んだ。騎手に先の様子を見に行かせると、この先には深みも急流もなく川底もなだらかな泥岩で、馬車のまま進めるという報告を受ける。

デイメンは停止を命じた。突き出た岩に小さな焚き火を隠せるところで、一行は岸に上がった。そこは花崗岩の廃墟で、古い壁の残骸がやはり彼らを隠してくれる。アクイタートで、もっと最近にはマーラスで、デイメンにはすっかり見慣れた形だった。もっともこの地の廃墟は壁が残るのみで、石はすり減って下生えに呑み込まれていた。

パラスとアクティスが槍の腕前を魚の銛突きに発揮し、皆であぶった魚を葉にくるんで食べ、強めのワインを飲んだ。甘いワインは、パンと固いチーズという平凡な旅の糧食へのおまけだ。つないで休ませている馬たちは、のどかに草を食み、息で草を揺らしていた。ジョードとリドスが最初の見張り番に立ち、残りの者たちは小さな火を囲んで半円に座った。

デイメンが火に近づくと、その全員が一斉に、とまどいがちに立ち上がった。先刻ローレントがデイメンに寝袋を放って「広げとけ」と言った時、王に何たる侮辱とばかりパラスは決闘を挑みかねない勢いだったのだ。その王と、呑気にチーズなどかじりながらともに座るというのは、彼らにとって扱いかねる事態だった。デイメンは浅い杯にワインを注いで隣りの兵――パラス――に渡したが、パラスが見るからにすべての勇気を振り絞って手をのばし、杯を受けとるまでには長い沈黙があった。

息づまるような場に、ローレントがふらりとやってくるとデイメンの隣の丸太に気軽に座りこみ、表情のない声であの青いドレスを手に入れるまでの売春宿での冒険を語り出した。ラザールが赤面するほど下品に、パラスが目の涙を拭うほど愉快に。ヴェーレ兵たちは、売春宿からの逃亡についてローレントにあけすけな問いをとばした。その問いにあけすけな答えが返され、その上売春宿への皆の発言が訳され、時に滑稽に誤って訳されたりもして、何人かがさらに目を拭った。ワインが次々と回される。

負けじとばかりに、アキエロス兵たちはカストールの兵から逃れたさっきのことをローレントに語った。川床に屈みこんだり、のろい馬車を急がせたり、木々の蔦の陰に身をひそめたり。パスカルの騎乗ぶりの上手な物真似をしてみせたパラスを、ラザールがゆったりと目で愛でていた。物真似を愛でる目ではない。デイメンは杏にかぶりついた。

しばらくしてデイメンが立ち上がると皆が彼の身分を思い出したが、堅苦しい礼節は消え失せていた。デイメンはむしろ機嫌よく、さっき忠実に広げておいた寝袋へ横たわり、眠りの準備にかかる皆の音に耳を傾けた。

近づく足音と、隣の地面に寝袋が投げ落とされたやわらかな音は、ほとんど衝撃的だった。ローレントがデイメンの隣に体をのばし、二人は星空の下で並んで横たわった。

「馬くさいぞ」とデイメンが言う。

「それで犬をごまかしてきた」

喜びがこみ上げてきて、デイメンは言葉なく、仰向けに星を見上げた。

「昔に戻ったようだ」

そうは言ったが、本当はこんな思い出など持ち合わせていない。

「俺の初のアキエロス訪問だ」とローレントが言った。

「気に入ったか？」

「ヴェーレと変わらんな、風呂が少ないだけで」

横を向くと、ローレントは寝そべったまま首を傾けてデイメンを見つめていた。二人の体勢は鏡映しのようであった。

「小川ならすぐそこだぞ」

「アキエロスの野山を夜中に裸でうろつき回らせたいか」それからローレントはつけ足した。

「お前も同じくらい馬くさい」

「もっとだ」

答えながら、デイメンは微笑んでいた。

月光の下、ローレントの姿は青白い影であった。その向こうには眠れる野営地と、いつの日か水中に崩れて失われるであろう石の廃墟。

「これはアルテス人の廃墟だな。だろう？　古代の帝国、アルテス。我ら二国にまたがる帝国だったと伝えられている」

「アクイタートの廃墟もそうだな」とローレントが言った。マーラスも、とは言わなかった。

「子供の頃、兄とよくあそこで遊んだものだ。アキエロス人を皆殺しにして古き帝国を復活させるのだ」

「俺の父にも、同じ野望があった」

その男がどういう末路を迎えたか見るがいい——ローレントもそれは言わなかった。彼の息づかいはおだやかで、デイメンの隣に横たわり、くつろいで眠そうに聞こえた。ふと、デイメンは呟いていた。

「イオスの、都の外に、夏の離宮がある。母が庭園を設計してな。アルテスの建物の基礎の上に建てられたと言われている」

曲がりくねった遊歩道、繊細な南国の蘭の花がひらいた姿、小房に咲いたオレンジの花が思い出される。

「夏でも涼しく、噴水があり、乗馬用の道もある」デイメンの鼓動は彼らしくもない緊張に高鳴り、ほとんどはにかむような気持ちにすらなっていた。「いつか、すべてが終わったら……馬をつれて、二人で何日か離宮に行くのもいい」

カルタスの砦ですごした二人の夜以来、今日まで、デイメンは一度も未来のことを口に出せずにきた。

ローレントが注意深く己を抑えているのを感じる。奇妙な間があって、それからローレントは「それもいいな」と答えた。

デイメンは仰向けに戻り、その言葉を幸福のように胸にともらせて、また広々とした星空を見上げた。

第十五章

川床をなんとか五日間走りつづけた馬車が、道に戻った途端に壊れた、というのはいかにも一行らしいめぐり合わせと言えた。

馬車はすねた子供のように土にどんとうずくまり、二台目の馬車がその後ろに近づきすぎて停まっている。ラザールが、汚れた顔で馬車の下から出てくると、車軸が折れていると告げた。生まれながらの王子たるデイメンは馬車の構造に精通してるとは言えなかったが、知った顔でうなずくと、修理せよと部下たちに命じた。全員が馬を下りて働き出し、棒を斜めに入れて馬車を傾け、若木を伐り倒しにかかった。

その時だった、地平にアキエロス兵の一隊が現れたのは。

デイメンは片手を上げて静寂を求めた――完全なる静寂を。槌の音がやむ。すべてが止まった。あたりは見晴らしがよく、隊列をそろえて馬を走らせてくる小隊まで景色をさえぎるものは何もない。五十名の兵が、北西を目指している。

「彼らがもしこちらへ来たら――」とニカンドロスが低く言った。

「おーい！」とローレントが叫んだ。

前輪からよじのぼって馬車のてっぺんに立っている。ローレントは細長い黄色い絹を手に持ち、馬車の上から兵隊たちへ向けて熱烈に振っていた。

「おーい！　こっちだ！　アキエロス人！」

デイメンの胃が縮み、虚しい一歩を踏み出す。

「こいつを止めろ！」とニカンドロスが叫んで似たような足どりで一歩出た――もう遅い。地平の向こうで、軍勢は椋鳥の群れのようにさっと向きを変えていた。

止めるにはもう遅い。ローレントの足首をつかんで引きずり下ろそうにももう遅い。兵たちにこちらを見られた。ローレントの首を締めたいという一瞬の衝動も役には立たない。デイメンはニカンドロスと目を見交わした。一行は数に劣り、この平地で隠れるところもない。二人はさり気なく、近づく軍勢へ向けて身構えた。デイメンは迫る一群の中でもっとも手近な兵との距離を目で測り、相手を殺す見込みを測った。あるいは、味方に勝機を呼びこめるほどの人数を殺す見込みを。

ローレントが馬車の上から下りてきた。まだ絹布を握っている。彼は軍勢を、やたらにヴェーレ訛りを強調した安堵の声で出迎えた。

「いや助かった、司令官！　止まってくれなかったらどうしようかと。布を十八反、アルゴスのミロのところまでお届けしなけりゃいけないのに、見りゃわかるとおり、クリストフルのやつにいい加減な馬車を売りつけられて」

司令官と呼ばれた男の身分は、その見事な馬で明らかであった。兜の下の黒髪は短く、顔には威圧的な、鍛え抜いた兵士特有の凄みがあった。アキエロス人はいないかと見回した彼の目がデイメンを見つけた。

デイメンは表情を抑え、馬車に視線をとばさないようこらえた。一台目の馬車には布地が積みこまれているが、二台目の馬車にはジョカステが積まれているし、グイオンとその妻も中で身を寄せている。その扉がこじ開けられた瞬間、一行の正体が暴かれる。彼らを救う青いドレスはもうない。

「お前たちは商人か？」

「そうです」

「名は？」と司令官が問いかけた。

「チャールズ」とデイメンは、己が知る唯一の商人の名を答えた。

「お前が、あの顔ききの布商人チャールズだと言うのか？」

司令官は懐疑的に、その名をよく知るかのように質した。

「違う」ローレントが、世の中で一番馬鹿な問いを聞いたという顔で答えた。「私が、顔ききのヴェーレの布商人チャールズだ。そいつは助手のレイメンだ」

沈黙の中、司令官は視線をゆっくりとローレントへ、それからデイメンへとよぎらせた。それから荷馬車へ目をやり、すべての車体のへこみを、こびりついた埃と、あらゆる長旅の痕を、こと細かに見てとった。

「そうか、チャールズ」やがてそう口を開く。「どうやら車軸が折れたと見えるが」

「さすがに修理を手伝ってもらうってわけにはいきませんかね？」とローレントがたずねた。

デイメンは彼を凝視した。今や五十名のアキエロス兵にとり囲まれているのだ。馬車の中にはジョカステもいる。

司令官が言った。

「我々はアキエロスのデイミアノスの一味を探して回っているのだ」

「アキエロスのデイミアノスって誰です？」

ローレントの表情は無邪気で、青い目はまたたきもせずに馬上の司令官を見上げていた。

「王の息子だ」とデイメンは答えていた。「カストールの弟」

「馬鹿を言うな、レイメン。デイミアノス王子は死んでいるぞ」ローレントが言い返す。「司令官どのがおっしゃる男なものか」それから司令官に向け、「うちの助手がまたおかしなことを。アキエロスの時勢にうといもので」

「ところが逆だ、アキエロスのデイミアノスは生きていたと見られ、六日前に兵をつれてこの州へ入ったようなのだ」司令官が部下たちへ手を振って、近づくよう合図をした。「デイミアノスは、アキエロス国内にいる」

あきれたことに、司令官は呼んだ兵たちへ馬車を修理するよう命じた。兵の一人が、車輪を固定する材はないかとニカンドロスへたずねる。ニカンドロスは言葉もなく兵へ材木を渡した。その顔にあるやや虚脱した表情は、デイメン自身、ローレントと共に窮地をくぐり抜けてきた中で身に覚えがあった。

「馬車が直ったら宿場まで随行しよう」と司令官が申し出た。「それが安全だ。残りの守備隊もそこに駐屯していることだし」

彼の口調は、ローレントが「デイミアノスって誰です？」と言った口調とそっくりだった。

突然に、デイメンたちへの疑いはまるで晴れていないとわかる。属州の軍人にしてみれば、顔の広い商人を道で糾《ただ》して馬車を調べることにはためらいがあるのだ。だが宿場でならば、部下に命じて心ゆくまで調査ができる。そもそも、路上で十二名の護衛と戦う危険を何故冒す？守備隊全体が待ちかまえる町の真っ只中へ送り届ければすむことだ。

「ありがとう、司令官」ローレントがわずかな逡巡もなくうなずいた。「案内をたのもう」

司令官の名はスタヴォスといい、馬車の修繕がすむと彼はローレントと馬を並べ、全員が鞍上で背をのばして宿へと向かった。進むにつれてスタヴォスはますます確信を深めている様子で、デイメンの全身の神経が危機を訴える。だが、少しでも渋れば罪を認めたと同じだ。進むしかなかった。

その宿は、メロースでも立派な宿のひとつで、名のある客が泊まる。見事な門構えで、荷車や馬車が通れる門の内には、荷獣用のたっぷりと広い囲いと、上質な馬用の馬房があった。門をくぐって地面のささくれた中庭へ向かいながら、デイメンの焦りは高まった。かなりの規模の兵舎があり、この宿が地元の軍隊の補給所に使われているのだとわかる。地方ではよくある取り決めだ。商人や旅人は軍隊の守りの恩恵を受け、この宿は巷の酒場——わずかでも自尊心があれば奴隷ですら避けるような——とは一線を画せる。見る限り、百人は兵がいた。

「いやあ大変世話をおかけした、スタヴォス。ここまで来れば我々だけで大丈夫だ」

「そう言わず、中まで案内して差し上げよう」

「ではそうお願いする」ローレントはたじろぎもしなかった。「来い、レイメン」

デイメンはローレントについて中へ向かいながら、自分の兵たちと切り離されたのを強く意識する。ローレントはあっさり宿へ入っていった。

宿の天井はアキエロス風に高く、炉では巨大な焼き串が炎にかけられ、あぶられた牛肉の匂いが圧倒されるほど立ちこめていた。ほかの客は一組しかおらず、テーブルを囲んで熱心に話しこむ姿が通路ごしに半分だけ見えた。左手側には石の階段が、泊まり部屋のある二階へ向かってのびている。入り口に二名のアキエロス兵が立ち、さらに二名が向こう側の扉を固め、その上スタヴォスが四名の兵を引きつれてついてきていた。

デイメンは、滑稽にも、あの手すりのない階段を使えば戦いの中で高い位置を取れるか、など考えていた。まるで、たった二人で駐屯隊すべてを相手にできるかのように。スタヴォスだけならなんとかなるか。人質として取引もできるかもしれない——スタヴォスの命と彼らの自由を。

スタヴォスが、ローレントを宿の主人に紹介していた。

「こちらが、顔ききのヴェーレの布商人、チャールズだ」

「このお人は布商人のチャールズじゃありませんよ」と主人がローレントをじろりと見た。

「私は、間違いなくチャールズだ」

「お間違いでしょう。ヴェーレの布商人チャールズなら、もうおいでですよ」

間があった。

デイメンは、槍投げ競技で完璧な正中が出た次の番の選手を見るような目で、ローレントを見ていた。

「それはありえんな。ここへ呼んでくれ」

「ああ、呼ぶといい」

スタヴォスも賛同し、全員が待つ中で雑仕の少年が隣の部屋にいる一団の客を呼びに向かった。すぐに、デイメンの聞き覚えのある声が聞こえてきた。

「一体どこのどいつがそんな騙りを――」

二人は、ヴェーレの布商人チャールズと顔をつき合わせていた。

前に会った時とチャールズはほぼ変わりなく、相変わらず生真面目な商人の顔で、やはり重々しく値の張りそうな金刺繍の服をまとっていた。三十代後半で、押しの強い性格だが、長年の商取引で鍛えられて人当たりは柔らかい。

そのチャールズの目には、まぎれもない青い目と金の髪が、己の王子の姿が映っていた。最後に見た時にはネッソンの酒場で色子の装いをし、デイメンの膝に乗っていた王子が。

チャールズの目が見開かれた。それから彼は、見事な英雄的精神を奮って、

「チャールズ!」と呼んだ。

「この男がチャールズならお前は誰なのだ?」とスタヴォスがチャールズを問いただした。

「私は――」チャールズが答える。「その――」

「彼はチャールズですよ。もう八年のつき合いになる」と宿の主人が言った。

「その通りだ。彼はチャールズ。私もチャールズ。我々は、従兄弟同士だ」チャールズが果敢に言いきった。「祖父の名から名付けられたのだ。チャールズと」

「助かったよ、チャールズ。この人は、私がアキエロスの王じゃないかと疑っているんだよ」

ローレントがそう言った。スタヴォスは苛々と、

「それは違う、あの王の手先ではないかと思っただけだ」

「手先？　税金を上げて布商人をまとめて破産に追いこもうとした王のか？」とローレントが問い返した。

デイメンが視線を、ローレントと目の合わないところへさまよわせている間、全員の目がローレントを見つめていた。金の髪に淡い色の眉、両手を広げて、ヴェーレ風の仕種でヴェーレ訛りの彼を。

「まあ、この人はどう見てもアキエロスの王じゃないでしょう」と宿の主人が言った。「もしチャールズがこの従兄弟の身柄を保証するというなら、守備隊もそれで納得するのでは」

「勿論、保証いたしますとも」とチャールズが言いきった。

一瞬の後、スタヴォスがこわばった一礼をした。

「失礼した、チャールズ。我々はここを通るすべての相手を警戒しているので」

「謝る必要などなにもない、スタヴォス。その用心こそほめたたえられるべきだ」

ローレントも、小さなぎこちない礼を返す。

それから乗馬用のマントを取り、デイメンへ運べと手渡した。

「またもや身を変装《やつ》されて！」とチャールズが、ローレントを暖炉そばの席へ案内しながら声をひそめた。「今回は何でございますか？　玉座のためのお忍び？　内密の顔合わせ？　ご心配なきよう、殿下——名誉にかけて秘密はお守りいたします！」

チャールズはテーブルを囲む六人の男たちにローレントを紹介し、皆がチャールズの若き従兄弟との異国での思わぬ出会いに喜んでいた。

「こちらは私の助手、ギリアム」

「こちらは私の助手、レイメンだ」とローレントも答えた。

そんな次第で、デイメンはアキエロスの宿でヴェーレの商人たちとともにテーブルを囲み、布について語り合うこととなったのだった。チャールズのつれは全部で六名、全員が商人だ。ローレントはチャールズと絹商人マテリンの間の席についた。〈レイメン〉のほうはと言えば、テーブル端の三本脚の腰掛けをあてがわれた。

給仕が、油に浸けた平たいパンと、オリーブ、そして焼き串から削いだ肉を運んできた。赤ワインが混ぜ鉢に移されて、浅い平鉢で飲まれた。まともなワインを飲めて、笛吹きや踊り子の少年たちの存在もない——宿の酒場としてはもうそれだけで上等だろう。

ギリアムが、同じ身分と見てデイメンと話しにやってきた。

「レイメン。珍しい名前だ」

「パトラスの名なのでな」とデイメンは答えた。

「アキエロス語が、とても上手だな」とギリアムが大きな声で、ゆっくり言った。

「どうもありがとう」

ニカンドロスがやってきたが、居心地悪そうにテーブルの端に立った。この状況ではローレントに報告しなければならないと悟り、眉が寄る。

「荷下ろしはすませました、チャールズ」

「ご苦労」とローレントは応じ、気さくに皆へ説明した。「我々はいつもはデルフェアで商いをしているのだが、今回はやむなく南へ来た。デルフェアのニカンドロスは実に無能な首長《キロイ》でな」とニカンドロスに聞こえる声で言う。「布のことなど何も知らん」

「まったくその通り」とマテリンが同意した。

チャールズが加わった。

「彼にはケムプトの絹の取引を禁止された上、ヴァレンヌの絹を売ろうとしたら一反につき五ソルの税を払えだと！」

それには当然同情の声が上がり、それから会話は国境地域での取引の厄介さや、行商につきものの悩みに移っていった。もしデイミアノスがアキエロス北部に現れたという噂が本当なら、これが街道封鎖前の最後の行商になるだろうとチャールズは見ていた。戦争が近づいている。受難の時代が来るだろうと。

あれこれと、戦時下での穀物の値段や農家や農場への打撃について話が及ぶ。デイミアノスについては誰もろくに知らず、どうして自分たちの王子がそのデイミアノスと共闘しているのかも知らなかった。

「チャールズは、一度ヴェーレの王子に会ったことがあるんだ」

ギリアムがデイメンへ、いわくあり気に声をひそめた。

「ネッソンの酒場で、なんと」とさらに声を落とす。「男娼に化けているところを」

デイメンは、会話がはずんでいるローレントを見やり、見慣れた姿を、炎に黄色く照らされた涼しげな表情をとっくりと眺めた。

「王子が？」

「チャールズの話じゃ、一番高値の色子を想像して、さらにそれを倍にしたような姿だと」

「本当に？」

「勿論チャールズはすぐに正体を見抜いた。王子らしい気品と心の気高さがにじみ出ていたから」

「当然だな」とデイメンは答えた。

テーブルの向こう側では、ローレントが商取引の文化の違いについてたずねていた。ヴェーレ人は意匠を凝らした布地や染め物、織物や装飾が好きだ、とチャールズは語った。一方のアキエロス人たちはとりわけ質を重視し、より簡素な服であるからこそ際立つ織り地の様々な違いにこだわる。ある意味、厄介な相手だ。

「ならアキエロスに袖つきの服を流行させればいい。そのぶん布を多く買う」とローレントが言った。

皆がその冗談に礼儀正しく笑い、それからふっと考えこむような表情が何人かの顔をよぎった。まるでチャールズの若い従兄弟が、たまたま名案を口にしたかのように。

一行の兵たちは離れに泊まっていた。助手のデイメンが馬車を探しに行くと、ジョードやほかの皆は大方もう寝ついていた。グイオンも離れで、居心地悪そうに寝ていた。パスカルはいびきをかいていた。ラザールとパラスは一枚の毛布を分け合っている。ニカンドロスは起きていて、さらに二人の兵がジョカステとグイオンの妻ロイスが夜をすごす馬車を見張っている。

「異常なし」とニカンドロスがデイメンに報告した。

宿の雑仕がランタン片手に中庭を横切ってくると、〈レイメン〉に部屋の用意が出来たと告げた。二階右手の、二つ目の扉だと。

デイメンはそのランタンについていった。宿の中は暗く静まり返っていた。チャールズとその一行は自室に引き上げ、炉床の火もわずかな燃えさしだけだ。壁際の石の階段には手すりがなく、アキエロスの典型的な建築様式で、客がそこまで酔っ払わないだろうという信頼に基づいている。

デイメンはその階段を上った。ランタンなしではかなり薄暗かったが、右手側の二つ目の扉を見つけ、開いた。

小さいながらに居心地のいい、飾り気のない部屋で、石壁に分厚い漆喰が塗られ、暖炉に温かな火が入っている。寝台が一つ。木のテーブルの上には水差し、奥行きのある小窓が二つ、その硝子は今や暗く、部屋の中は明るく照らされていた。三本の蠟燭が燃えている。贅沢な灯りが低く揺れ、部屋にやわらかな、招くような陰影をつけていた。

その炎に照らされたローレントは、光をまとって見えた。金と乳白色に包まれて。風呂に入ってさっぱりとし、髪は乾きかけだ。アキエロスの木綿の服から大きすぎるヴェーレの夜着に着替え、合わせからゆるく紐が垂れていた。そして彼は、アキエロス風の小さな寝台の夜具をすべて引きずり下ろして火の前に据え、床にしつらえられていた小ぶりな寝床の横に、清潔な敷布団まで並べていた。

デイメンはその寝床を見て、探るように言った。

「宿の者に、この部屋に行けと言われたのだ」

「ああ、そう命じておいた」とローレントが答えた。

前に進み出てくる。デイメンは鼓動が高鳴るのを感じながら、体の動きを止め、うかつな早合点は避ける。

ローレントが言った。

「キングスミートまで、これがまともな寝床ですごせる最後の夜だ」

あつらえた寝床について何か言う間もなく、ローレントの体がデイメンに押しつけられていた。本能的にデイメンの手が上がり、薄い夜着ごしにローレントの脇腹をなで上げる。二人はキスしていた。ローレントの指がデイメンの髪に入りこんで、頭を引き下ろす。デイメンは、三日間の騎乗の泥と汗がこびりついた己の肌が、ローレントの清潔な肌に重なるのを感じる。ローレントは気を害した様子もなく、むしろ楽しんでいるようでもあった。デイメンは彼を壁に押しつけて唇を奪う。石鹸と、清潔な綿の匂いがした。その腰にデイメンの指がくいこむ。

「風呂を、使わないと」

ローレントの耳元に囁き、うなじの敏感な肌を唇で探った。

次のキスはもっと深く、熱っぽかった。

「なら行ってくるがいい」

いつの間にか後ろへ押しやられていて、デイメンはわずかな距離ごしにローレントを見やった。壁にもたれかかったローレントが小さな木の扉へひょいと顎をしゃくる。淡い眉を上げた。

「それとも体を洗ってほしいか？」

続き部屋に入って見回すと、石鹸に清潔な布、そして湯気を上げる大きな木の浴槽のそばには手桶が用意されていた。あらかじめ手配が整えられている。召使いが布を運び、湯を引きこんで。いかにもローレントらしい周到さだが、この手の心づかいは初めてのものだ。

ローレントは部屋に残っており、デイメンは一人で湯を使って身仕度した。道の埃を洗い流すのは気分がよかった。それに、行為を中断し、入浴をはさんだことで気持ちが一段と焦らされる。これまで二人には心ゆくまで情を交わすような贅沢な時間は許されてこなかった。初寝の夜のごときじっくりと細やかな一夜は。デイメンの頭の中には、まだ二人がしていない様々な行為が渦巻いている。

石鹸で体を丁寧に洗った。湯を頭にかけ、ごしごしと洗い、布で体を拭うと、木の浴槽をまたいで出た。

寝室へ戻ったデイメンの肌は湯気と熱でほてり、腰に布を巻いて、裸の肩と胸を髪から落ちる滴がつたたっている。

ここにもまた、手配りが見てとれた。今ならデイメンにもその意図がはっきり見えた。灯された蠟燭、合わせて並べた寝具、そして湯浴みをして夜着をまとったローレント自身。ローレントがどうするのか、デイメンは次を待った。なんとも愛らしい――なにしろローレントはどう見ても次にどうしたらいいかわからずにいる。いつもはあれほどすべてを一方的に仕切る男が。

「恋人を部屋でもてなすのは初めてか？」

その言葉を言ってみるだけで、紅潮するのを感じる。ローレントの顔にも血が上った。

ローレントが問いかけた。

「風呂はすんだか？」

「ああ」

ローレントは部屋の向こうに立っている。ほとんど夜具がはぎ取られた寝台のそばに。炎の灯りの中で緊張しているようで、何かを思いきろうとしていた。

ローレントが言った。

「一歩下がれ」

すぐ後ろが壁なので、ちらりとたしかめてデイメンは壁に背をつけた。寝具は左手側の床だ。背に当たる壁が固い。

「両手を壁に」とローレントが命じた。

三つの炎が灯芯の上で揺れ、部屋の雰囲気をなお強める。ローレントは前へ出た。青い目は暗い。その歩みを見ながら、デイメンは背後の漆喰壁に両方の手のひらを当てた。

ローレントの目が彼を凝視している。部屋は静まり返り、厚い壁に包まれて、唯一の音は炎の音だけ。外の世界すら、窓にはまった漆黒の硝子に映る蠟燭の炎だけ。

「布を取れ」とローレントが命じた。デイメンは片手を壁から離し、腰の布を引きほどいた。

布ははらりと、腰から床へ落ちた。

彼の肉体に反応するローレントを、デイメンは見つめていた。経験がない、あるいは浅い者は大体が落ちつきを失うもので、デイメンはそのためらいに挑んで情熱と官能へ溶かしてゆくのが好きだった。そしてローレントの上にも近い反応がよぎったことに、深いところで満足を覚えていた。

ローレントは、つい視線が吸い寄せられていた場所から目を上げた。

そのまなざしに、デイメンは余すところなく全身をさらす。当然、そのいきり立った状態も。石の暖炉で、炎が若木を呑みこみながら大きな音を立てた。

「俺にふれるな」とローレントが命じた。

それから、デイメンの前に跪いた。

その光景ひとつでデイメンの言葉も思考も奪われる。鼓動が荒々しくはね、デイメンは勝手に追い求めそうになる体の動きを必死に押さえこんだ。

ローレントは彼を見上げはしなかった。むき出しのデイメンを見つめている。その唇が開き、顔を近づけるにつれ、その体はますます固くこわばった。デイメンは、最初の息がほのかにかかるのを感じる。

本当に、する気なのだ。口開けた豹の前でイチモツを出す馬鹿はいねえ——ロシャールの言葉がよぎる。デイメンは身じろぎも、呼吸もしなかった。ローレントの手に握られて、ただそこに立ち、背後の壁に手のひらを押しつけておくことしかできない。不感症と噂のヴェーレの王子に自分のものをくわえられるなど、ありえない。ローレントも壁に手のひらを置いた。

いつもと違う角度から、ローレントの顔を眺める。淡い睫毛が青い目の上にかぶさっている。引きはがされた寝台と簡素な調度の部屋が、二人を包むどこか非現実的な背景と化す。ローレントがデイメンの先端に唇をかぶせた。

デイメンの頭が壁を打った。全身が火のようで、低く、ざらついた欲望の呻きをこぼし、その純粋な官能の一瞬、目をとじる。

目を開けると、ローレントが下げていた頭を引くところで、まるで今の一瞬は幻だったかのようだった。先端が濡れていること以外は。

壁から動けないデイメンは、手のひらに漆喰のざらつきを感じた。ローレントの目はひどく黒ずみ、その胸が上下して速い息をつき、何かの葛藤を押さえこむようにしながら、また前へのり出した。

「ローレント……」

呻くように、呼んでいた。ローレントの唇がまたふれて、ゆるやかに開いていく。デイメンは喘いだ。動きたいし、腰を突き上げたいが、できない。限界を超えているのに同時に足りない。肉体を押さえようと、すべての本能に逆らって動きを押しとどめる。

指が漆喰《しっくい》にくいこんだ。ローレントの心の葛藤が何であれ、そのゆったりとした舌づかいの邪魔にはなっていないようで、絶頂を求めるデイメンの高まりもリズムもすべて無視して精緻に舌を絡めてくる。耐えきれないほど甘美だった。ローレントは今、デイメンを味わっている筈だ――欲望の滴を、その塩味を、デイメンの切迫感を。それを思うだけで押し流されそうで、あまりにも絶頂が近かった。

こんなふうになるとは思っていなかった。ローレントの口が、毒を持っているのはよく知っている。ローレントの第一の武器。その唇は日常的に鋭く引き締められ、ふっくらとした形を固い線に引き結んで冷酷な弧を描いている。ローレントがその口を使って人々を打ちのめし、えぐるのを散々見てきた。

今、その唇は官能の前に開き、言葉ではなくデイメンの屹立をその内に含んでいる。ローレントの口の中に達するのだ。その一言を、茫然と思った次の刹那、ローレントが見事な、慣れた動きで顔をかぶせて深く熱く屹立を呑みこんだ。熱がはじけ、ほとばしって、デイメンはこらえる間もなく達していた。早すぎる――圧倒され、溺れるように……体が痙攣し、動くまいと力を振り絞る。腹がひくつき、指が壁をかきむしった。

やがて、やっとデイメンは目を開ける。頭を壁にもたせかけて、目を黒ずませて後ろに下がるローレントを眺めた。てっきり暖炉に行って潔癖に吐き出すかと思いきや、そうはしない。ローレントは、飲み干していた。唇に手の甲を押し当て、窓際へ下がると、彼はどこかうかがうようにデイメンを見ていた。

デイメンは壁から体を起こした。

ローレントに近づくと、また壁に手のひらを当てる。今度は彼の頭の横に。二人の間に、ふくらんでは沈むローレントの呼吸のリズムが見えた。ローレントの肉体は、たしかに今の行為だけで熱を帯びていた。

ローレント自身は見るからにその欲情を扱いかねているようで、探るような表情は次に何が起きるのかわからず迷っている。ローレントの経験にちりばめられた、予測不能の奇妙な空隙。

薄闇に立ち、ローレントが言った。

「いい取引だろう。違うか?」

「どうかな。お前は何が欲しい?」

ローレントの目がひどく暗くなった。彼の葛藤が、その緊張感が、ほとんど目に見えるほど高まってくるのがわかる。デイメンはローレントが無言を通す気かと思った。本音の欲望を明かすのは、彼にはあまりにも無防備すぎることなのかと。

「教えてくれ」とローレントが言った。「もし、違うふうに会っていたなら」

そう言って、ぱっと顔を紅潮させた。今の言葉で脆い、経験にとぼしい若者の姿がさらけ出されている。宿の壁に背をつけて。

外に広がるのはアキエロスの敵地。二人の死を望む敵があふれ、安全な場所まではこの危険地帯を横切っていくしかない。

部屋の中では、彼らは二人きりだった。蠟燭の炎がローレントの髪を金に輝かせ、睫毛を光らせ、喉元に照り映える。デイメンは、どこか異国の地で彼に求愛するさまを想像した。すべてのことが起きなかった世界で、夜の庭園から香りたつ花の芳香の中、バルコニーで愛の言葉を語るところを。宴の灯りを背後に。一線を踏みこもうとする求愛者として。

「俺は、お前を口説いただろう」とデイメンは囁いた。「その身にふさわしい敬意をこめて、うやうやしく」

ローレントの夜着の紐をひとつほどくと、服が開き、首元がのぞいた。ローレントの唇は開き、ほとんど息をしていないかのようだった。

デイメンは語りかけた。

「その時、俺たちの間にはひとつの嘘もなく……」

二つ目の紐をほどき、低くドクンと脈打つ鼓動を、指先にローレントの肌のぬくもりを感じながら、三つ目に指をかけた。

「好きなだけ、時間がある」と囁いた。「ひとつになるための」

そして温かな炎の中、デイメンは上げた手でローレントの頰を包み、身を傾け、唇に優しいキスを落とした。

ローレントの驚きが伝わってくる。自分の行為の後でキスをされるとは思っていなかったかのように。一拍置いて、ローレントもキスを返してきた。彼の普段の振舞いと、キスはまるで違っている。彼のキスはまっすぐで、何の手管もなく、まるで真剣でなければならないかのようだ。そこには何か決めこんでいるような、デイメンに主導されるのをただ待っているようなところもあった。

デイメンがそうせずにいると、ローレントは首の傾きを変え、まだ入浴で湿ったままのデイメンの髪に指を絡ませた。ローレントの求めに応じてキスが深まる。ぴたりと添ったローレントの体を感じ、デイメンはシャツの合わせから手を差し入れ、指を広げて肌の感触を味わった。これまで想像すらできなかった、所有するようなふれ方で。今もまだどこかローレントに殺されかねない気がしている。ローレントがねだるような小さな声をこぼし、一瞬キスを途切らせて目をとじ、デイメンの愛撫に溺れた。

「ゆっくりと、がいいのだな」とデイメンはローレントの耳元に顔を寄せる。

「ああ」

ローレントの首筋にそっと、優しくキスをしながら、シャツの内側の肌をゆるくなでていった。抜けるような肌はデイメンのものよりもずっと敏感だ。もっとも、日中のローレントは己を限りなく禁欲的な服で容赦なく包みこんでいる。彼が肉体の官能をそこまで抑制するのは、今こうして快楽を認めきれずに顎をこわばらせて葛藤していることと根は同じなのだろうか、とデイメンは思う。

ローレントのその体に願いどおりゆっくりと入っていくことを思うと、デイメンの肉体はまた昂《たか》ぶりを取り戻していた。かなう限りゆっくりと、長い動きで時間をたっぷりかけ、互いの体の境目が溶け合うほどに——。

ローレントがシャツを上げ、脱ぎ捨ててデイメンの前に立った。かつて一度、ずっと前、浴場でそうしたように。デイメンは誘われるように寄ると、ローレントの肌を指先でなぞり、その指を目で追っていく。胸元から腰へと。炎を受けて、ローレントの肌は黄金色だった。

ローレントのほうも、互いの裸身を比べたほうが特徴が際立つかのようにデイメンの肉体をじっと眺めていた。ローレントから、デイメンを夜具の上へと押し倒す。デイメンの体にローレントの手がふれる。デイメンの形を感じ、細部に至るまで記憶に刻みこもうとするかのように、その手が這った。

キスを交わしながら、デイメンは肌に炎の熱を感じる。ローレントが顔を上げると、まるで覚悟を決めたような表情で、その息は浅かったが乱れはなかった。

「いかせてみろ」

そう言うなり、デイメンの手を自分の股間へ導いた。

デイメンはその手を握りこむ。ローレントの息が、少し抑えるのが難しくなっただろうか。

「こんな感じか？」

いや。もっとゆっくりだ。

ローレントにはっきりとした変化は見えてこない——唇の開きと、ほんのかすかに伏せた睫毛だけだ。ローレントの反応はいつもかすかで、どこが悦《よ》いのかすら見せまいとする。ラヴェネルでの時はデイメンの口の中で達することもできなかった。今もまた、達せるのかどうか自分でもわからないのだと、デイメンは気付く。

手の動きをさらにゆっくりと抑え、ただきつい握りと、先端を緩慢になぞる親指の動きだけを残した。ローレントの体のほてりを、手の中の固さを感じて、その重みが心地よかった。持ち主にじつに似合いで形がいい。デイメンの指の背が、ローレントの臍から下へ金色の茂みをなぞった。

デイメン自身のものは、余裕のあった状態からすっかり固く、ずっしりと立ち上がって、今や準備万端だった。そんなことより、抑制を捨てようともがくローレントを見つめていたいが。ローレントが情動を押し殺した瞬間が、デイメンに伝わってきた。ローレントが肉体を支配する強烈なまでの自制心——腹がこわばり、顎に力がこもる。その意味するところは知っている。デイメンは手の動きを止めなかった。

「いきたくないのか?」

「気にさわるか?」と言った息は浅く、ローレントはいつもの自分の口調を真似ることもできていない。

「俺は、別に。話がしたいなら俺が終わってからだ」

ローレントが一言、雄弁な悪態を放ち、そしてデイメンの世界がひっくり返った。突如としてデイメンの上にまたがったローレントは、限界まで肉体を昂ぶらせている。藁入りの敷布の感触を背に仰向けになったデイメンは、上にいるローレントを見つめた。組み敷かれる体勢に欲望が一気にたぎり、彼はローレントのものを手に包んで言った。

「なら、来い」

何であれローレントに指図するということが、滑稽なほど大胆な所業に思えた。

一度目の突き上げは慎重に、デイメンの手の中に熱を押しこんでくる。ローレントの目が彼をのぞきこんでいた。

これはローレントにとっては初めての経験なのだ、とデイメンは感じる。こうして受け身に近い状態になることがデイメンにとって初めてなように。これまでローレントが情熱のままに誰かと求めあったことがあるのかと思い、衝撃的に、ないのだと悟った。肉体にどこか行き所のない熱があふれる。突然に、ローレントと同じく、デイメン自身もまた未経験の地平にきていることに気付いていた。

「俺はこれまで、」とデイメンは口走る。「一度も――」

「俺もだ」とローレントが答えた。「お前が初めての、相手になる」

すべてが何倍にもなって感じられた。自分のものの隣にすべりこむローレントの屹立《きつりつ》の熱、ゆっくりと回す腰の動き、ほてった肌。炎の熱は強烈で、ローレントの脇腹に当てた手に規則的な収斂が伝わってくる。ローレントを見上げたデイメンの目は自覚すらしていない想いを、すべてを、さらけ出していた。それにローレントが反応し、突き上げる。

「お前が、俺の初めての相手になるように」とデイメンの口から言葉がこぼれた。

「アキエロスでは、初めての夜というのは特別だと聞いていたがな」

「奴隷にとっては、そうだ」デイメンが答える。「奴隷にとっては、その一夜がすべてだ」

ローレントの最初の痙攣は、初めての声と同時だった。せき立てられて我知らずこぼれた声。肉体に追い上げられて。見開いた目で互いを見つめながら、その瞬間が近づき、デイメンは昂揚をもうこらえきれない。絶頂が押し寄せる。体をつなぎもせず——だがたしかにひとつになって。

上にいるローレントが喘ぎ、体を余韻にひくつかせながら、少しずつ波が引いていく。顔を横にそらし、デイメンを見てはいなかった。あまりに多くを見せすぎたというように。デイメンはローレントのほてった肌に手を置き、鼓動までもを感じとる。ローレントが動こうとしているのも感じた。早すぎる。

「今、あれを取って——」

ローレントがそう言って体を離し、ぐったりと仰向けになったデイメンは片腕を頭上に置いていた。回復にもう少しかかる。さえぎるローレントがいなくなると、また肌に当たる炎の熱を、薪が割れて上がる火の粉を感じた。

デイメンが見る前で、ローレントは息を整えるより先にきれいな布と水差しを取りに向かっていた。情交の後でのローレントの潔癖さは知っているし、知っていることがうれしくもある。ローレントの癖を学んでいるようで。ふとローレントが立ちどまり、木卓のふちに指をのせて、薄明かりの中で呼吸をくり返していた。行為後の彼の振舞いは、一人の時間を作る口実なのだと、デイメンはそれもわかっていた。

ローレントが戻ると、デイメンはローレントの手で体を拭わせた。その手つきは思いがけなく丁寧で細やかで、それもまた閨でのローレントの顔のひとつ。ローレントが持ってきた浅い杯で水を飲み、お返しに水を注いでやると、ローレントは驚いた様子だった。夜具の中で何とも無器用に、背を固くして座っている。

デイメンはくつろいだ体をのばし、ローレントが同じように横たわるのを待った。誰だろうと、ほかの恋人ならばこれほど時間はかかるまい。それでもやがて、相変わらずぎこちなく、ローレントはデイメンの隣に横たわった。残った灯りは暖炉の炎のみで、ローレントのほうが火に近く、炎が肌に揺れる陰影をつけていた。

「まだ、それを着けているのだな」

つい、そう言わずにはいられなかった。ローレントの手首に巻かれた重い黄金。炎を受けたその髪と同じ色。

「お前もだろうが」

「どうしてだ？」

「わかっているだろう」とローレントが言った。

二人はシーツや敷布、乱れたクッションの中でよりそって横たわっていた。デイメンはごろりと仰向けになり、天井を見上げた。自分の鼓動が感じられる。

「……お前がパトラスの姫と婚姻したら、俺は嫉妬するだろうな」

そんなことを呟いていた。

その言葉の後、部屋は静まり返り、炎の音がまたデイメンの耳を満たして、自分の息づかいすら意識する。少しして、ローレントが答えた。

「パトラスの姫などありえない。帝国の娘も」

「血統をつなぐのは責務だろう」

どうしてそんなことを言ったのかわからない。天井は漆喰塗りではなく板張りで、痕がつき、暗い渦巻きや木目が見てとれた。

「いいや、俺が最後の一人だ。この家系はここで終わる」

デイメンが顔を向けると、ローレントは彼を見てはおらず、やはりどこか薄闇の彼方を見つめていた。声は静かだった。

「これまで、誰にも言ったことはない」

それに続いた静けさを、二人の間を隔てるわずかな距離を、あえて残されたその空隙を、デイメンは乱したくなかった。

「お前がいてくれてよかった」とローレントが言った。「ずっと、叔父とは一人で戦うことになるだろうと思っていた」

彼がデイメンへ顔を向けて、二人の視線が重なった。

「お前は一人じゃない」とデイメンは言った。

何も言わなかったが、ローレントはたしかに微笑し、デイメンを求めて腕をのばした。言葉ひとつなく。

チャールズとは六日目に、アキエロス最南の州へたどりついてから、別れた。

それはくねる道をたどるのどかな旅で、夏の虫の羽音の中、昼下がりの一番暑い時間は休憩をとりながら日々が過ぎていった。チャールズの行商隊が加わったおかげで箔がつき、カストールの軍の巡回に疑われることもなかった。ジョードはアクティスに賽遊《さいあそ》びを教え、アクティスはお返しに微妙なアキエロス語を教えていた。ラザールはパラスをじっくりと大胆に口説いており、どこか少しでも二人きりになれるところに着けばたちまちパラスの腰巻きの下にもぐりこめそうだ。パスカルはリドスに助言を与え、医師の目で悩みを解決してやっていた。

気温が上がりすぎれば、一行は宿場や休息所で足を止め、一度などは大きな農場に寄って、パンやチーズ、イチジク、べたつく熱気の中で虫を誘う蜂蜜や木の実の菓子などを食べた。

その農家で、外のテーブルにデイメンが座っていると、向かいにいたパスカルが涼しい木立の下に見えるローレントの姿へ顎をしゃくった。

「暑さ負けしていますね」

たしかに。ローレントはアキエロスの夏に向いた体質ではなく、日中は馬車の中で陽を避け、休憩中には日よけや木陰の下にいた。だが弱音も吐かず疲れも見せず、必要な仕事となれば骨惜しみなく働いている。

「どうしてローレントのもとで仕えるようになったのか、まだ聞かせてもらってなかったな」

「私は、執政おかかえの医師だったのです」

「となると、執政の家士を診ていたということか」

「それに稚児たちと」とパスカルが言った。

デイメンは無言のままでいた。

一瞬の間を置いて、パスカルが言った。

「兄は、死ぬまで近衛兵として王に仕えた。私は、兄のように王に忠誠の誓いを捧げたことはない。だがその誓いを兄から受け継いだと、そう思いたいのです」

デイメンは、小川へ足を向けた。ローレントがイトスギの若木に背をもたせかけて立っている。白い木綿のキトンとサンダルというゆったりとした麗しい姿で、景色に目を向けていた。広々とした青空の下の、アキエロスの国。

丘の斜面は海岸線まで下り、海がまばゆく輝いている。帆のように白く塗られた家が、よく似た幾何学的な形でより集まって建っていた。その建築に見るような、余分を削ぎ落とした洗練こそアキエロスの文化が芸術に、学問に、哲学において尊ぶものであり、この旅路でローレントが無言でそれを味わっていたのをデイメンは見てきた。

デイメンも一瞬足を止めたが、振り向いて言ったのはローレントのほうだった。

「美しいな」

「暑い」

答えたデイメンは小石敷きの川岸に立つと、身を屈めて澄んだ水に布を浸した。歩み出る。

「ほら」

優しく、声をかけた。わずかなためらいの後、ローレントは首を前に倒し、デイメンがかける冷たい水を首筋に受けた。心地よさげに目をとじ、ほっと、甘やかな溜息をこぼす。これほど近づいてやっと、その頬のかすかな紅潮と、髪のつけ根ににじむ汗が見てとれた。

「殿下。チャールズと商人たちが出立するとのことです」

頭を近く寄せ合っていた二人に、パラスが声をかけた。ローレントの首の後ろを水がつたい落ちている。デイメンは木のざらついた幹に手を当て、顔を上げた。

「あんたは奴隷だったのを、そっちのチャールズに解放してもらったんだって？」とギリアムが出立の準備をしながら言った。熱心な口調で続ける。「言っておきたかったんだ、俺とチャールズは、奴隷を商ったことはない」

デイメンは、隆起した大地の奇妙な美しさを思う。ふと言葉が口をついて出ていた。

「デイミアノスが奴隷制を終わらせるだろう。王となった時に」

ローレントが商人たちへ別れを言っていた。

「ありがとうチャールズ、これ以上お前たちを危険にはさらせぬ」

「旅路をともにできて光栄に思います」

チャールズが答えた。ローレントはその手をしっかりと握った。

「デイミアノスがアキエロスの王座についたら、我が名を伝え、私を助けたと伝えよ。お前の布にいい値を付けてくれるだろうから」

ニカンドロスがローレントを凝視していた。

「彼は、とても……」

「いずれ慣れる」

そう言いながら、デイメンの胸の内は喜びにはずんでいた。慣れる日など来るわけがない。

最後の野営は、広い平野のふちで身を隠せる小さな林の中だった。その平野にある唯一の高台に、キングスミートが鎮座している。

遠くからでも、高くそびえた石壁と大理石の列柱が見えた。王たちの集う場所。明日、デイメンとローレントはそこへ乗りこみ、ジョカステの乳母と落ち合い、乳母は小さく大切な預かり物と自分の身を、ジョカステの自由と引き替えにさし出すのだ。デイメンは風景を眺め、未来への信念と固い希望を胸に抱いていた。

明日への思いが心に満ちる。ローレントと寝床を並べて、デイメンは眠った。

ローレントはデイメンの隣に横たわって、野営地の音が絶えるのを待つ。デイメンが眠りに落ちて目的を阻むものが何もなくなると、彼は起き上がり、眠れる野営地の中をジョカステを閉じこめている荷馬車まで歩いていった。

夜はとっぷりと更け、アキエロスの空にすべての星が出ていた。奇妙だ。ここにいること、己の計画の終焉がこれほどまでに近づいていること。いや——す、べ、ての終焉が。

夢にも思わなかった場所へたどりついたこと、そして明日の朝には終わるのだとわかっていること。少なくとも、自分の役目は。

ローレントは眠る兵たちの間を音もなく抜け、少し離れて静かにうずくまる荷馬車へと向かった。

そして、目撃者は不要なので見張りを下がらせた。あらゆる悪巧みは闇の中でこそ。荷馬車の扉はぬるい夜気に開け放たれ、鉄棒をはめた縦格子の内扉がその虜《とりこ》をとじこめていた。

ローレントは、格子扉の前に立った。ジョカステはすべての成り行きを見ていたが、怯えもせず、助けを求めて叫びもしない。しないだろうと、ローレントが読んでいたとおり。彼女はただ鉄棒ごしに落ちつき払って、ローレントと視線を合わせた。

「あなたにはあなたの計画があったということね」

「ああ」とローレントは答えた。

そして前へ進むと、格子扉の鍵を外し、扉が開くのにまかせた。

後ろへ下がる。彼は何の武器も帯びてはいない。これは、まぎれもない自由への出口。そう遠くないところに鞍を付けた馬もある。イオスまでは馬で半日。

ジョカステは開いた扉から歩み出ようともせず、ただローレントを見つめていた。その青く、冷然とした目の中に、馬車を出るのは罠だという疑いが満ちていた。

ローレントは言った。

「赤子は、カストールの子供だろう」

ジョカステは返事をせず、沈黙の中、ローレントへまなざしを据えていた。ローレントもジョカステを眺めやる。二人の周囲で野営地は静寂に包まれ、音といえば夜のそよ風だけだった。

「アキエロスを呑みこむ黄昏の中、お前にははっきり見えていたのだろう。終わりが近づいていることが。だがデイミアノスは誰の忠告にも耳を貸さない。彼の命を救う唯一の道は、カストールを言いくるめて奴隷としてヴェーレに送らせることだった。そのために、お前はカストールの寝床にもぐりこんだ」

表情は変わっていなかったが、ローレントはジョカステの内の変化を感じとる。今や慎重に己を保とうとしているたたずまいの中に。涼しい夜の中、それがローレントに何かを教える。ジョカステの意に反して、何かが暴かれる。そして彼女はそれに怒り、初めて、怯えてもいた。

ローレントは言った。

「あれはカストールの子供だろう。デイメンの子なら、お前は彼に向けてその子を振りかざしはすまい」

「そう思うなら、私を見くびっているわ」

「そうか？」ローレントは彼女の視線を受けとめた。「いずれ知れる」

馬車の中で動かず立ち尽くす彼女の目の前へ、ローレントは鍵を放った。

「お前と俺は似ている。そう言っていたな。お前はその扉を俺のために開けてくれるか？　それはわからん。だが、あの男のためなら開けるだろう」

すべての抑揚を容赦なく削ぎ落とした彼女の声には、嘲《あざけ》りと、わずかな苦々しさしか残っていなかった。

「こう言いたいのかしら、兄弟のどちらを選ぶべきか間違えた、それが私とあなたの違いだと？」

夜空をよぎる星の下、ローレントはニケイスのことを思う。中庭で、ひとつかみのサファイアを手に立っていた少年を。

「お前が選んだのではあるまい」

ローレントはそう答えた。

第十六章

身柄の交換が確定するまでジョカステを馬車から引きずり出すこともあるまい、とローレントが言い、デイメンと彼は二人だけでキングスミートへ馬で出発した。

キングスミート独自のしきたりにも、それが合う。キングスミートには厳格な非暴力の掟があった。聖域であり、和平協議の地として、何百年もの不戦の歴史がある。巡礼には門は開かれるが、兵士の一群は壁の中へは入れない。

三つの段階を踏んで、キングスミートへ入ることになる。長い平地を横切って、街門をくぐる。最後にやっと、通廊を抜け、王の石が鎮座する奥の堂へ通されるのだ。地平線のキングスミートはまさに白い大理石の王冠で、茫漠たる土の平野に高々と君臨している。キングスミートにいるあらゆる白マントの衛兵たちから近づくデイメンとローレントの姿が見える——この地に詣でに来たつつましい馬上の巡礼二人。

「キングスミートへ近づく者よ、訪れの目的を述べよ」

その男の声は、十五メートルものはるかな高みからひどく小さく聞こえた。デイメンは目の上に手をかざし、呼ばわった。

「我らは旅人、王の石に詣でに参った」

「誓いを立てよ、旅人。されば招かれん」

叫ぶような鎖のきしみと共に、格子門が引き上げられる。二人は上り坂を馬で門へ向かった。巨大で重厚な鉄の落とし格子門を、威圧的な四つの石の塔が囲んでいる。カルタスの城のように。

門の内側で馬を下りて、年嵩の男に出迎えられた。男の白いマントの肩には金の留め針が留められ、二人から敬意の形としてかなりの黄金をうやうやしく納められたのち、男は進み出て二人の首に白い飾り帯をかけた。それを受けようと、デイメンは小さくかがまねばならなかった。

「この地は平和の地。拳も剣も、用いることは許されぬ。キングスミートの平和を損ないし者は王の裁定に掛けられる。その誓約を立てるか?」

「誓う」とデイメンは答えた。男がローレントへ向き直ると、ローレントも同じく「誓う」と答える。そして、二人は中へと通された。

意外にも、彼らを迎えたのはくつろいだ夏の空気と、古い聖堂に続く草の斜面に咲く小さな花、そして地面から突き出た巨石たちであった。その石は、もう失われた初代の建物の名残だ。デイメンは儀式の時にしかこの地を訪れたことはなく、その時は首長《キロイ》と彼らの臣がこの坂に並び、デイメンの父は堂内に力強く立っていたものだった。

初めてここに来た時、ほんの赤子だったデイメンは、父の手で首長《キロイ》の前に高々とかかげられたのだ。その時のことは幾度となく聞かされた。彼をかざした王、幾年もの流産で子を生めぬかと思われた妃がついに生み落とした世継ぎの子への、国を上げての喜び。

その話の中で、九歳だったカストールのことは誰も語らなかった。人の輪の外から、己に約束されていたすべてが赤子に与えられる光景を見つめていたカストール。

ここは、カストールが戴冠する筈だった地だ。テオメデス王がそうしたように首長《キロイ》を集め、古式にのっとって、見届け人の首長《キロイ》とキングスミートの無表情な白マントたちが見守る前で。

今、その白マントの儀仗兵が行く手の左右に立ち並ぶ。彼らは完全に独立した駐屯軍で、アキエロスのそれぞれの州から念入りに選り抜かれた兵が、二年間ここで仕える。兵舎や訓練場がある離れの建物に住みながら、厳格な規律の中で眠り、働き、己を鍛える。

毎年の闘技会で卓越した兵の中から選ばれ、この地の神聖な掟を護持することは、戦士として至高の名誉であった。

「ニカンドロスはここで仕えたのだ。二年間」

十五歳だったデイメンは、ニカンドロスの栄誉をそれは誇らしく思ったものだった。ニカンドロスを抱擁し、一番の親友がアキエロスでも指折りの戦士たちと共に仕えるために去っていくと知りながら。もしかしたらその下に、あの時は自覚していなかった思いが隠れていたのか、今、それはデイメンの声に出ていた。

「お前は、それがうらやましかったのか」

「父上から、俺は人を率いることを学ぶべきだと命じられたのだ。人に従うのではなく」

「その通りだな」とローレントが言った。「お前が、王たちを率いる王であるからには」

二人はすでに門を過ぎていた。石段を上りながら、草の覆う丘から聖堂の入り口にそびえる大理石の柱へ近づく。すべての段に白いマントの儀仗兵が立ち、守っていた。

百名ものアキエロスの女王と王がこの地で戴冠し、今二人のいる場所を行列がしずしずと進んでいったのだ。門から聖堂の入り口まで上っていく大理石の階段を。長年にわたる歩みがすり減らしたこの段を。

この地の粛然とした空気とおごそかな威光を感じる。デイメンは呟いていた。

「アキエロスの初代王は、ここで戴冠した。以来、すべての王と女王が」

柱の間から青白い大理石の洞《うろ》のような長い空間へ歩み入り、さらに多くの衛兵の前を通りすぎていく。白亜の通廊には人物像が彫りこまれていて、ローレントがその中のひとつ、馬上の女性の前で足を止めた。

「彼女はキディッペだ、エウアンドロスの前代の女王。トレウス王の王位を継ぎ、内乱を事前に鎮めた」

「ではこれは？」

「テストスだ。彼がイオスの王宮を建てた」

「お前に似ているな」

テストスは石に輪郭を彫りこまれ、石材を高々と担ぎ上げていた。ローレントがその上腕の力こぶにふれ、それからデイメンの腕にふれた。デイメンはふうっと息を吐く。

ローレントとここを歩くことに、場違いな昂揚感を覚えた。ヴェーレの王子を、アキエロスの国の心臓部へつれてきたのだ。彼の父ならばローレントが足を踏み入れることを禁じ、堂の威容の前ではすっかり矮小に見える細身の姿をここに立たせはしなかっただろう。

「これはネクトン、この聖堂の掟を破った男」

ネクトンは兄のティモン王を守ろうとして剣を抜いたのだった。彼の姿は膝をつき、首には斧が当てられていた。ティモン王は、その所業に対してネクトンに死罪を言い渡し、キングスミート古来の掟を守らねばならなかった。

「こっちがティモン、ネクトンの兄だ」

次々と、二人は王たちの前を通りすぎていく。エラドネ、六軍の女王でありアガトン以来初めて六州を支配し六人の首長《キロイ》を従えた為政者。アガラ女王、イスティマを併合した女王。そしてデルファを失ったエウアンドロス王。デイメンは、この王や女王たちひとりずつの重みをこんなふうに感じたことはなかった――王としてではなく、それぞれの人間として。

もっとも古い彫刻の前で、デイメンの足が止まった。ひとつの名前が、石に粗雑に刻みこまれていた。

「アガトン王だ」とデイメンは言った。「アキエロスの始祖王。俺の父はエウアンドロス王の血統だが、俺には、母方を通じてこのアガトン王の血も流れている」

「鼻が欠けているな」とローレントが言った。

「彼は王国を統合した」父も同じ夢を抱いていた――そう思いながらデイメンは続けた。「俺の持つものはすべて、彼から継がれてきたものだ」

二人は通廊の最奥へ達していた。

衛兵が立ち、神聖な場所を守っている。ここより粗い石壁の内室を。アキエロスにおける唯一の、王子が跪き、王冠を戴いて、王として立ち上がる場所。

「そしてそのすべてが、俺の息子へと継がれるのだろう」

デイメンは呟いた。

内室へ入った二人は、そこに待つ人影を見た。緋色に身を包み、飾り彫りの入った重厚な木の玉座にゆったりとくつろぐ姿を。

「果たしてどうかな」

執政が言った。

すべての警戒本能が目覚める。デイメンの頭にさっと、待ち伏せ、罠、といった言葉がよぎり、目を走らせて入り口の影を、二人を押しつつみにくる兵たちを探した。だが刃が引き抜かれる音も、響きわたる足音もない。ただ静寂に轟く己の鼓動、キングスミートの衛兵たちの感情を消した顔だけ。そして、立ち上がってゆっくりと前へ歩み出る執政。たった一人で。

デイメンは己を制して、反射的に握っていた剣の柄から手を離した。執政の喉に刃をつきつけたいという禁じられた衝動が身の内にたぎるが、そのうずきは抑えるしかない。キングスミートの掟を犯すことは何人《なんぴと》たりとも許されない。ここで剣を抜けば、待つのは死だ。

王の石の前、王のごとく立って二人を待つ執政は、濃緋の衣に身を包んで肩に王者のマントをかけ、全身から威厳を放っていた。この堂の巨大さが似合うほどの貫録で、彼はローレントと目を合わせた。

「ローレント」と優しく呼びかける。「大層な手間をかけさせてくれたものだな」

ローレントの首筋でわずかに跳ねた脈が、その冷静なたたずまいを裏切っていた。デイメンはローレントが押しつぶそうとしているその反応を、呼吸を保とうとする自制の力を感じとる。

「手間?」ローレントが言った。「ああ、そうだった。新しい夜伽の子供を探さねばならなかったのだな。私のせいばかりとは言えまい。どうせあれはそろそろ年を取りすぎて好みに合わなくなっていたのだからな」

執政はローレントをじっくりと、急がず、つぶさに眺めやった。眺めながら、話しかける。

「そのような拗ねた言い方はお前には似合わぬ。子供じみた物言いは、大人にはただ可愛げがないだけだ」

その声はおだやかで、物憂く、どこか失望しているようでもあった。

「ニケイスはな、そなたが救いに来ると本気で信じていたのだぞ。その本性も知らずにな。お前がつまらぬ意趣返しに、大逆で死ぬ子供など見捨てるとも知らず。それともあの子を殺す理由がほかにあるかな？」

「叔父上が飼っていた淫売を？　死んだところで誰も惜しむものか」

デイメンは後ずさりたい衝動をこらえた。この二人の会話の、ぞっとするような残酷さを忘れていた。

「あれの替わりはもういる」と執政が言った。

「だろうな。頭を切り落としては、一物をしゃぶらせるのはさすがに難しかろう」

一拍置いて執政は、しみじみとデイメンへ話しかけた。

「お前も、閨で得る安っぽい快楽に目がくらんで甥の本性が見えぬのであろうな。何と言ってもお前はアキエロス人だ、ヴェーレの王子を己の下に組みしく満足感は格別であろう。甥はじつに気障りな存在だが、肉欲に盛っている時にはそうしたことは見えぬものだ」

デイメンは、断固とした声で言い返した。

「お前は一人だ。武器も使えぬ、兵もいない。不意打ちには成功したかもしれないが、それだけでは何にもならぬ。その言葉は虚ろだ」

「不意打ち？　お前はすがすがしいほど無邪気だな」執政が答えた。「ローレントは私がいると知っていたぞ。だから、己の身を犠牲にして赤子を救おうとここへ来たのだ」

「ローレントは己を犠牲にしたりはせぬ」

そう言いきったデイメンは、それに続く沈黙に、向き直り、ローレントの表情に真実がさらけ出されているのを見た。

ローレントの顔は青白く、肩はこわばり、その沈黙が、ずっと以前に彼が執政と交わしていた取引を認めたも同然だった。

――身をさし出せば、失ったものはすべてその手に戻るであろう――。

その瞬間、キングスミートが、その無表情に淡々と並んだ白マントの衛兵たちが、壮大な白亜の伽藍が、突然に恐ろしいものに見えた。デイメンは口走っていた。

「まさか」

「甥は、わかりやすいのだ。どうせジョカステを解放してやっただろう？　手にした優位を、私が売女などと交換する筈がないと知っているからな。そして、赤子の身と己を引き替えにするためにここへ来た。誰の子かもかまわずに。子供の身が危険だと、そして子供が私の手にある限りお前には戦えぬとそれを知って。お前が最後に勝つ道を残すため、子の命と自分の身柄を取引するためにな」

デイメンの横に立つローレントの沈黙は、すべてを暴かれ、むき出しにされた人間の沈黙であった。デイメンを見もしない。ただ立ち尽くし、浅い息で全身をこわばらせ、次の一撃を待ち受けているかのようだった。

執政が告げた。

「だがそんな取引をするつもりはないのだ、甥よ」

その言葉を聞いた刹那、ローレントの表情が変わった。その急変を受けとめる間も与えず、彼はデイメンを張りつめた声でせかした。

「罠だ。耳を貸すな。我らはここを去らねば」

執政が両腕を広げた。

「私はたった一人で来たのにか？」

「デイメン、行け」とローレントがうながす。

「いいや」デイメンは応じた。「たかが一人の男相手だ」

「デイメン――」

「断る」

デイメンは執政の姿をあらためて見つめ、その整えられた髭を、黒髪を、ローレントと唯一似ている青い目を見やった。

「彼が交渉しに来たのは俺だ」

　このキングスミートは、武力を禁じる厳しい掟ゆえ、仇敵同士が顔を合わせて協議を交わせる唯一の場であった。敵同士を受け入れる神聖な地は、たしかに執政との対面にふさわしい。

　デイメンは告げた。

「赤子を渡す条件を聞こう」

「おや」と執政が答える。「いいや、赤子は取引には含まれぬ。すまぬな。己の見せ場と思ったか？　あの子供は手元に残すつもりだ。いいや、私は甥に会いに来たのだ。ローレントは元老院の前に立って、裁定を受ける。死で罪を償う。取引や子供の引き渡しなど必要ない。そしてお前は今から、つれて行ってくれと跪いて私に乞うだろう。そうだな、ローレント？」

「デイメン、出ていけと言った」とローレントが言った。

「ローレントは決してお前などに跪かぬ」

　デイメンはそう告げた。前へ足を進め、ローレントと執政の間へ割りこんだ。

　執政が問いかける。

「そう思うか？」

「デイメン――」とローレント。

「ローレントは、お前にここにいて欲しくなさそうだ。どうしてなのだろうな？」

「ローレントは私のために跪いてきたのだよ」

執政の口調は淡々と、事実だけを述べたもので、一瞬、意味が頭に通らなかった。ただの言葉のつらなり。向き直ったデイメンが、ローレントの頬に染みのように浮いた紅潮を見た時にも。


「デ、デイメン、──」

それから、その言葉の意味が別の色を帯びていく。

「駄目だと拒むべきだったのだろうが、しかし、あのような美しい子供にそばにいてくれとすがられて誰が拒めよう？　兄が死んで、この子はそれは淋しがっていたものだ。叔父上、ひとりにしないで、いかないで、いかないで──」

憤怒。世界がそれだけで純粋に満たされ、怒りがあらゆる分別を燃やし尽くす。ローレントの動転した顔、刃の音にいち早く動き出した白マントの衛兵たち──すべてがちらつく無意味な背景にすぎない。デイメンは剣を抜き放ち、それを執政の鎧われていない体へ突き立てようとした。

その前に白マントの衛兵が一人立ちはだかる。さらに一人。響きわたったデイメンの剣の音は素早い連鎖反応を呼び、キングスミートの白マントの衛兵たちが堂内にあふれ、命令がとびかった。「この男を止めろ！」と。デイメンを妨害する。彼らを除かねば。骨のきしみ、苦痛の叫び──兵たちはアキエロスで指折りの戦士たちだ。どうでもいい。執政を殺すこと以外、すべて無意味。

頭への強烈な一撃に、デイメンの視界が一瞬暗転した。よろめき、それから踏んばる。また一撃。兵に取り囲まれて八人がかりで必死に押さえこまれており、さらに助力を求める命令がとんでいた。デイメンは男たちの手を半ば払い、だが完全には逃れえぬまま、彼らを引きずって前へと、己の力だけをたのみに進む。まるで流砂の中を泳ぐように、大海をかき分けるように。

四歩進んだところで、新たな一撃に床へ崩れた。膝が大理石を打つ。腕が背にねじり上げられ、冷たく固い鉄の感触を悟るより早く、手首と足に鎖がかけられていた。身の自由がすっかり奪われる。

膝をつき、息を荒げ、デイメンは少しずつ我を取り戻した。血に濡れた剣は、彼から一メートル半ほどのところにもぎ取られたまま打ち捨てられていた。聖堂内には白マントの兵があふれ、中には立てない者もいた。一人の兵は腹を押さえており、そこから白い隊服に赤い血が広がっていく。近くの床に六名が倒れ、うち三人は起き上がることもできない。執政はまだその足で、少し距離を置いて立っていた。

沈黙と息づかいが満ちる中、膝を付いていた衛兵が立って口を開いた。

「そなたはキングスミートで剣を抜いた」

デイメンの目は執政に据えられていた。この男にこれだけは誓わねば。

「お前を殺す」

「――そなたは聖堂の平穏を穢した」

デイメンはさらに言った。「その手で彼にふれてみろ、その瞬間に殺してやる」

「――キングスミートの掟は神聖である」

「お前が最期に見る光景は、俺だ。この剣で肉を断たれて地に這うがいい」

「――そなたの命は王に託される」と衛兵が告げた。

その言葉はデイメンの耳に届いた。口からこぼれた笑いは虚ろでささくれていた。

「王だと？」と吐き捨てる。「王などどこにいる」

ローレントが大きな目で彼を見つめていた。デイメンと異なり、その体はキングスミートの衛兵たった一人に拘束されており、腕を背中で取られて、早い息をしていた。

「まさしく。ここに王は一人しかおらぬ」と執政が言った。

そして、少しずつ、自分のしたことの決定的な意味がデイメンにも染みこんでくる。

キングスミートの惨状を、血に汚れた大理石を、衛兵たちの乱れた並びを見つめた。踏みにじられた聖域の平穏。

「違う」とデイメンは声を上げた。「この男が何をしたか聞いただろう！」ざらついた言葉があふれる。「聞いたろう、なのにこんなことをさせておくのか！」

立ち上がっていた衛兵はその叫びを無視して、執政へ近づいた。デイメンはまたもがいたが、男たちに押さえつけられ、腕が折れそうになった。

衛兵が執政に一礼し、告げた。

「貴殿はアキエロスの王ではなくヴェーレの王であるが、襲撃は御身に対して行なわれ、王の裁定はキングスミートにおいて神聖である。いかなる裁きを望まれるか述べよ」

「その男に死を」

執政が答えた。

淡々と、感情抜きの権威がこめられた声であった。デイメンの額は冷たい石の床に押しつけられ、大理石から彼の剣が、金属の磨れる音を立てて拾い上げられた。白マントの兵がその剣を両手で、処刑人のかまえでかかげ、前へ進み出た。

「駄目だ」

ローレントが言った。叔父に向かって、デイメンが今まで耳にしたこともないような、感情の消え失せた声で。

「止めてくれ。あなたが欲しいのは私だろう」

そしてデイメンが「ローレント」と呼びながら、最後の、おぞましい帰結を理解した時、ローレントはさらに言った。

「欲しいのは私だろう。彼ではなく」

執政の声は優しかった。

「お前のことなど欲しくはない、ローレント。お前は厄介者だ。目もくれずに行く手から払い落とす些細なわずらいにすぎぬ」

「ローレント――」

デイメンは呼びかけ、膝をついて捕らわれた身で、今まさに起ころうとしていることを止めようとあがいた。

「あなたについてイオスへ行こう」

ローレントは先刻と同じ、感情を捨てた声で言った。

「裁きを受ける。ただ彼を――」デイメンを見もしなかった。「生かしておくのならば。彼が五体満足で命長らえて、自由にここを去れるのならば。私をつれていけばいい」

剣を構えた白マントの兵は動きを止め、命令を求めて執政を見た。執政の目はローレントに据えられ、じっくりと読みとっていた。

「乞え」と命じる。

ローレントはまだ兵の手でしかと押さえられ、両腕を背後で取られて、その白い綿のアキエロスのキトンは乱れていた。兵が手を離し、ローレントを沈黙の中へ押しやる。ローレントはよろめくこともなく、一歩、また一歩とたしかな足どりで前へ進んだ。

ローレントは跪いて乞うつもりなのだ――。

断崖の縁へ向かって歩くかのように、ローレントは進み出て、叔父の前へ立った。ゆっくりと、膝をつく。

「お願いだ」とローレントは言った。「お願いです、叔父上。あなたに逆らうなど愚かだった。罰を甘んじて受けます。どうかお願いだ」

その光景には非現実的なおぞましさがあった。誰も止めようとしない。この正義の皮をかぶった茶番を。ローレントの姿を眺める執政の目は、遅ればせながらやっと義務を果たした子を見守る父親のようであった。

「その取り交わしはお心にかなうものか、御前？」と衛兵が聞いた。

「——そう言っていいだろう」執政が、一拍置いて答えた。「ほらローレント、私は道理の通った男なのだ。そなたがまことに悔い改めるならば慈悲をかけてもやれるのだぞ」

「はい、叔父上。ありがとうございます、叔父上」

衛兵が一礼した。

「命による贖いは、我らが掟にもかなう。貴殿の甥はイオスにて裁きを。もう一人の男は明朝まで捕らえたのち、解放となる。王の御心に遵《したが》って」

「王の御心に遵って」とほかの衛兵たちも声をそろえた。

デイメンは「駄目だ」と声を上げ、またもがいた。

ローレントはデイメンを見なかった。目の前の虚空に視線を固定し、その目の青をどこか曇らせて。アキエロスの薄いキトンの下で、その息は浅く、全身は張りつめて、己を制御しようとしていた。

「おいで、甥よ」と執政が呼ぶ。

彼らは去った。

第十七章

デイメンは明け方まで拘束され、それから野営地へと送り届けられた。手をくくられたまま。途切れ途切れにではあるが、デイメンは全身を包む虚脱感の中で抗いつづけた。

野営地へ着くと、衛兵たちからつき倒され、手を縛られたままのデイメンは膝を折った。ジョードが剣を抜きながら前へ出たが、キングスミートの衛兵への畏怖に目を見開いたニカンドロスがそれを引き戻した。それからニカンドロスが進み出る。デイメンは立ち上がり、ニカンドロスに体を回されて、手首の縄が短剣で切られるのを感じた。

「王子は？」

「執政と一緒に行った」

そう一気に吐き出して、一瞬、デイメンはほかに何も言えなかった。

デイメンは兵士であった。戦場のむごたらしさはよく知るところだし、人間が己より弱いものにどんなことまでできるか、自分の目で見てきた。それでも、よもやあんな――。

――血の染みた麻袋から引き出されたニケイスの頭。手紙の隣に伏していたアイメリックの冷たくなった体、そして――。

空はひどく明るい。ニカンドロスから話しかけられているのに気付いた。

「あの王子に思いをかけているのはわかっている、吐くなら今すぐやってくれ。ここを離れなければ。もう我々を探しに追手が放たれている頃だ」

朦朧と、遠くからジョードの声もした。

「王子を置き去りにしたのか？　己は命を長らえ、あの人を叔父の手に渡したのか！」

デイメンが顔を上げると、全員が何事かと荷馬車から出てきていた。ぐるりと、小さな人垣に囲まれる。ジョードがデイメンの前に立っていた。ニカンドロスはデイメンの背後に立ち、縄を切る時に体を支えた手をまだ肩に置いたままだ。数歩離れたところにグイオンが、そして妻のロイスがいるのが見えた。パスカルも。

ジョードが言った。

「この腑抜《ふぬ》け、王子を置き去りに――」

ニカンドロスから引っつかまれて荷馬車へ叩きつけられ、ジョードの言葉が途切れた。

「我が王にそのような言葉は許さん」

「好きにさせろ」デイメンの喉に言葉がつかえる。「言わせてやれ。忠実なだけだ。もしローレントが一人で戻ってきたなら、お前もそう言った筈だ」

気付けば、二人の間に体で割って入っていた。ニカンドロスとは二歩の距離がある。デイメンが引きはがしたのだ。

自由になったジョードの息は、わずかに荒かった。

「あの人が一人で戻ってきたりするものか。そう思うなら、お前は何もわかってない」

デイメンは肩にニカンドロスの手がかかり、支えられるのを感じた。だがニカンドロスの声はジョードへ向けられていた。

「やめるんだ。見てわからないのか、どれほど——」

「王子はどうなる?」とジョードが問いつめた。

「殺される」とデイメンは答えた。「裁きにかけられて。叛逆者の烙印を押されて、名は泥にまみれる。それがすめば処刑される」

取りつくろいようもない、それが真実だった。それはこの地で、公衆の面前で行なわれるだろう。イオスの叛逆者の道では、粗末な木杭に刺した生首がさらされている。ニカンドロスが何か言っていた。

「ここにいてはまずい、デイミアノス。我々は——」

「いいや」とデイメンは言った。

額に手を当てる。思考は渦巻き、形を為さない。ローレントもかつて言ったものだ、考えられないと。

ローレントならどうする？　それはわかっていた。愚かで救いがたいあの男は、己を犠牲にした。持っていた最後の手札を切った。自分の命を。だがデイメンの命など、執政にとって何の価値もない。

己の気性が邪魔をしているのはわかっている。あまりに激しやすく、今でも――阻止されて果たせず――執政に死をもたらしたくてたまらない。今の望みはただひとつ、剣でイオスへの道を切り開くことだけだ。体を食い破りそうな唯一のその衝動で、全身が気怠く重い。きつく目をとじた。

「ローレントは、自分は独りだと思っている」と言った。

吐き気をもよおしながら、早くは終わらないだろうと己に言い聞かせた。裁定には時間がかかる。執政が引きのばす筈だ。あの男の好みだ、衆目の前で辱めをくわえ、同時に私的な懲罰を味わわせ、取り巻きの支持で我意を正当化する。ローレントの死は元老院によって宣告され、それで執政にとっての道理は正され、世界は秩序を取り戻すのだ。

すぐには終わらせないだろう。まだ時間はある。ある筈だ。デイメンがまともに考えることさえできたなら。まるで、隙間のない巨大な街門が立ちふさがった気分だった。

「デイミアノス。聞くんだ。王宮へつれていかれたのなら、彼はもう取り戻せない。独力で切りこめるところではない。たとえ城壁内へは入れても、生きては出てこられぬ。イオスにいるあらゆる兵はカストールか執政についている」

ニカンドロスの言葉が胸を刺し貫く。真実だけが持つ鋭い痛みで。

「……その通りだ。武力ではかなわない」

はじめから、デイメンの存在は道具だったのだ。ローレントに対する武器。執政はその武器を使ってローレントを傷つけ、動揺させ、判断を狂わせ――そして最後には破滅させた。

「どうすべきかわかった」とデイメンは言った。


朝の涼しい空気の中、たった一人で到着した。デイメンは馬を捨てて最後の道は徒歩で進み、まずは山羊の使う獣道を、それから杏とアーモンドの木の小道を、オリーブの枝の木洩れ日の下を抜けていった。じき上り坂になり、低い石灰岩の丘を上がっていく。それが高みへと続く一つ目の上りであり、その先には白い崖、そして街がある。

イオス。白き都。石灰岩の高い崖にそびえ立ち、時おりその崖から崩れた石が海へなだれ落ちるのだ。なつかしさに眩暈《めまい》がしそうだった。果ての海は青く澄みわたり、空の張りつめた重い青さよりほんのわずかだけ濃い。この海がずっと恋しかった。岩に泡立つ不規則な白い波頭と、不意に強く肌によみがえるしぶきの記憶に、帰還を今までになく実感する。

てっきり、街門の兵たちはすでにデイメンについて知らされて警戒し、誰何《すいか》されると思っていた。だが彼らが探しているのはデイミアノスか——兵を引きつれた傲慢な若き王。くたびれたマントをまとってかぶせに顔を隠し、袖で腕を覆った、供ひとりいない単身の男ではなく。誰からも咎められることはなかった。

そうして、デイメンは第一の門から街へ歩み入った。北の道を行く。人ごみを抜ける一人の男として。最初の角を曲がると、皆が見るのと同じ王宮が彼の目にも映る——外から見るとどうにも違和感があった。点のように小さく見えるのは開いた高窓と大理石の長いバルコニーで、夜にはそこから誘われた潮風が、焼けつく石壁を冷やすのだ。東には長い柱廊と、風通しのよい上層の部屋。北には王の在所と高壁に囲われた庭園があり、その庭には低い石段や曲がりくねった遊歩道、デイメンの母のために植えられたギンバイカの木がある。

思い出が、いきなりあふれた。おが屑の上での長い訓練の日々、広間での夜、玉座から統治していた父、大理石の部屋から部屋へと何の不安もなくそぞろ歩いていた自分。もはやひどく遠い、かつての己——夜の大広間で友と笑い合いながら、望むまま奴隷にかしずかれていた。甲高く吠える犬が行く手をよぎった。小脇に包みを抱えた女がデイメンを押しのけ、南方訛りでちゃんと前を見ろと怒鳴った。

デイメンは歩きつづけた。城下町の家々を、長方形や正方形のさまざまな大きさの窓がある建物を通りすぎる。城外の倉庫をすぎ、穀物庫を、雄牛が回している碾き臼の脇をすぎた。

数々の露天商の、夜明け前に水揚げした魚を売る呼び声の前を通った。

叛逆者の道の、群がる蝿の中も通った。木杭の頂点に目を走らせたが、首はどれも黒髪だった。

騎馬の一団が駆けこんできた。デイメンは脇へよける。赤いマントの一団は見事な統制で駆けすぎていった。デイメンに一瞥もくれず、すぐ横を。

都に入ってからは、上り坂ばかりだ。王宮が丘の頂に、海を背に建てられているためだ。歩きながらデイメンはここを徒歩で通るのは初めてだと気付いた。王宮広場に出た時、ふっとまた方向感覚を失う。これまでこの広場は逆からしか見たことがなかった——父が時おり姿を見せて民衆に手を上げたあのバルコニーからしか。

今、デイメンは一度もなかった形で、都の門から歩いてきた来訪者として、広場へ足を踏み入れる。ここから見た王宮はぬっと巨大にそびえ、威容にあふれ、衛兵たちは光を反射する彫像のごとく、その槍頭は地から生えているかのようだった。

デイメンは手近な衛兵に目を据えると、そちらへ歩きはじめた。

はじめのうち、誰も彼に注意を払わなかった。せわしない列柱広間にいるただの男。だが最初の衛兵へ近づいた時には、もう幾人かの目を引いていた。高門へまっすぐのびたこの石段へ寄ってくる者は滅多にいない。

人々が気付き、視線が集まってくるのを感じる。衛兵が彼を意識しているのを感じる。直立不動の姿勢を揺らがせぬまま。デイメンはサンダル履きの足を、一段目にのせた。

胸の前を、交差した槍がふさぐ。広場の人々が一斉にこちらを向き、好奇に駆られて肩で押し合いながら野次馬の円を作った。

「止まれ」と衛兵が命じた。「己が目的を述べよ、旅人よ」

デイメンは、周囲にいる全員の目が集まるまで充分待ってから、マントのかぶりを取り、背へ落とした。驚きにはっと呑む息と、どよめきを聞きながら、彼は言葉を遠く、はっきりと響きわたらせた。

「我が名はアキエロスのデイミアノス。兄上に降伏する」

兵たちは落ちつきを失っていた。

デイミアノス。兵たちがあわてて彼を建物の内へせきたてるより早く、群衆が集まり出していた。デイミアノス。その名が人の口から口へ走る。稲妻の火花が走るように。畏敬、恐れ、驚愕。アキエロスのデイミアノス。右手にいる兵はただ茫然と彼を見つめていたが、左手に立った衛兵の顔には認識の色が広がり、ついに言った。「彼だ」と。

彼だ——そして火花は群衆を呑みこむ火焔となる。彼だ、彼だ、デイミアノス——。突如として、至るところから。人々は押し合い、叫びを上げた。膝をつく女。前へと人をかき分けて進む男。衛兵たちは勢いに呑まれる寸前であった。

彼らはデイメンを王宮の内側へと荒々しく押しこんだ。人々の面前で投降してデイメンが得た成果だ。王宮の中へ押し立てられていくという特権を勝ちとった。

もしうまくいったなら、もし間に合ったなら――裁きにはどれほど長くかかるものだろう？どれほどローレントは時間を稼げただろう。審問はこの朝始まったに違いない。元老院が裁定を下すまでに、どれだけ時があるか。ローレントが民衆のいる広場につれ出され、膝をつかされ、首を垂れ、その首に剣が振り下ろされるまで――。

それまでに大広間に連行されてカストールと対峙しなければ。その唯一の望みにすべてを賭けて、デイメンは己の自由を捨てた。生きていた、デイミアノスが生きていた。すでにイオスの町中が知っている。ひそかに始末することなどできない。大広間につれていくしかない筈だ。

実際には兵たちは、王宮東翼にある空室の一つにデイメンを押しこんでから、どうするべきかひそひそと話し合った。見張られながら、デイメンは低い椅子に腰掛け、憤懣の叫びをこらえて待った。さらに待つ。すでに望んだ展開とは違ってきている。計画を狂わせる要素が多すぎる。

扉の掛け金が外れ、新たな兵たちが二人、仰々しく武装して現れた。一人は将校だ。もう一人が鉄枷を手にしていた。

「枷をかけろ」と将校が命じた。

枷を手にした兵は動かず、目を大きくしてデイメンを見つめていた。

「やれ」と命令がとぶ。

「やるがいい」とデイメンも命じた。

「はい、御前」

兵士はそう答え、間違いを犯したかのように顔に朱を上らせた。実際、そうなのかもしれない。そう呼ぶことは大逆に当たるのかもしれない。

それとも大逆とは、一歩近づき、デイメンの手首に鉄枷をかけることか。デイメンはすでに背に手を回した体勢をとっていたが、それでも兵はためらった。これは政治的すぎて一兵卒には手に負えない事態だ。彼らは緊張していた。

デイメンの手首にカチリと鉄枷がはめられた瞬間、その緊張が別のものに変化した。この兵たちも、取り返しのつかない一線を越えたのだ。デイメンを虜囚と見なすしかなく、扱いが荒くなり、怒鳴って背中をこづきながら彼を廊下へつれ出す。大きすぎる声を張り上げて。

デイメンの鼓動が速まった。うまくいったのか？　間に合ったか？　兵たちに押しやられて角を曲がり、目の前にのびた通廊を見た。実現しようとしているのだ。大広間へと、つれて行かれるのだ。

通りすぎていく廊下に、驚きで茫然とした顔が並んだ。デイメンに最初に気付いた王宮の家令が運んでいた壺を取り落とし、壺は床で砕けた。デ、イ、ミ、ア、ノ、ス。一人の奴隷は礼節の板挟みになり、膝をついたところで止まり、正式にひれ伏すべきかどうか哀れなほどまごついていた。一人の兵が凍りつき、畏れに目を見開いた。王の息子に誰かの手がかかるなど信じがたい事態なのだ。にもかかわらずデイミアノスに枷がかけられ、足どりをゆるめれば槍の柄で小突かれて連行されていく。

大広間の群衆の中へ歩み入り、デイメンはいくつかのことを同時に見た。

なにかの儀式の最中だ――列柱の広間には兵士がずらりと立っている。ぎっしり居並ぶ群衆の半分は兵士たちだった。出入口を固めた兵士。壁際に立つ兵士。どれも執政の兵で、アキエロス兵は高壇そばに立つ少人数の近衛だけだ。アキエロスとヴェーレの廷臣たちも押し合うように集まり、見物に顔をそろえている。

そして壇上には玉座が、一つだけでなく二つ、据えられていた。

カストールと執政が隣り合って坐し、広間を睥睨《へいげい》していた。デイメンの全身が拒否感にきしむ――父の玉座に執政が坐すなど。胸が悪くなることに、執政の横の腰掛けに十一歳ほどの少年が座っていた。デイメンのまなざしは髭をたくわえた執政の顔に、緋色の天鵞絨《ビロウド》に包まれた広い肩に、いくつもの指輪が飾る手に据えられた。

奇妙だ――カストールと対峙できる瞬間を長い間待っていたのに、今やカストールなど添え物にしか思えなかった。執政こそ掠奪者であり、脅威なのだ。

カストールは満足げだった。この脅威が見えていない。己がアキエロスに招き入れたものの正体がわかっていない。執政の兵たちが広間にあふれ返っていた。ヴェーレの元老院が勢揃いし、壇のそばに顔を並べて、すでにアキエロスで我が物顔だ。デイメンは意識の一部でそれらをすべて読みとりながら、残る心で探して――人々の顔を見渡して――。

そしてその時、人垣がわずかに割れ、求めていたものを見た。やっと得た、金の髪の姿。生きていた。生きていた、ローレントはまだ生きていた。デイメンの心臓がはね、その一瞬ただ立ち尽くしてその光景に満たされ、安堵で目がくらみそうだった。

ローレントは、一人だけで立っていた。壇上へ続く階段の左手、開けた場所で、衛兵たちにはさまれて。キングスミートの時と同じアキエロスのキトンをそのまま着ていたが、それは汚れて裂けていた。見るからに粗末な、肌をさらした服で元老院の前に立たせ、辱めているのだ。両手はデイメンと同じく背で鎖をかけられていた。

一瞬ではっきりした。皆が集まった見世物こそローレントの審判であること――すでにそれが数時間続き、背すじをのばしたローレントの立ち姿は今や気力のみで支えられていること。鎖の重みにずっと耐えて立つ肉体は疲弊し、筋肉は悲鳴を上げている。荒々しい扱いやこの審判そのもの、執政の詰問にローレント自身がたゆみなく決然とした答えを返す間も。

だがローレントは服も鎖も意に介した様子がなく、立ち姿は常と変わらず冷然と、ふれがたい。表情を読ませることもない。ただひとつ――彼をよく知る者の目には見える――その勇気以外には。独りきりでも、疲弊していても、友すらいなくとも、己の最後が近いとわかっていても、絞り出す精神の力。

　そしてその広間の中に刃を突きつけられたデイメンが押しやられ、ローレントが振り向いて彼を見た。

　さらけ出された衝撃の表情。デイメンと知っておののいたローレントの顔から、デイメンが来るとは思ってもいなかったのがわかる——誰かが来るなど期待もしていなかったのだと。壇上ではカストールが執政に向け、まるで「ほら、あの男をあなたのために捕まえましたよ」と言うような手つきを見せている。広間全体が驚愕にどよめいたようだった。

「駄目だ」ローレントがそう言って、叔父へ顔を振り向けた。「約束、し、したのに、」

　ローレントが己の肉体を制してそれ以上の反応を押さえこむのが、デイメンには見えた。

「私が何を約束したとな、甥よ？」

　執政は、壇上の玉座に動ずることなく座っていた。次の言葉は、元老たちへ向けられたものだった。

「これなるはアキエロスのデイミアノスだ。この朝、門で捕らえられた。テオメデス王の死の、そして我が甥の叛逆の咎《とが》を負うべき男だ。甥の情人でもある」

　近づくと、元老たちの顔が見えた。年長で忠誠篤いヘロデ。執政の側に傾いているかに見えるオーディン。そして理知的なシェロート、眉をひそめているジェウル。

　居並んだほかの面々を見やると、うっすらと見覚えのある顔があった——アーレスの王宮で、暗殺未遂に続いてローレントの居室へ踏みこんできた兵士。トゥアルス卿の軍の将校。ヴァスク山岳部族のなりをした男。皆が証人だ、全員が。

デイメンはカストールと対面するためにここにつれて来られたのでもなければ、父テオメデス王の死について裁くためでもない。デイメンが呼ばれたのは、ローレントを断罪するための、決定的な証としてなのだった。

「王子の叛逆行為についてはすべての証言を今、聞き届けた」執権の新たな元老マトが口を開いた。「王子がアキエロスとの戦争を引き起こさんと王宮にて偽の証拠を作ろうとしたことも、部族の戦士たちを国境へ送りこんで無辜《むこ》の民を皆殺しにしたことも、すでに聞いた」

マトはデイメンを手ぶりで示した。

「そして今や、その証言をこの者の存在が裏付けている。デイミアノス、王子殺しのこの男がここに立つことこそ、ローレント王子の言葉がすべて偽りだと暴くものだ——この二人が共謀関係にあるのだと、これでわかろう。我がヴェーレの王子は、己の兄を殺した男と、非道にも情を通じているのだ」

デイメンは、広間のあらゆる視線を浴びながら前へと押し出された。突如として現れた、誰もが想像だにしなかった新たな証人。アキエロスのデイミアノス——捕らわれ、枷をかけられて。

執政の声はとまどいと悩みに満ちていた。

「本日、ここまで聞いてきた証言があってさえ、私にはとても信じられなかった、ローレントが、兄を殺した男の手に肌を許すなど。アキエロス人の汗の沁みた寝床へ身を横たえ、兄殺しに肌を許すなど……」

執政は立ち上がると、語りながら演壇から下りていく。心を痛め、答えを探す叔父の顔で、彼はローレントの前に立った。二人の近さに、元老の数人が執政の身を案じて不安の色を見せる。もっとも兵士の手に押さえられ、背にきつく手首を縛められて自由を奪われているのはローレントのほうなのだが。

愛しげな仕種で、ローレントの顔にかかった金のほつれ毛を指でかき上げ、執政はローレントの目をのぞきこんだ。

「甥よ、デイミアノスは捕らえられた。もう嘘をつかずともよい。そなたは安全だ」

そのゆっくりとした、慈しむような手つきに耐えるローレントへと、執政は優しくたずねた。

「何かわけがあるのであろう？　意に反してのことではないのか？　もしやこの男に強いられたか？」

ローレントが、叔父と目を合わせた。白いキトンの薄布の下で彼の胸が小さく上がり、また沈む。

「強いられてなどいない」とローレントが答えた。「私は自ら望んで、彼と寝たのだ」

群衆が一斉にしゃべり出した言葉で、広間が揺れた。デイメンは肌で感じとる――朝から続いた詰問の中、これが初めてローレントが認めた罪の告白なのだと。

「この男のために嘘をつく必要はないのだぞ、ローレント」と執政が説いた。「もう真実を言ってよいのだ」

「嘘ではない。私と彼が寝たのは、」とローレントが応じた。「我が下命によるものだ。私が命じて、彼を寝所へ呼んだ。デイミアノスは、私が告発されているあらゆる罪において、潔白だ。彼は強要されてやむなく私のそばにいたのだ。デイミアノスは善良な男であり、己の国を裏切るようなことは決してしない」

「デイミアノスが無実かどうかは、残念ながらアキエロスが決めることだ。ヴェーレではなく」

執政が答えた。

ローレントが何をしようとしているのか悟って、デイメンの心がきしんだ。事ここに及んでなお、彼はデイメンを守ろうとしているのだ。

デイメンは声に力をこめ、広間のすみずみまで響かせた。

「一体、ここで問われる我が罪とは何だ？　ヴェーレのローレントと寝床をともにしたことか？」視線を元老たちへよぎらせた。「ああ、たしかに。ローレントは誠実で偽りのない男だ。そなたらの誤った告発にも折れぬ。そしてこれが公正なる裁きだと言うならば、我が証言を聞き届けるがいい」

「こんなことが許されるものか！」マトが声を上げた。「このような証言に耳は貸せぬ、王子、殺しのデイミアノス――」

「我が言を聞け」とデイメンはかぶせた。「聞き届けよ。もし我が証言の後、それでもローレントに罪ありと裁定下るならば、俺は彼と運命を共にしよう。それとも元老院よ、真実を恐れて耳をふさぐか？」

いつしかデイメンは執政に目を据えていた。その執政は低い四段を上って壇上へ戻り、カストールの隣の玉座へとまた腰を落ちつけて、すっかりくつろいだ様子だった。デイメンへまなざしを返す。

執政が告げた。

「ならば、その者の言葉を聞き届けよう」

それは挑戦であった。ローレントの恋人を手の内におさめたこの機会は、執政にとって会心の、己の支配力を誇示できる場である。デイメンはそれを感じとった。執政は、デイメンが自らの策に溺れ、ローレントの敗北が決定的なものとなる瞬間を見たいのだ。

デイメンは息を吸いこんだ。この場に何が懸かっているのかはわかっている。力及ばねば、彼はローレントとともに死を迎え、執政がヴェーレとアキエロスを統治することになる。デイメンの命、そして王国が、この男に奪われる。

デイメンは列柱の広間を見渡した。ここは彼の故郷、生まれながらに彼のものであり、先祖から継がれ、人生で何よりも大切だったものだ。そしてローレントはデイメンにそれを守る道を与えた。キングスミートでローレントを見捨てれば、カルタスへ馳せ戻って軍勢と合流を果たすこともできたのだ。戦場でのデイメンは不敗であり、戦いとなれば執政であろうと敵ではない。

今でさえ、ここでデイメンがローレントを非難して責めをかぶせれば、カストールと対決して玉座を取り戻す望みもまだある。

だがラヴェネルの砦で、デイメンは己に問いかけた。そして今、その答えがわかっていた。

王国か、この一瞬か――。

「俺はヴェーレの地で、ローレント王子に出会った。そしてここの皆と同じように思った。あの時は、彼の心など知らずに」

言葉を発したのはローレントだった、「やめろ」と。

「それから少しずつ、俺は知っていくことになる」

「デイメン、やめてくれ」

「王子の誠実さを、高潔さを、その心の強さを、俺は知っていった」

「デイメン――」

勿論、ローレントはすべて自分の流儀を通したいに違いない。だが今日ばかりはそうはさせない。

「俺は愚かだった。思いこみで何も見えていなかった。王子がただひとりで戦っていること、長い間そうして孤独に戦ってきたことに、気付きもしなかった。だがそこで俺は、彼に仕える兵たちが規律正しく忠誠篤いのを見た。その家で働く人々が彼を敬愛しているのを。王子が家従たちの身辺に目を配り、その暮らしぶりを気にかけているからだ。俺は、王子が奴隷たちを守るところも見た。

そして、薬を盛られ暗殺者に襲われた彼を、ただひとり置き去りにして逃亡をはかった時にも、俺はやはり見た。己の叔父の前に立ち、俺の命を救おうと抗弁する王子を。助けられた命の借りを返そうと。あの時、代償として、己の命が危うくなるとわかっていた筈だ。国境へ送られ、またも命を狙う罠にとびこむしかないと。それでも、王子は俺を守る声を上げた。俺に恩義を感じていたから、そして彼という人間にとって、それが正しい生き方であるからだ」

ローレントを見やったデイメンは、あの時知らなかったことを噛みしめる。あの夜、すでにローレントはデイメンが何者か知っていたのだと。何者か知りながら、それでもデイメンを守ろうとした。運命に翻弄されながらも捨てずに持ち続けた、正義への信念ゆえに。

「今ここに立っているのは、そういう男だ。俺が知る誰よりも高貴で誠実な男。己が民と国のため、身も心も尽くしている。彼の恋人であれたことを、俺は誇りに思う」

デイメンはその言葉を、ローレントを見つめながら言った。どれほど真情のこもった言葉なのか伝われと。そして一瞬、ローレントが、大きな青い目で見つめ返した。

執政の声が割って入った。

「心のこもった宣言は証拠にはならぬ。惜しいことに、元老院の裁定をくつがえすようなことは何も聞けなかった。何の証明もせず、ただローレントの命を狙った陰謀という、根拠の薄い陰謀を言い立てたのみ。企みの黒幕の名すら言わずに」

「黒幕はお前だ」デイメンは目を上げて、執政を見据えた。「証拠もある」

第十八章

「フォーテイヌのグイオンを、証人として呼ぶ」

言語道断だ！　我が王を非難するとは何事か！　と怒号が飛ぶ中、デイメンは落ちついてそう告げ、両目をまっすぐに執政へ据えた。

「よかろう」と執政は答え、玉座にもたれかかって、元老院に手を振った。

それからさらに皆を待たせて、使者が町の外、デイメンが兵たちを待機させているところまで急ぎ走る。

元老たちは腰を下ろした。執政とカストールも座っている。うらやましいことだ。執政の隣では、十一歳の茶色い髪の子供が腰掛けの脚に踵をぶつけ、退屈しきっていた。執政がその耳元に口を寄せて何か囁き、奴隷の一人を手招いて糖菓を載せた盆を持ってこさせる。それで子供の機嫌を取った。

ほかの誰の気もまぎらわせられはしなかったが。彼らの前で広間はざわめき、ぎっしり詰まった兵たちと見物人たちが塊となってうごめいていた。重い鉄枷をかけられて立ち通しのデイメンの背中と肩の筋肉も引きつりはじめていた。何時間も立たされているローレントはもっとつらいだろう——背のうずきは腕や太腿へと広がり、しまいに全身至るところが焼けるように痛み出す。

グイオンが広間へ入ってきた。

グイオンのみならず、デイメンに従ってきた一行全員がそこにいた。青ざめた顔をしたグイオンの妻ロイス、そして医師のパスカル、ニカンドロスとその部下、ジョードとラザールに至るまで。皆には去る自由を与えたのだが、にもかかわらずこうしてデイメンの元に残ってくれたのだ。その決断の重さを知るデイメンは、彼らの忠義に心打たれていた。

ローレントは、この成り行きが気に入らないだろう。自分ひとりで終わらせたいのだ。だが、もうそうはいかない。

グイオンが前へと先導されてくると、玉座の前に立った。

「フォーテイヌのグイオンよ」

元老のマトが審問役としての役割を続け、観衆は視野をさえぎる柱を嫌がって首をのばした。

「我々は、ヴェーレのローレントに罪ありかなしか見定めるべくここに集った。かの者には叛逆の恐れあり。これまでに我らは、この者がアキエロスへ情報を売り渡し、政変を支援し、その手段としてヴェーレの民を襲って殺させたとの証言を聞いた。これらの告発に対し、そなたは何か述べるところがあるか？」

「ございます」

グイオンは元老院のほうを向いた。この男もかつては元老の一員であり、執政のひそかな人脈にも通じる存在として一目置かれていた。そして今、グイオンの声は明瞭に響きわたった。

「ヴェーレのローレントは、告発されたすべての罪において、有罪でございます」

グイオンが断じた。

その言葉の意味が染みとおるまで一瞬かかり、同時に、デイメンは足元の大地が崩れたような気がした。

「違う！」

広間がふたたびどよめきに包まれる中、デイメンは叫んだ。

グイオンが声を張り上げる。

「私は、しばらく前よりこの者の虜囚であった。彼が淫した堕落をこの目で見た。ここなアキエロス人と毎夜寝床をともにし、兄君を殺した男の猥りがわしい抱擁に身をゆだね、我らの国と引き替えに自らの肉欲を満たすのを」

「真実を語るという誓いを破るのか！」というデイメンの言葉を、誰も聞いてはいなかった。

「私にも、彼の保身のために虚偽の証言を強要した。さもなくば命はないと。私の妻の命も、息子たちの命も。ラヴェネルで、彼は己が民を無惨に斬り殺した。私は王子を有罪とする票を投じるだろう、この身がまだ元老でありさえしたなら」

「これで明らかとなったな」とマトが言った。

「違う」広間に詰めかけた執政派から賛成や支持の声がとぶ中でデイメンはもがいたが、見張りの手で無益に押さえこまれた。「執政がアキエロスで仕掛けた政変について、お前が知ることを話せ！」

グイオンが両手を広げた。

「陛下は潔白であられる。罪があるなら、それは横暴な甥を信じようとしたことのみ」

それで、元老院には充分だった。結局のところ、朝から熟議を重ねてきたのだ。デイメンがさっと執政を仰ぎ見ると、執政はこの流れを余裕たっぷりで落ちつき払って眺めていた。わかっていたのだ。グイオンがここに立ち、何を言うか。

「企みだ」デイメンは必死に声を上げた。「この二人は結託している」

背後から一撃を受けてデイメンは膝をつき、押さえこまれた。グイオンが至って平然と広間を横切ると、元老院に並ぶ。執政は立ち上がって高壇を下り、グイオンの肩に手をのせて言葉をかけたが、デイメンの耳に届くには声が低すぎた。

「これより、元老院が裁定を下す」

黄金の王笏を持った奴隷が現れた。ヘロデ元老がその笏をささげ持ち、杖のごとく下端を地につける。次いで二人目の奴隷が、四角い黒布を手に進み出た。死の判決の象徴、そして前触れ。

デイメンの腹の底が虚ろになる。ローレントもその布を見ていた。身じろぎもせず現実を受けとめながら、その顔はひどく白かった。膝をつかされたデイメンには、もはや事態をくいとめるすべがない。激しくもがき、押さえこまれて、息を荒げた。その凍りつくような一瞬、彼にできたのは無力にローレントを見上げることだけだった。

ローレントが前へ押し出された。元老と大広間を挟んだ向かいに、鎖をかけられて立ち、両腕をそれぞれ兵にきつくつかまれている。誰も知らないのだ、とデイメンは思った。ローレントが叔父に何をされたか、誰ひとり知らない。デイメンがさっと仰ぐと、執政は哀しげな失望の表情でローレントを見つめていた。元老たちが執政と並んで立つ。

まさにこの場の権力を象徴する光景であった。この六名が広間の片側に立ち、そしてローレントは——薄っぺらで裂けたアキエロスの服で、叔父の兵の手にとらわれて——逆側に立つ。

ローレントが語りかけた。

「最後の助言もなしか？　叔父からの愛情あふれるくちづけも？」

「そなたはあれほど輝いていたのに、ローレント」と執政が答えた。「今のような姿に成り果てたことが、ただ虚しい」

「すなわち己の良心が痛むと？」とローレントが返す。

「心が痛むのだ。そなたがそれほどの害意を私に、今なお抱いているとは。そなたは私を糾弾して声望を傷つけようとした。私はそなたに最善のことしか望んでこなかったというのに」

執政は悲しげな声で続けた。

「私を糾す証人としてグイオンをつれて来るなど、なんと愚かしいことを……」

ローレントは執政と視線を合わせ、元老院の前にひとりで立っていた。

「しかし叔父上」と応じた。「私がつれて来たのはグイオンではない」

「ええ、彼がつれて来たのは私です」

その声とともに、グイオンの妻ロイスが前へ進み出た。

デイメンは振り返った――全員が振り返っていた。ロイスは中年の女性で、わずかな休息のみで丸一日野外を移動してきたせいで白髪混じりの髪は平べったくなっていた。旅の間、デイメンは彼女と話したことがない。だが今、元老院の前へ立った彼女の声がデイメンにも届く。

「申し上げたいことがございます。私の夫と、この執政――私の家族を破滅させ、末子のアイメリックに死をもたらしたこの男について」

「ロイス、どういうつもりだ！」

広間全員の視線がロイスに釘付けとなる中、グイオンが声を上げた。

ロイスは夫に目もくれず、デイメンの横まで進み出て、元老院へ語りかけた。

「マーラスの戦いの翌年、執政はフォーテイヌの砦で暮らす私の家族の元を訪れました。そして私の、野心的な夫は、この男に末息子の寝室を訪れる許しを与えたのです」

「ロイス、やめるんだ」

だが彼女は話しつづけた。

「それは暗黙の取り決めでした。執政は我が家で心ゆくまで私的な愉しみにふけり、引き替えに私の夫は領土と宮廷でさらなる権威を得る。夫はアキエロス大使にまで任命され、執政と、共謀者であるカストール王との連絡をとりもった」

グイオンがロイスと元老院をしきりに見比べ、それから上ずった、大きすぎる笑い声を上げた。

「このような話、信ずるに足りるものか」

元老院の誰ひとり答えず、不自然な沈黙が落ちた。シェロート元老の目がちらりと執政の隣に座った少年へと動く。少年の指は、糖菓の粉砂糖まみれでべたついていた。

「アイメリックのことなど、あなた方にはどうでもよいのでしょう」とロイスが続けた。「アイメリックがラヴェネルで、己の所業に耐えかねて命を絶ったことなど、気にもなさるまい。ならば、アイメリックが何のために死なねばならなかったかお話ししましょう。それは執政とカストールの間の策略――アキエロス王を殺して国を乗っ取らんとした陰謀のためです」

「嘘だ」とカストールがアキエロス語で言い、それから訛りの強いヴェーレ語で「その女を捕らえよ」と命じた。

続いたたじろぎの一瞬、少人数のアキエロスの近衛たちが剣の柄に手をかけると、ヴェーレ兵たちがその前に立って彼らを牽制した。この広間は自分の支配下にないと初めて気付いた動揺が、カストールの顔にあらわだった。

「ええ、捕らえるがいい。ただその前にこの証を見せましょう」

ロイスは鎖に通した指輪をスカートから取り出した。それは印章指輪。ルビーかガーネットの紅玉がはめこまれ、ヴェーレの王家の紋章が刻まれていた。

「夫が仲立ちした協定です。カストールは己が父の暗殺と引き替えに、今日ここにいる兵たちを得る。イオスを占拠するのにその兵を使った」

グイオンがさっと執政へ向き直り、訴えた。

「妻は裏切者ではありません。己を見失っているだけです。騙され、操られている。アイメリックの死から、ずっと心が乱れているのです。何を言っているのか自分でわかっていない。この者たちに利用されている」

デイメンは元老院を見やった。元老たち、中でもヘロデとシェロートの顔には、抑えた嫌悪が、あるいはさらなる拒否感がにじんでいた。デイメンは不意に悟る。執政の幼く艶《なまめ》いた稚児の存在は、この男たちにとって常に不快の元であったのだと。そして、元老の息子がそのような形でもてあそばれたことは、彼らにとって言いようもなくおぞましいことなのだと。

だが彼らは政治家であり、執政は彼らの主だ。シェロートが、ほとんど本意ではないように口を開いた。

「たとえそれが事実であっても、ローレント王子の罪を晴らすことにはならぬ。テオメデス王の死は、アキエロスが扱う問題ゆえ」

その通りだ、とデイメンは悟った。ローレントが旅にロイスを伴ってきたのは己の罪を晴らすためではなく、デイメンの潔白を証明するためだったのだ。ローレントには、自分の潔白を証明するすべなどない。執政が徹底的に手を回している。王宮でローレントを襲った暗殺者は死んだ。道中で彼を狙った刺客も死んだ。ゴヴァートすら死んだ——医師と稚児を呪いながら。

ふと心に引っかかる——ゴヴァートは、執政の弱みを何か握っていたのだ。それがあの男を生かし、ワインと女に好きなだけ耽《ふけ》らせた。終焉が訪れたその日まで。

王宮にまで点々とつらなった死の痕を思う。ニケイスを思い出していた——夜着をまとい、暗殺者が襲ってきた夜に現れた彼の姿を。それからさほど経たずに、ニケイスは処刑された。

デイメンの心臓が激しく鳴りはじめる。

すべてつながっているのだ。何かの形で。そんな確信があった。ゴヴァートが握っていた秘密が何であれ、ニケイスもそれを知った。だから執政に処刑されたのだ。

それであるなら――。

デイメンは突然、強引に立ち上がっていた。

「もう一人、証言できる者がいる」と声を上げた。「ここまでその者は、自ら進み出ようとはしていない。何故なのかはわからぬ。だが理由があるのだろう。善良な者だ。自由に話す機会さえ与えれば、証言してくれる。報復を恐れているのかもしれない。自分か家族への」

広間へと呼びかけた。

「今、その者へたのむ。いかなる理由があれど、そなたは国への義務を負っている筈だ。誰よりそれをよく知っているだろう。そなたの兄は、王を守って死んだのだから」

静寂。広間の群衆たちが顔を見交わす中、デイメンの言葉は行きどころなくそのまま宙に消えるかに思えた。答えを待つ人々の期待がふくらみ、長引く沈黙とともにしぼんでいく。

苦悩が刻まれた青白い顔で、パスカルが進み出た。

「いいや」と彼は言った。「兄が死んだのはこのためだ」

服の間に手を差し入れると、彼は糸でくくられた紙束を取り出した。

「兄、弓兵ラングレンの最後の言葉。それはゴヴァートという名の兵士によって運ばれ、執政の色子ニケイスの手で盗まれた。ニケイスはそのために殺された。これは、死者の証言」

その紙を手に、長衣と傾いだ帽子姿のパスカルが、元老院の前に立った。

「私はパスカル、王宮の医師だ。マーラスの戦いについて、今から語ろう」

「兄と私はともに王都へやってきた」とパスカルは語り出した。「彼は弓兵、私は医師として――そしてまずは王妃のお付きになった。兄は功名心にはやっており、階級を駆け上がって王の近衛となった。私にもやはり功名心があったのだろう、じきに王家おかかえの医師の地位を得て、王妃と王の両方に仕えた。

平和と豊饒の年月だった。王国は安泰で、ヘニク王妃は二人の世継ぎを生んだ。その後、今より六年前、王妃の死によって我が国はケムプトとの同盟関係を失い、アキエロスがそれを侵略の機と見た」

話はデイメンも知る歴史へさしかかり、だがパスカルの声で語られるそれは違って聞こえた。

「外交交渉は決裂した。話し合いは無駄だった。テオメデス王が求めていたのは領土だった、平和ではなく。耳も貸さずに使節を追い返した。それでも我々は砦の守りに自信を持っていた。ヴェーレの砦はそれまで二百年、いかなる軍にも不落であった。そこで王は全軍でもってマーラスへ南進し、城壁でテオメデスを撃退しにかかった」

デイメンはそれを覚えていた――集う旗、ふくれ上がる軍勢、凄まじい力を見せつける両軍、攻略不可能な砦を前にしてさえも揺らがぬ父の自信。奴らは慢心し、砦から出てくる。

「戦いを前にした兄の様子を覚えている。緊張していた。興奮もしていた。それまで見たこともないような決意をみなぎらせ、ひどく昂ぶっていた。我らの家に新たな未来が来ると語っていた。素晴らしい未来が。その言葉の意味を私が知ったのは、何年も後のことだ」

パスカルは言葉を切り、まっすぐに執政を、元老たちの隣に立つ緋色の長衣の姿を見つめた。

「元老院はご記憶のことだろう、執政がいかに王を説いて安全な砦を捨てさせたか。我らは兵数で勝り、平野に討って出ても何の危険もないと説いた。急襲してアキエロス軍の不意をつけば戦争はすぐ終わり、多くのヴェーレ兵の命が助かると」

デイメンは元老院を見た。彼らもその時のことを覚えているのだと、表情からわかる。デイメンも覚えているように。

あの時のデイメンが、ヴェーレの不意打ちをどれほど卑怯な所業だと思ったことか。怯懦と見下したことか。今初めて、戦線の背後でそれを引き起こしたものに、彼は思いを馳せる。民を守るにはこれぞ最善の手だと信じこまされた王の姿を思った。

「裏腹に、ヴェーレの兵は倒れていった。オーギュステ王子の死の報がもたらされた時、私は王のおそばにいた。嘆きの王は兜を取った。不用心にも。きっと王にとって、警戒せねばならない理由など何もなかったのだろう。その喉を流れ矢が貫いた。そして王と世継ぎの死をもって、執政が玉座に坐すことになった」

パスカルの目は、デイメンと同じく元老院に据えられていた。元老たちは戦争に続いた出来事を思い起こしているのだろう。彼ら元老院こそが執権の成立を受諾したのだ。

「戦いの後、私は兄を探したが、行方はわからなかった」パスカルが続けていた。「のちに、兄が戦場から逃亡したと知らされた。そして数日の後、兄は死んだ。サンピリエの村で争いに巻きこまれて刺されたのだ。村人は、兄が死んだ時にそばに男がいたと言った。ゴヴァートという名の若い兵が」

ゴヴァートの名を聞いたグイオンの頭がはっと上がった。その横で元老たちがざわつく。

「ゴヴァートが兄を殺したのか？　それは私にはわからない。私はただ、理解できぬまま、ゴヴァートが王宮の中で力と地位を増していくのを眺めていた。何故ゴヴァートが突如として執政の右腕となったのか？　何故富と権力と下僕を与えられているのか？　王の近衛隊から叩き出された男が？　気付けば、ゴヴァートは私の兄が語っていたそのままの輝かしい未来を手に入れており、一方、兄は死んだ。だがそれがどういうことなのか、私にはわからなかった」

パスカルの手にある紙は古く、黄ばみ、それをまとめていた糸すら古びていた。彼は無意識の仕種でそろえ直した。

「これを読むまでは」

パスカルは糸をほどきはじめ、外して、紙を広げた。中にはぎっしりと文字が記されていた。

「ニケイスから、隠しておいてくれと託されたものだ。彼はこれをゴヴァートから盗み、怯えていた。私はこれを開くまで何が記されているのかまるで知らなかった。実のところ、この手紙は私に宛てて書かれたものだ——ニケイスはそれを知らぬままだったが。これは告白だ、兄の自筆による」

パスカルはほどかれた手紙を手に元老院の前に立った。

「これこそ、ゴヴァートが権力をつかむために振りかざしてきた脅迫の種だ。これこそ兄が戦場を逃げ出し、殺された理由だ。私の兄は王を射殺《いころ》した射手であり、その矢と引き替えに執政は兄に黄金を約束し、かわりに死を与えた。これこそ、アレロン王が実の弟に殺されたという証」

何の叫びも、騒音も、今回は上がらない。ただ静寂のみ。その静けさの中、パスカルは手紙を元老たちへ手渡した。それを受け取ったのはヘロデ元老で、デイメンはこのヘロデがアレロン王の友であったことを思い出す。ヘロデの手は震えていた。

それからデイメンは、ローレントを見た。ローレントの顔からあらゆる血の気が引いていた。これぞまさに想像を超えた真実だったのだと、その顔からわかる。叔父に対して、ローレントにはいつもどこか甘さを捨てきれていないところがあった。〈本当に叔父が俺を殺そうとするとは思っていなかった。すべての……それまでのあらゆることがあって、それでも、なお――〉

常に砦の威力で圧倒してきたヴェーレ軍が、あの時どうして野戦を挑んできたのかは、ずっと説明のつかない謎であった。あの日、執政と玉座の間には三人の邪魔者がいた。そして、すべてが戦時の混乱のせいでなかったのなら――。

デイメンは王宮でのゴヴァートを思う。執政所有のアキエロスの奴隷に無体な真似をしていたあの男を。執政を脅迫するのは、昂揚と恐怖の危険な隣り合わせだっただろう。迫る影を振り返りつづけた六年間、振り下ろされる刃を常に待ちながら、それがいつどんな形で訪れるか知らず、ただ必ずその日が来ると知っていた。権力と恐怖に狂う前の生き方がゴヴァートにもあったのだろうか。

デイメンは、病床で苦しい息をしていた父を思った。そしてオーラントを。アイメリックを。大きすぎる夜着にくるまって廊下に立っていたニケイスを思い出す。自分の手には余る何かに巻きこまれて。そして、彼も死んだ。当然のように。

「こんなこと信じはせぬだろう？　医師と売色の稚児の言うことだぞ？」

グイオンの声が、静寂に耳触りに響いた。デイメンは元老たちを、その元老の最長老のヘロデが紙束から顔を上げるのを、見た。

「ニケイスはそなたより気高い心を持っていた」とヘロデが言った。「玉座に対して元老院よりも忠実であった、その最後には」

ヘロデが前へ進み出た。手にしていた王笏を杖のように使って。全員の目を一身に集めて広間をずっと横切っていくと、執政の兵の手できつく捕らわれたままのローレントの前でやっとその足を止めた。

「玉座を護持するべく託された我らが、あなたをお護りできなかった」とヘロデが言った。

「我が王よ」

　そして彼は跪いた。のろのろとした、老いからくる細心さでもって、アキエロスの広間の大理石の床へ。

　ローレントの茫然とした表情に、こんな光景は夢見たことすらなかったのだろうと、デイメンは悟った。これまで誰からも、玉座にふさわしいと認められたことなどなかったのだと。まるで初めて賞賛された少年のように、ローレントはどうしていいのかわからない様子だった。言葉も出ない唇が開き、頬をうっすら紅潮させて、突如として彼はひどく若く見えた。

　ジェウルが立った。観衆が見つめる前で、ジェウルはほかの元老たちを残して広間を横切り、ヘロデの隣に膝をついた。刹那の後、シェロートがそれに倣う。そしてオーディンが。ついに、船を捨てる鼠のごとく、マトが執政のそばから離れると、あわててローレントの前に膝をついた。

「元老院は惑わされ、大逆に加担した」執政が淡々と告げた。「元老たちを捕らえよ」

　一瞬の間があり、命令が果たされるべき時間が過ぎたが、何も起きなかった。執政が振り向く。広間には執政麾下の兵たち、自らの近衛兵があふれ、その全員が命令に従う訓練を受けて手駒としてここにいる。誰ひとりとして、動かなかった。

　奇妙な静けさの中、一人の兵が進み出た。「お前は王ではない」と言い放つ。彼は肩から執政の記章をむしり取って、執政の足元へ投げ捨てた。

それから元老たちと同じように広間を横切り、ローレントの横へ立った。

その行動が最初の一滴、それは雫の滴りに、流れへと育って、次々と兵たちが肩の記章を捨ててその場を離れ、さらに続き、しまいに具足の足音と記章が床に落ちる音が広間に満ちた。岩から潮が引くごとく、ヴェーレ兵たちは広間を横切っていき、ついに執政だけがそこに残された。

そして、ローレントが彼と向き合って立つ。背後に軍勢を従えて。

「ヘロデ」と執政が語りかけた。「そこにいるのは自らの責務から逃げつづけ、何ひとつやりとげたことのない子供だぞ。国を統べるには誰よりふさわしくない」

「この方こそ我らが王」とヘロデが言った。

「王などであるものか。その者はただの――」

「あなたの負けだ」

ローレントのおだやかな声が、叔父をさえぎった。

解き放たれて、そこに立つ。執政の兵がローレントを離し、手首から枷を外していた。その向かいに、守るものもなく執政が立つ。大衆を見世物で巧みに操ってきた彼は、今や、その大衆によって追いつめられたただの中年男だった。

ヘロデが王笏を掲げた。

「元老院が裁定を下す」

彼は奴隷が運んできた四角い黒布を取り上げると、王笏の頭にかけた。

「馬鹿げたことを」と執政が言う。

「そなたは叛逆の罪を犯した。その首は刃に掛けられる。その父や兄と同じ場所に埋葬されることもない。かわりに骸は、大逆の見せしめとして都の門にさらされるであろう」

「私を裁けるものか」執政が拒んだ。「王なのだぞ」

その体が、二人の兵によって固く取り押さえられた。腕を後ろ手に取られ、ローレントにかけられていた鎖が執政の手首を縛める。

「そなたは王の執政でしかなかった男」とヘロデが告げた。「王であったことなどない」

「お前は私に逆らえるのか？」執政はローレントへ言葉を向けた。「己がヴェーレを治められるなどと思っているのか？　お前が？」

「私はもはや子供ではない」とローレントが答えた。

兵士の手で押さえられた執政は、少し息を切らせて笑った。

「忘れているな。私に指一本でもふれれば、デイミアノスの子供を殺すぞ」

「いいや」とデイメンが言った。「それは無理だ」

そして、ローレントに伝わったのを感じる——ローレントがどういう形でかわかったのだと。

デイメンがこの朝、野営地で空の馬車の中、開いた扉の内で見つけた紙切れのことを。そっと手にして、この街までの長い道を歩いてきたあの紙を。

赤子はあなたの子ではないけれど、その身は無事。別の世ならば王となったことでしょう。

出会いの日、私を見つめたあなたの瞳を今でも覚えている。

それもまたきっと、別の世での物語。

ジョカステ

「終わらせよ」とローレントが命じた。

刃の音が鳴って、周囲が一斉に動き出し、ヴェーレの兵たちが執政を取り囲む一方で、アキエロスの近衛兵たちは広間と自分たちの王を守ろうとする。

執政は荒々しく膝立ちにさせられた。驚愕の表情は憤激に、そして恐怖に変わり、彼はもがき出していた。剣を抜いた兵がその前に近づいた。

「どうしたの？」と幼い声が上がった。

デイメンは振り返る。執政の玉座の隣に座っていた十一歳ほどの子供がそこから立ち上がり、茶色の目を大きくしてわけもわからず見つめていた。

「これ、なに？　終わったら遠乗りに行くって言ったのに。なんで？」子供は今や執政を押さえている兵のところへ行こうとしていた。「やめて、ひどいことしないで！　かわいそう、はなしてあげて！」

　兵が少年を引き戻し、少年はもがいていた。

　少年を見やるローレントの目には、決して癒せないものもあるのだというあきらめがあった。

「子供をどこかへつれていけ」と命じた。

　そして、剣のたった一閃で終わった。ローレントは表情を変えなかった。事が済むと、彼は兵たちへ向き直った。

「骸を門にさらせ。我が旗を外壁に掲げ、民に我が即位を知らしめよ」視線を上げ、広間ごしにデイメンと目を合わせる。「それと、アキエロス王を解き放て」

　デイメンを押さえるアキエロス兵たちはどうすべきかわからなかった。ヴェーレ兵たちが迫ってくると、一人の兵はデイメンの腕を離し、残る二人の兵も怖じて逃げようと下がった。

　カストールの姿が見えない。この混沌の隙をついて、わずかな近衛兵とともに逃げたのだ。

　ローレントの兵たちが動き出せば王宮で血が流れる。カストールを支持した者たちは今や生きのびるためには戦うしかない。

　突然にデイメンはヴェーレ兵に囲まれていた。中にローレントもいる。兵が鎖をつかんだ。鉄枷がデイメンの手から落ち、黄金の枷だけが残った。

「来たのだな」とローレントが言った。

「俺が来るのはわかっていただろう」とデイメンは答えた。

「首都を占拠するのに兵がほしければ、いくらか貸してやれるぞ?」

デイメンは奇妙な息をこぼした。二人は互いを見つめ合う。ローレントが言った。

「思えば、お前にはまだ砦ひとつ借りがある」

「終わったら、会いに来い」とデイメンは答えた。

ひとつ、まだやり残したことがある。

第十九章

王宮内は混沌の渦であった。
デイメンは剣を取ってその中を抜け、走れる時は走った。人々が群れ、戦っている。命令がとびかう。兵たちが分厚い木の扉を槌で叩き壊している。荒々しく腕をつかまれて膝をつかされた一人の兵士を見て、デイメンは小さな驚きとともにそれが彼を抑えていた兵だと気付いた
——王に手をかけた大逆の罪。
カストールを見つけねばならなかった。ローレントの兵たちはすでに命令を受け、即時に街門を占拠しにかかっているが、カストールは近衛隊に守られて撤退しており、もし王宮の外へ

逃れて軍を立て直されれば、大きな戦争が始まる。

ローレントの兵ではカストールを止められまい。ここはアキエロスの王宮で、彼らはヴェーレの兵だ。カストールが正門から逃げたりなどする筈がない。秘密の地下道を使うだろう。そしてすでにデイメンから数歩先んじてもいる。

だからデイメンは走った。戦いが密な場所でも、ほとんど誰もデイメンの邪魔はしない。カストールの兵の一人が気付いて「デイミアノスはここだ」と叫んだが、自らデイメンに打ちかかろうとはしなかった。次の兵はデイメンの行く手をさえぎっていることに気付き、わざわざ下がった。デイメンは頭のどこかで、ヘレーの戦場でのローレントの威光のようだと考えていた。命がけで戦う時ですら、骨身に染みた価値観にそむいたり、王子に自ら斬りかかるのは難しいのだ。デイメンの前の道は開けた。

だが走ってさえ、間に合うまい。このままではカストールは逃げおおせる。このままでは、デイメンの兵たちがたいまつを手に都の家々を探す数刻の闇の中、カストールは支持者の手で街の外へ逃れ、自分の軍勢と合流するだろう――内乱が炎のように国を包む。

近道が必要だった、カストールに追いつくには。そしてデイメンは自分がその道を知っていると悟る。カストールが決して使わぬ、思いもつかぬ道――どんな王子も存在を知る筈のない道。

デイメンは左に折れた。大扉へは向かわず、物見《ものみ》の回廊のほうへ、貴人の玩賞のために奴隷たちが並べられる場所に向かった。あの遠い日にデイメンが引きずられてきた細い通路へと入ると、戦いの叫びや剣戟の音が遠ざかり、彼は走った。

そしてその通路を下って、デイメンは奴隷用の浴場へと走りこんだ。

横長の大理石の部屋の床には浴槽が並んで口を開いている。油を満たした硝子瓶の列、奥を横切る排水溝、天井から下がる鎖、そのすべてに覚えがある。デイメンの肉体が反応し、胸が締めつけられ、鼓動がはね上がった。その刹那、ふたたび鎖から吊り下げられ、ジョカステがサンダルの足でデイメンに向かって大理石の床を歩み寄ってくるところだった。

まばたきで幻を払ったが、あらゆる光景がなじみ深い。広いアーチの入り口、ひたひたと揺れる湯の音、その湯が大理石へはね返す光、天井から吊られた鎖、さらに続き部屋までもに規則的に飾られた鎖。朦朧と立ちこめ、宙でうねる湯気。

デイメンは続き部屋へと、止まりそうな足を無理に運んだ。アーチをひとつ、そして次をくぐると、もう狙い通りの場所に出ていた。白亜の空間、奥の壁沿いに大理石の階段がしつらえられている。

そして、そこで足を止めた。静寂の時間が訪れる。もはやその階段の上にカストールが現れるまで待つだけだった。

デイメンはたたずみ、剣を手に、気後れを、弟としての意識をなんとか振り捨てようとした。カストールは、一人で現れた。近衛すらつれずに。デイメンの姿を認めると、彼は低い笑いをこぼし、まるでデイメンの出現こそある種の天命だと納得しているかのようだった。

デイメンは兄の顔を見つめた。まっすぐな鼻筋、誇らかに高い頬骨、強く光る黒い目――彼を見つめ返す目。顎髭をのばした今のカストールはデイメンより父に似ていた。

カストールにされたすべてのことを、デイメンは思う。少しずつ、長い時間かけての父の毒殺、デイメンの家従たちの処刑、デイメン自身に振りかかった奴隷の身の屈辱……そのすべてが誰でもなく、目の前にいる兄の仕業なのだと呑みこもうとする。だがカストールを見て思い出せるのは、ただ彼から槍の持ち方を教えられたこと、初めて与えられた小馬が足を折って殺すしかなかった時にデイメンのそばにいてくれたこと、オクトン初出場の後に髪をくしゃっとかきまぜて「よくやった」とほめてくれたことばかりだった。

「父上はあなたを愛していた」とデイメンは言った。「なのに殺したのか」

「お前はなにもかも持っていた」カストールが言い返した。「デイミアノス。嫡嗣、一番のお気に入り。ただ生まれてきたというだけで誰からも溺愛されて。何故お前が俺より多くを得る？　戦いに長けているからか？　剣を振り回すのと王の資質に何の関係がある？」

「俺はあなたのために戦っただろう。命を捧げただろう。あなたに尽くし――ずっとそばにいてもらっただろう」とデイメンは言った。「俺の、兄だったから」

決して口にできなかった言葉を言ってしまう前に、デイメンは黙った。俺は愛していたのに、あなたには弟よりも玉座が大事だったのか――と。

「俺を殺すのか?」とカストールが聞いた。「一対一でとてもお前にかなわないのはわかっているだろう」

カストールは階段の上から動いていなかった。手には剣を抜いていた。壁づたいの階段にはアキエロス風に手すりがなく、ただ左側が一気に落ちた大理石の塊だ。

「わかっている」とデイメンは答えた。

「なら、ここを通せ」

「それはできない」

デイメンは大理石の一段目に足をのせた。階段で戦うのは、高みにいるカストール相手にいい手ではない。だがカストールは唯一の自分の優位を手放すまい。ゆっくりと、デイメンは上っていった。

「お前を奴隷になどしたくはなかった。執政からお前を要求された時も断ったのだ。だがジョカステがな。彼女から、お前を奴隷としてヴェーレに送れと説き伏せられた」

「ああ」デイメンは答えた。「ジョカステのしたことだと、段々わかってきた」

また一段。

「俺はお前の兄だ」一段、そして一段と上ってくるデイメンへ、カストールが言った。「デイメン、家族殺しは外道だぞ」

「己の所業が心苦しいか? 少しでも振り返ることがあるか?」

「そうでないと思うのか？　俺が毎日、自分のしたことを思い出していないと？」デイメンはもう充分に距離をつめていた。カストールが続けた。「あの人は、俺の父でもあったのだぞ。誰もがそれを忘れたがな、お前が生まれたその時に。父自身さえも」

そして「やるがいい」と言ってカストールは目をとじ、剣を手から落とした。

デイメンはカストールを、その垂れた首を、とじた目を、剣を捨てた手を見つめた。

「逃がしてはやれぬ」と語りかける。「だが命を取りはしない。そんなことが俺にできるわけがないだろう。一緒に、大広間へ戻ろう。そこで俺に忠誠を誓うなら、その命を救い、イオスでの軟禁としよう」

デイメンは自分の剣を下ろした。

カストールは顔を上げてデイメンを見つめる。兄の黒い目の中には、声にならぬ無数の言葉があった。

「ありがとう」カストールが言った。「弟よ」

そしてカストールは腰帯から短剣を引き抜くと、無防備なデイメンの体へ突き通した。

体の痛みより裏切りの衝撃に打たれて、デイメンは後ずさった。そこに階段はない。彼の体は背中から虚空にもんどり打って、長い落下の末に石の床へ叩きつけられると、肺の息がすべて失せた。

朦朧と、デイメンは己の位置をつかもうとしながら呼吸しようとしたが、息が入ってこない。

みぞおちに一撃をくらったかのようで、ただ痛みはもっと深く、薄らぎもせず、その上おびただしい血が出ていた。

階段の頂点に立ったカストールが、血に濡れた短剣を片手に、もう片手で長剣を拾おうと屈んだ。落下で手を離れたらしき自分の剣が、デイメンの目に入った。六歩先に落ちている。生存本能が、その剣を取れとうながす。動こうと、そこに近づこうとした。サンダルの踵が鮮血で滑った。

「アキエロスに王は二人もいらん」カストールがデイメンに向かって階段を下りはじめた。「ヴェーレで奴隷として暮らしていればよかったものを」

「デ、デイメン」

茫然とした、なじみ深い声が左手からした。デイメンとカストールの二人ともが顔を向ける。ローレントがアーチの入り口の下に、青ざめて立っていた。大広間からここまで追ってきたのだろう。武器もなく、まだあの似合わないキトンを着ている。

来るな、逃げろと言わねば。だがすでに、デイメンのそばにローレントが跪いていた。その手がデイメンの体を探る。ローレントはどこか奇妙に感情の失せた声で言った。

「短剣の傷だ。医師を呼べるまで自分で止血するしかない。ここだ、こう押さえていろ」

デイメンの左手を持ち上げ、腹に押しつけた。

それからローレントは右手も取り、指を絡ませて、世界で一番大事なもののようにデイメン

の手を握った。ローレントに手を握られるほどなら自分は死にかけているのかと、デイメンは
　思う。デイメンの右手、黄金の枷がはまった手だ。ローレントはさらにきつく握ると、その手を引きよせた。

　カチリ、と音が鳴って、その黄金の枷が、床に点々と埋めこまれた奴隷の鎖の先につながれていた。デイメンは、鎖がかけられたばかりの手を、理解できずに見つめた。

　そして立ち上がったローレントは、デイメンの剣をその手に握りしめていた。

「彼はお前を殺せまい」ローレントがカストールへ告げる。「だが、俺は違う」

「よせ！」デイメンは動こうとしたが、鎖が限界まで張った。「ローレント、俺の兄だ──」

　そして現在という瞬間が溶け失せ、全身が総毛立つデイメンの前で、白亜の床は今、はるか遠い日の戦場と化す。弟、そして兄が向き合った、あの地に。

　カストールは階段を下りきっていた。

「お前の情人を殺してやるぞ」と彼はデイメンに言った。「次はお前だ」

　その前にローレントが立ちはだかる。細身の体には大きすぎる剣を握った人影。そしてデイメンの目に浮かぶのは十三歳の少年──人生の激変に襲われる瞬間の、目に決意をたたえて戦場に立っていたその姿。

　ローレントが戦う場面は見たことがある。戦場での、無駄がなく精緻な戦い方も見た。決闘の時の機略に富んだ別の戦い方も見た。ローレントが熟達した剣士であり、ある意味で己の剣

を極めたとすら言えるのもわかっている。

カストールのほうが、強い。二十歳のローレントは、剣士としての全盛期にはもう数年を待たねばならない。カストールは三十五歳で、盛りの終わりまでまだ少しある。二人とも体を鍛え上げている点は大差ないが、その年の差の十五年分、カストールは剣をふるいつづけてローレントにはない経験を積んできた。カストールの体格はデイメンに近い——ローレントに上背で勝り、手も長い。その上体力も充分で、一方のローレントは鉄鎖の重さに筋肉をきしませながら何時間も立たされて疲れている。

二人は狭い空間で向き合った。戦いを見守る軍勢もなく、あるのは浴槽が並ぶ大理石の部屋と磨かれた床。だが過去は、奇妙に反転してここにあった。遠い過去、二つの国の運命が戦いへとなだれこんだあの時の。

あの日の運命。それがここに、彼らの前にある。オーギュステは、誉れ高く決然として。若きデイミアノスは、すべてを変える戦いへと傲慢に馬で走りこむ。デイメンは鎖につながれた手で腹を押さえ、果たしてローレントの目に映るのはカストールなのか、それとも見ているのはただ過去だけなのかと問いかける。二つの影、ひとつは暗くひとつはまばゆく、生と敗北に運命を塗りわけられた幻像しか見えていないのかと。

カストールが剣をかまえた。

カストールが踏みこむのを見ながら、デイメンは無益に鎖を引いた。まるでかつての自分を見せられているようだ——止められぬ己を。

そしてカストールが剣を繰り出すと、デイメンは、ひた向きに生涯を捧げた日々でローレントが築き上げてきたものを目の当たりにしていた。

幾年にもわたる鍛練、そもそも戦い向きではなかった肉体を、たゆみない長時間の稽古で限界に追い込みつづけて。自分より強い相手とどう戦えばいいか、長いリーチにどう対抗すればいいか、ローレントは知っていた。彼はアキエロスの戦い方も知っていた——いやそれどころではない。アキエロスの連続技を知り尽くし、王宮の指南役がカストールに伝授した剣技の流れまで知っていた。それは剣の師からはローレントが決して学べない、ただデイメンの鍛練のすべての動きを徹底的に観察して覚えこんだものだ。いつか二人が殺し合う日のために。

デルファの訓練場で、デイメンはローレントと戦った。あの時のローレントは癒えかけの肩の傷をかかえ、激情に駆り立てられて、その傷と感情が剣を曇らせていた。今その剣は研ぎ澄まされ、デイメンにはローレントから奪われた子供時代が見える——すべての年月を注ぎこんで、ローレントが己を、ただひとつの目的のために作りかえたのが。デイミアノスと戦い、殺すために。

あるはずだった人生を失い、優しい本好きの青年への道は奪われ、水晶のように固く鋭い存在と化した今のローレントは、カストールの最高の剣技を受け、はね返してのける。

たて続けの突き。マーラスで、デイメンはこの誘いの動きを、横へ動く足運びを、一連の受け流しを見た記憶があった。ローレントの初期の鍛練はオーギュステをそっくり写したもので、その光景はどこか痛ましい――ローレントが兄の剣さばきを身にまとうようにして、オーギュステの姿をこの場に描き出し、一方のカストールにはデイメンの剣筋の幻がまといつく。

二人は階段へ近づいていた。

その時、ローレントがわずかに不覚を取った。石の床の小さな血溜まりに足運びをとられ、剣の一閃が左に傾く。疲れてなければこんな不覚は取るまい。オーギュステもそうだった。前線で幾時間も戦いつづけたあの時。

さっとカストールへ視線をとばしたローレントが動きを立て直そうとしたが、踏みこみが深すぎた。無慈悲で殺意に満ちた敵なら剣を突きこめる間合いに入る。

「やめろ！」

同じ瞬間を経験したことのあるデイメンは、脇腹の痛みもかまわず激しく鎖に抗った。眼前でカストールがその隙をとらえ、非情な速さで踏みこんで、ローレントを斬りにかかった。

死と生。過去と現在。アキエロスとヴェーレ。

カストールがむせるような声を上げ、驚愕に目をむいた。

そう、ローレントはオーギュステではないのだから。あのよろめきは不覚からではなく、誘いであった。

ローレントの剣はカストールの剣を受けとめ、上へはじき、最小限の手首の返しひとつでカストールの胸を刺し貫いていた。

カストールの剣が白亜の床に落ちた。膝を折り、何も映らぬ目でローレントを見上げる。ローレントはそれを見下ろした。次の瞬間、剣がカストールの喉元をなぎ払った。

カストールが崩れる。その目は見開かれ、とじようとはしなかった。静まり返った大理石の浴場で、カストールは動かず、息絶えていた。

終わったのだ。均衡を取り戻すように。過去を眠らせるように。

ローレントはすでに振り向き、すぐさまデイメンのそばに来た。膝を付いて、強い手をデイメンの体に当て、まるで一時も離れはしなかったかのようだ。ローレントが生きている、その安堵ばかりがデイメンの心を満たし、彼はただ、ローレントの手を、そばにいるまばゆい存在を感じていた。

カストールは死んだ。その死はまるで、決して知ることのなかった、理解の届かぬ相手の死に思えた。兄を失ったのは——それはもう、遠い昔に起きたことなのだ。デイメンが、世界の不完全さを見ようとしなかったかつての己を失ってきたように。いずれ、また受けとめねばならぬ日が来るだろう。

後で、カストールの遺体を整え、葬列を組み、その骸を埋葬する——あるべきところ、父の隣へと。その時、嘆こう。カストールという男を、あったかもしれない彼の未来を、数々の過去の分かれ道とその先の失われた日々を。

今は、ローレントがそばにいる。人をよせつけぬ、ふれがたいローレントがデイメンのそばにいて、故国から何百キロも離れた異国で濡れた大理石に膝をつき、その目にデイメンだけを映していた。

「随分と血が出たな」とローレントが言った。

「ありがたいことに、医師をつれてきてある」とデイメンは答えた。

話すと痛い。ローレントが息を、奇妙にひそめた音で吐き出した。ローレントの目に、デイメンはかつての己と同じ表情を見る。ローレントはひるみもしなかった。

「お前の兄を殺した」

「ああ、そうだな」

そう答えながらデイメンは不思議な共感でつながれるのを感じていた。初めて、互いを理解し合えたような。ローレントの目を見つめ、伝わったものを、同時に伝わってきたものを感じた。親を失い、家族を失った二人。よく似た運命が彼らを支配し、旅を経て、この終着点まで運んできた。

ローレントが言った。

「ヴェーレの兵が門と王宮を抑えた。イオスはお前のものだ」

「お前もだ」とデイメンは答えた。「執政が死んだ今、反対の声はあるまい。ヴェーレを手に入れたな」

ローレントは身じろぎひとつせず、そしてその一瞬は長く、静まり返った浴場の二人の間でひそやかにのびていくかに感じられた。

「そして、中間地帯も。我々は、ともに中央を掌握している」とローレントが言った。それから続ける。「ひとつの王国だったものだ。かつては」

それを言うローレントは目をそらしており、しばらく経ってからやっと視線を上げ、見つめつづけていたデイメンの視線を受けとめた。彼の瞳にあるものに、デイメンの息がつまる。不似合いなはにかみ。まるでローレントが口にしていたのは答えではなく、問いだったかのように。

「ああ、そのとおりだ」

デイメンは、その問いに少しぼうっとしながら、うなずいた。

そして次の瞬間、まさに心を奪われていた——ローレントの目に新たな輝きがともり、顔全体の印象をすっかり変えてしまう。ほとんど見違えるほど。喜びにあふれた表情。

「駄目だ、動くな」

ローレントは肘を立てて身を起こしたデイメンへそう命じたが、キスされると「愚か者」とだけ言った。

デイメンを、有無を言わせず床へ押し戻す。デイメンは好きにさせた。腹に痛みがある。命に関わるほどの傷ではないが、ローレントに世話を焼かれるのはいい気分だ。何日もの療養と医師の手当ても、ローレントがそばにいて、人前での痛烈な言葉と裏腹に二人きりの時はこの新たな優しさを見られるのかと思えば悪くはない。日々、いつもローレントが隣にいるところを思った。デイメンは指を上げ、ローレントの頬にふれた。大理石の床に鎖の鉄環がすべった。

「なあ、俺をずっと鎖につなぎっ放しというわけにはいかないぞ」とデイメンは囁く。ローレントの髪はやわらかかった。

「外してやるとも。そのうちな。あの音はなんだ？」

奴隷の浴場にまで、その音は聞こえてきた。くぐもって遠く、だが消えることなく、峰の頂から鳴りひびく一連の音色。新たな王の即位を宣する音。

「鐘の音だ」

とデイメンは答えた。

叛獄の王子 3

王たちの蹶起《けっき》

初版発行　2019年1月25日
第 2 刷　2022年1月30日

著者　C・S・パキャット［C.S.Pacat］

訳者　冬斗亜紀

発行　株式会社新書館
〒113-0024 東京都文京区西片2-19-18
電話：03-3811-2631
［営業］
〒174-0043 東京都板橋区坂下1-22-14
電話：03-5970-3840
FAX：03-5970-3847
https://www.shinshokan.com/comic

印刷・製本　株式会社光邦

Printed in Japan　ISBN 978-4-403-56036-1

モノクローム・ロマンス文庫

定価792〜1100円（税込）

「狼を狩る法則」

J・L・ラングレー

〈翻訳〉冬斗亜紀　〈イラスト〉麻々原絵里依

人狼で獣医のチェイトンが長い間会いたかった「メイト」はなんと「男」だった!?　美しい人狼たちがくり広げるホット・ロマンス!!

「狼の遠き目覚め」

J・L・ラングレー

〈翻訳〉冬斗亜紀　〈イラスト〉麻々原絵里依

父親の暴力によって支配されるレミ。その姿はメイトであるジェイクの胸を締め付ける。レミの心を解放し、支配したいジェイクは ――!?　「狼を狩る法則」続編。

狼シリーズ

「狼の見る夢は」

J・L・ラングレー

〈翻訳〉冬斗亜紀　〈イラスト〉麻々原絵里依

有名ホテルチェーンの統率者であるオーブリーと同居することになったマットはなんとメイト。しかしオーブリーはゲイであることを公にできない……。人気シリーズ第3弾。

NOW ON SALE

ヘル・オア・ハイウォーターシリーズ

ヘル・オア・ハイウォーター1

「幽霊狩り」

S・E・ジェイクス

〈翻訳〉冬斗亜紀 〈イラスト〉小山田あみ

元FBIのトムが組まされることになった相手・プロフェットは元海軍特殊部隊でCIAにも所属していた最強のパートナー。相性最悪のふたりが死をかけたミッションに挑む。

ヘル・オア・ハイウォーター2

「不在の痕」

S・E・ジェイクス

〈翻訳〉冬斗亜紀 〈イラスト〉小山田あみ

姿を消したプロフェットは、地の果ての砂漠で核物理学者の娘の保護をしていた。もうEEに戻ることはない——そんな彼を引き戻したのは、新たなパートナーを選びながらもしつこく送り続けてくるトムからのメールだった。

ヘル・オア・ハイウォーター3

「夜が明けるなら」

S・E・ジェイクス

〈翻訳〉冬斗亜紀 〈イラスト〉小山田あみ

EE社を辞めトムと一緒に暮らし始めたプロフェットは昔の上官・ザックからの依頼を受け、トムとともにアフリカのジブチに向かった。そこで11年前CIAの密室で拷問された相手、CIAのランシングと再会するが——。

一筋縄ではいかない。男同士の恋だから。

■ジョシュ・ラニヨン
【アドリアン・イングリッシュシリーズ】全5巻 完結
「天使の影」「死者の囁き」
「悪魔の聖餐」「海賊王の死」
「瞑き流れ」
【アドリアン・イングリッシュ番外篇】
「So This is Christmas」
〈訳〉冬斗亜紀 〈絵〉草間さかえ

【All's Fairシリーズ】全3巻 完結
「フェア・ゲーム」「フェア・プレイ」
「フェア・チャンス」
〈訳〉冬斗亜紀 〈絵〉草間さかえ

【殺しのアートシリーズ】
「マーメイド・マーダーズ」
「モネ・マーダーズ」
「マジシャン・マーダーズ」
「モニュメンツメン・マーダーズ」
〈訳〉冬斗亜紀 〈絵〉門野葉一

「ウィンター・キル」
〈訳〉冬斗亜紀 〈絵〉草間さかえ

「ドント・ルックバック」
〈訳〉冬斗亜紀 〈絵〉藤たまき

■J・L・ラングレー
【狼シリーズ】
「狼を狩る法則」「狼の遠き目覚め」
「狼の見る夢は」
〈訳〉冬斗亜紀 〈絵〉麻々原絵里依

■L・B・グレッグ
「恋のしっぽをつかまえて」
〈訳〉冬斗亜紀 〈絵〉えすとえむ

■ローズ・ピアシー
「わが愛しのホームズ」
〈訳〉柿沼瑛子 〈絵〉ヤマダサクラコ

■マリー・セクストン
【codaシリーズ】
「ロング・ゲイン～君へと続く道」
「恋人までのA to Z」
〈訳〉一瀬麻利 〈絵〉RURU

■ボニー・ディー＆サマー・デヴォン
「マイ・ディア・マスター」
〈訳〉一瀬麻利 〈絵〉如月弘鷹

■S・E・ジェイクス
【ヘル・オア・ハイウォーターシリーズ】
「幽霊狩り」「不在の痕」
「夜が明けるなら」
〈訳〉冬斗亜紀 〈絵〉小山田あみ

■C・S・パキャット
【叛獄の王子シリーズ】全3巻 完結
「叛獄の王子」「高貴なる賭け」
「王たちの蹶起」
【叛獄の王子外伝】
「夏の離宮」
〈訳〉冬斗亜紀 〈絵〉倉花千夏

■エデン・ウィンターズ
【ドラッグ・チェイスシリーズ】
「還流」
〈訳〉冬斗亜紀 〈絵〉高山しのぶ

■イーライ・イーストン
【月吠えシリーズ】
「月への吠えかた教えます」
「ヒトの世界の歩きかた」
「星に願いをかけるには」
〈訳〉冬斗亜紀 〈絵〉麻々原絵里依

■ライラ・ペース
「ロイヤル・シークレット」
「ロイヤル・フェイバリット」
〈訳〉一瀬麻利 〈絵〉yoco

■KJ・チャールズ
「イングランドを想え」
〈訳〉鶯谷祐実 〈絵〉スカーレット・ベリ子

「サイモン・フェキシマルの秘密事件簿」
〈訳〉鶯谷祐実 〈絵〉文善やよひ

好評発売中!!